茅盾文学奖
获奖作家短经典

Short
Classic

品咂
时光的声音

张炜

著

人民文学出版社

图书在版编目(CIP)数据

品咂时光的声音 / 张炜著.—北京：人民文学出版社，2020
（茅盾文学奖获奖作家短经典）
ISBN 978-7-02-013004-7

Ⅰ.①品… Ⅱ.①张… Ⅲ.①中篇小说—小说集—中国—当代②短篇小说—小说集—中国—当代③散文集—中国—当代 Ⅳ.①I217.2

中国版本图书馆CIP数据核字(2019)第129621号

选题策划	付如初
责任编辑	付如初
装帧设计	刘　远
责任印制	任　祎

出版发行	人民文学出版社
社　　址	北京市朝内大街166号
邮政编码	100705
网　　址	http://www.rw-cn.com
印　　刷	三河市中晟雅豪印务有限公司
经　　销	全国新华书店等
字　　数	200千字
开　　本	787毫米×1092毫米　1/32
印　　张	10.25　插页3
版　　次	2013年1月北京第1版
印　　次	2020年3月第1次印刷
书　　号	978-7-02-013004-7
定　　价	38.00元

如有印装质量问题，请与本社图书销售中心调换。电话：010-65233595

出版说明

茅盾文学奖自1981年设立迄今,已近四十年。这一中国当代文学的最高奖项一直备受关注,获奖作品所涉作家近五十位,影响甚巨。其中获奖作品人民文学出版社所占的比例接近百分之四十,几乎所有的获奖作家都与人民文学出版社有过合作。这些作家大多在文坛耕耘多年,除了长篇小说之外,在中篇小说、短篇小说和散文等"短"体裁领域的创作也是成就斐然。

2013年,我们以全面反映茅盾文学奖获奖作家的综合创作实力为宗旨,以艺术的眼光,遴选部分获奖作家的中篇小说、短篇小说和散文的经典作品,编成集子,荟萃成了"茅盾文学奖获奖作家短经典"丛书,得到了专家和读者的一致好评。

此次再版,我们在原丛书的基础上,增添了第九届和第十届茅盾文学奖获奖作家的"短经典",一些作家的作品篇目也有所增删,旨在不断丰富丛书内容,让读者更加全面细致地了解这些作家的创作。相信该系列图书能够与我社的

"茅盾文学奖获奖作品全集"系列一起,为您完整呈现一代又一代茅盾文学奖获奖作家的创作实绩、艺术品位和思想内涵。

人民文学出版社编辑部
2020年1月

目　录

001　瀛洲思絮录
143　致不孝之子
154　鱼的故事
162　割烟
171　赶走灰喜鹊

179　利口酒
186　默默挺立
191　山水情结
221　域外作家小记
272　羞涩和温柔
289　世纪梦想
293　品咂时光的声音
314　穿行于夜色的松林
316　从沙龙到小屋

319　渴望更大的劳动

瀛洲思絮录

齐人徐芾①等上书,言海中有三神山,名曰蓬莱、方丈、瀛洲,仙人居之。请得斋戒,与童男女求之。于是遣徐芾发童男女数千人,入海求仙人。

《史记·秦始皇本纪》

秦始皇大悦,遣振男女三千人,资之五谷种种百工而行。徐芾得平原广泽,止王不来。

《史记·淮南衡山列传》

徐乡城,汉县,盖以徐芾求仙为名。

《齐乘·古迹卷》

第 一 章

……

在漫长无边的徘徊中,在经年累月的沉湎中,人会认梦成真,呓语不息,以至于手记目诵。分不清是我还是徐芾,乘

---

① 芾,也作巿、福。

楼船登瀛洲，宽袍广袖。从此一别卞姜①，挥泪而去。

徐芾（福）为秦王采长生不老药一去不归，携走三千童男童女。斯人离去三千年，历史传奇或已渗入几代人的血脉。我们已渐渐不再满足于此岸的遥想，于是转而倾听彼岸的诉说。

……我一度非常谦卑，以便遮掩内在的顽皮和狂妄。只有极少数人知道我的底细、我内心的隐秘与曲折。我常常在深夜、在一人独守时让思绪任意飞翔，放纵心猿于九霄。那时我已过而立之年，开始学会了息声敛口，极少诉说和相告，哪怕是对挚友、对爱妻——我与她已不能分离。我对其何等疼怜。多少年了，她因我而历尽坎坷，我们真是相濡以沫。她总是无望地期待，直到最后。万般愁绪都连着一个"走"字一个"逃"字。无言的长夜，卞姜吻我不止。

她原是商人之女。黄县这个地方出了不少巨贾，贩桑麻、粳米、丝绸，去临淄、泰南，西走鲁国、远涉长安。她的家世颇有来历，算来还是滑稽多趣、大名鼎鼎的淳于髡的表侄女。

我们都深藏了一句话，都知道秦吏不会让我们同登楼船——随着那个时刻的挨近，夫妻二人都缄口不言。午夜青杨细语，南风徐徐，此岸在赠予我们最后的温情。

后来一切果然不出所料……

儿女情长，英雄气亦长。几年光阴转瞬即逝，我成了一

---

① 卞姜，齐人徐芾的妻子，东莱人。

个小心翼翼、四十岁两鬓皆白的俊男。我离开了她,我们从此永远只能隔海相望。我的故事太多了,如今都留在了那个海角、那片大陆。我也远离了对手。遥望彼岸,此时依稀可见阿房宫里烛光辉煌。这让人衰老的光,这让人迷恋的光。而今我足踏凄凉蛮地,正可以像春生野草一样茂长。

当年,我在百无聊赖、无计可施、等待和观测之时,几近绝望。经验和苍老的皱褶都掺在其中了。人在疲惫中成熟。懒得行动中的行动往往也可举大事。

我三十八岁那年的一个黄昏,发现持简之手颤抖不已,视物昏花。一阵惊惧之余,心生万分急切。它催人奋力,又加剧人之委颓。我常常也只有让顽皮的畅想来稍稍滋润,等待来年如期萌发之青杨。

长期以来,海角上只有少许人知我酒量,也知我身世来由。他们都是守密的命友。如若不是一介草莽,那么放怀狂饮者可能正预示了他的顽皮。而在秦王的那班臣僚眼里,世上的顽皮者或可不必提防。这自然是个小小诡计。

能够一走了之的人,都是旷百世而一遇的妄徒、圣人、色鬼、术士,是从不兑现的大预言家,或者是个酿私酒的人。我后来被看成了他们当中的一个。我最好沉默。

那是一场庄严的赌。本钱很大,押上了身家性命。我一直悄悄埋藏着使命,后世人却要一再地发掘,并将其放在阳光下照晒。可是他们不会知道这使命的青苗萌发在什么根须上。他们怎么也弄不懂,因为终究与我隔开了十八重的冥界。我很爱后来人,爱他们的鲜嫩如花。但爱又极易埋没理性,我镇定下来时,却不由得生出阵阵悲凉。

他们往我身上涂抹难闻的垢物,比如把我说成一个绝望而无义的骗子,尽管并没有多少依据。这种涂抹与我当年做过的事情性质相似,所以说等于应了"吾之初衷"。可怕的倒是另一些人的相反的举止。

那些人是些虚荣的地方主义者,所以又会施予我双重或多重的误解。古怪的推测,小肚鸡肠的盘算;连船队航行之迹都茫然无知,更遑论其他。他们的虚情假意于事无补。地方主义者从来睥睨精神,却又企图依此挽救萎缩的经济,甚至公开无耻地宣称要以之骗取物利。

他们奉我为"伟大的航海家"。"伟大"倒谈不上,因为东渡瀛洲者我既非第一人,也不是最后一人。那些黄县沿海和周遭岛上渔人,不止一次在风暴中抵达这片无名的荒凉。与他们不同的是,我将这片荒凉派上了更好的用场。对于一个人而言,关键是要有超凡脱俗的眼光,那一瞥之间的识别、鉴定,以及心中生出的奇思妙想,往往是凡夫俗子一辈子都难以企及的。

我说过自己曾经狂妄而又顽皮。有人会直盯盯地看着我两鬓的白发,怀疑这种"夫子自道"。其实他们不懂。智者就在游戏中衰老。有时游戏也很麻烦。

嬴政王可被视为我的游戏伙伴,而非仇雠。我当年甚至多少喜欢上了这个目如鹰隼、鼻如悬胆的西部人。他的衮袍与冕旒都遮不去那一身顽皮相。有游戏能力的人即便尊为帝王,也未能免除这一特征。嬴政当年长我许多,一举一动颇为敦厚,步履迟缓。他像一切热衷于游戏之道的人一样,乐于忽发奇想,筑长城建阿房,拜月主求仙药,愈到老年愈是迷恋起这些玩意儿。

作为东莱故国的贵族后裔,我的仇雠是齐,而非秦。秦为齐之仇雠。这之间的交织参错真是奇妙。齐灭莱夷,而秦灭六国。齐是莱夷人的直接毁灭者。虽然齐人后来乐于说齐莱一度交好,化莱为齐,但实际上那是齐人灭莱,空取渔盐之利。齐人做梦也想不到的是,"螳螂捕蝉,黄雀在后",齐国很快重蹈莱夷的覆辙。这即便不是通常莱夷人所说的"报应",也算是命数。

国与人的命数一样,神渺变幻不可推测。

我自有一个预感,它关乎秦王嬴政:这个"千古一帝"身后也隐隐追踪着一只小小的"黄雀",这恰是他始料未及的。他已疲惫,而那只千娇百媚的"黄雀"正当青春,在三月天里翻飞嬉戏,以逸待劳。我预感到他也"快了"。

谁身后没有一只小小的"黄雀"呢?

午夜走上甲板,从海湾里望去,到处是密挤的楼船。这在荒凉之地的土著看来,无异于一场梦魇。飘忽游移的灯火与水波互映,流动闪烁,神妙难喻,在我看来也是五千年未曾经历的奇观。

这正是我的一个首创,一次得意的杰作。从闪亮的船灯上判断,赖在船上者大有人在——我已三番五次令全部人马分营逐日登岸,一月内筑屋垒城,安营扎寨,船上只留少许守备……看来经常返回楼船的不仅是"童男童女",还有弓弩手和方士。他们像我一样,需要经常嗅一嗅船上的气味。舱里满载了莱夷的气息,彼岸的烟熏。

我曾把他们频频返回船上视为怯懦。因为土著时常劫营,较之岸上新营,船上毕竟安全多了。现在看是我在妄断:能随我穿越茫茫浪涌叠嶂、穷十万水路者,哪有这么多怯弱之辈!

像我一样,他们这是最后的徘徊。……看着这片摇荡的船灯,我心中渐渐生出一个残酷的决定。

这个夜晚,我仿佛看到彼岸的卞姜潸然而下的泪水。捧起你纤纤十指,抚弄你散发着丁香味的柔发,吻去这满脸晶莹。我在这午夜异乡为你祈祷了,同时也告诉你一个惨凄的决断:十日之内,我将下令焚烧所有楼船。

这就切断了退路。

同行挚友纷纷设问:如若秦兵征讨,我们将无楼船水上对阵,岂非死路一条?答:吾辈身后是平原广泽,届时必引秦兵于陌土,决一死战。又问:若土著倚仗土熟势众,群起而攻,无楼船周旋,又复何为?答:借土求存,蒙恩在先,非万不得已不可与土著交战;即便生死攸关之刻,也只能背水一搏……

如上场景反复对演。吾虽言之凿凿,心中却不免愁伤。

午夜的茫海,闪跳的灯光,在送达和预言什么谶语?我自知不可自恃自负,听任冲动,信从匹夫之勇。可是与我同行者有所谓的"方士",他们是流徙多年、越过荒原和城邑苦苦寻觅的学人罪臣;有痛别故土父兄、稚嫩如花的三千童男童女;有勇气过人、历经十二次死灭的弓弩手;有冶炼打造、修筑测设、技盖天下的百工。这些人不仅需要"落地",而且需要"生根"。

这一行人与秦王嬴政展开的游戏,是千年不绝的、冤鬼一般的纠缠。

嬴政王的死灭尚可期待,但与他面貌迥异、神髓相同者却会衍生不息。如此一来,一切将未有穷期呢。

我与卞姜这二十余个春秋,有多少分离聚散。她一开始既知我的来路,也深知我的去路。随上我,就好比乘上了颠簸之车,忍受长旅饥渴,挨过寂寞冬夜,还要经历绝险的危崖。我们遍尝苦汁的煎晶,真是九死一生。一般的男儿忏悔已经轻若鸿毛,她不必再听一声一字。对命的感知和彻悟使她的双眸漆黑如子夜,美丽如祥云。在后来的日子里,我们常常相对无语。要说的似乎又太多,那就来世再说罢。我是宁可相信有个来世的。我也许将人生看得太奢侈了……

这习习海风让人想起那次齐都临淄之行。当年我立刻被这座东方最繁华的都市给迷住了。不消说,我们莱夷故国的城邑是无法与之媲美的。可是莱夷故国有着另一种庄严气象。临淄街头熙熙攘攘,那一片有光泽的脸,还有身上叮当作响的饰物,都给人难言的感触。这是无法表述的。

在一个富庶殷实的国度里,一再地言说自己的亡国之忧显然不合时宜。我那时一刻也没有忘记,正是齐国的刀戟折伤了莱子古国。可是我已经在那个秋天扑扑落地的叶片上,看出了此地的不祥。

那个秋天,强秦于中南部连连得手,还远未迫近齐国。这里还是一片升平。齐国依仗自己强旺的兵源、巨大的无可匹敌的财富,还有独特的文化上的优越感,傲视于东方和西方。强秦对齐国之恐惧已尽在不言之中。作为一个莱夷人,一个隐名埋姓行走在齐都的莱子国贵族后裔,我必得深深藏起那种嫉恨、羡慕、焦思和惆怅……各种复杂难言的心绪。我踟蹰于临淄街头,回顾了莱子国长达五十年的历史,两手生满汗粒。

难忘第一次听齐乐。那是使人心魄荡动的享用,超过了一场盛宴。以前传闻孔丘闻齐乐而醉,以至于长久"不知肉味",这次亦有同感。我深知一种艺术植根于一种文化,而一种文化又植根于一种土壤。时间的隐秘、命运的隐秘,都掺和在如泣如诉之中了。相当完整和周备的物质与精神的历史、老大倨傲的自信与慵懒,都能从中隐隐地感到。我不知当时热衷于展放"大言"的孔丘是否要暂时敛声失语?反正在我看来,一种成熟的、独特的艺术,必会传递出无法言说的压迫力——它在让人赏悦的同时又悄悄地折伤一个异邦人的自尊。

当然,如果我是个"世界主义者",那时的心情又当别论了。可惜无论那时还是现在,我都未能升华为那样的一个"主义者"。我的血脉在作祟,我不得不向自己投诚。尤其是在当年,我只懂得遵循莱夷人奇特而淳朴的义理。

长期以来我都在苦苦求索齐国灭亡的根源、它在更早时候所出现的颓败的端倪。这种求索当然包含了更根本也是更重要的探究——我们莱夷人自身的命运。这在我的先辈那儿,已经做过了许多。但这种探究是无有止境的。今天,一个人不能因为一场亘古未见的大迁徙而中断这种探究,不然就是对自己民族的亏欠。

卞姜,我的至宝,我的露珠和羔羊……夜深了,我尚能在这楼船上滞留多少时日？舱室里有你的气息。你和孩子在船队驶离黄水河港的前夜还伴我留在船上。只是在最后时刻，在那个黎明，秦吏宣谕，将我们生生分离。那是个令人不堪回首的时刻、一个人所能经受的最惨烈的场景。那才让人明白什么是"骨肉分离"。港口上，子与父、妻与夫、慈母与娇儿，哭成一团。我亲眼见号啕之声催动了尘埃，一霎时遮去了霞光……

我令手下人展开一庞大工程，沿新营周边山麓筑墙。有人立即指斥我重演秦王筑城之苦。此言或许有理，但却是不得已而为之。从长远计，此岸也需要一座"长城"，当然会比秦王的小多了。从营地北侧二十里之山麓修起，沿山脉蜿蜒西行一百六十里。此工程不可谓不浩大，但可以分别施行，按急缓分段修砌，并不求一朝一夕之功。真正拒敌者既非砖石，也非利刃，而是人心。筑城的紧迫当唤起惊悚之心。

焚船大火直烧了三天三夜。这火光会让我一生谨记。所有人都呆立岸边，泪水不断。最后有人跪向彼岸喃喃祷告。我得用力忍住。

大火引来三五成群的土人。他们站在山崖呐喊，后来又惊慌疑惑，久久不语。

有人担心他们四散逃去后会把这消息传布开来，给营地引来新的劫难。这种担心极有道理。我已让各营加强戒备，值勤兵士增加一倍，同时加紧武器打造。随船带来的铁料终有用尽之日，百工开始在四周山上勘查铜铁矿源。

土著大致使用石器，尚不晓织造冶炼之术。他们携带的武器只是木杖、弓箭和石擂，身上裹缠的是草叶树皮、兽皮茅荐。为首的头人只在额上添一羽冠，看去倒也威风。可怜他们勇武有余，马匹也像主人一样峻烈，只是不堪一击。他们射出的箭镞都是一种黑色硬石琢成，除非近射瞄准，不然很难致命。尽管如此，营中仍有数人中镞而亡，原因是箭镞上抹有一种毒液。邪毒到底如何解法，医士们也束手无策。

如何对待土人，内部争执极大。有人断言：疆土之争从来是战而胜之。他们列举秦与燕赵、齐与莱夷。也有人指出我们面对的并非强虏大国，而是土著草民，乌合之众，切勿赶尽杀绝；再说浩浩楼船蜂拥而至，实在也够他们惊惧的了：以前未必就没有较文明先进之种类出现，那些人带来的极可能是欺凌和鲜血。最不能忘记莱子国破城之惨，莱夷人移居、遣散、灭绝。那时强悍的莱子国人不可谓不勇，简直个个视死如归，但面对人多势众的齐兵还是落个战败。今日土著之处境让人想起昨日之莱夷。

营地遭受的劫掠越来越频，新坟叠叠——所有坟碑都面向彼岸，愿漂泊他乡的鬼魂得回故土，至少是能够遥望。

对土著的征战趋于激烈。

我面对流淌的鲜血，滋生了前所未有的惧栗与痛苦。我决心用尽一切办法制止战争，无论付出何等代价。弓弩手言词锐利，悍气正盛。营中谋士们抓耳挠腮，莫能果决。我令兵士后撤一百里，然后与土著相机议和，并赐予布匹、盐块、草药……

此番举措就像当初下令焚掉楼船一样，遭到群起而攻。为防万一，我让近身卫士日夜巡视，并混入百工武士之间，将一切谋变危厄剪灭在萌动之中。半月已过，战事稍息，营中尚未出现大的变故。但这期间有五个伍长被撤换、三个方士受到严斥。

土著把刚刚成熟的粳米掠走,并一度用马匹践毁水田。众人激愤。在我看来这宛若顽皮的孩童,可恼之余尚有可爱。我料定他们在抢掠与毁坏中也会学到不少益处呢。

深夜,除守卫的兵士而外,营地一片酣睡。独步帐外,仰望空中星光闪烁,难以平静。至下月初六我将度过四十六岁生日,每想及此就使我一阵惊栗。倏忽已近五十,对莱夷人而言,五十将是一道大坎,能否安度还是未知呢。我到底与空中哪一颗星对应?这也使我颇费心思。尽管属下有过肯定的指认,但我只当成猜谜一般的意趣,内心里并不认可。

作为黄县境内最权威的一个"方士",我不可能荒疏了简单的占星术。不过我在摆弄那些罗盘、龟板、谶文之类,心中常常泛过一丝苦味。我不敢说自己是一个蔑视神灵的人,但却不能不充满了疑虑。这种时而临近时而飘逝的大胆念头在我二十岁之前就产生过。当时我认为这是诸种罪愆中最重的一种。

我发现此岸望到的星空与彼岸竟是同一片。这不禁让人猜想天宇之阔大、俗世之微小,想到人间巨变、漫长历史、种族的演化生灭,也尽是时光长河中短短一瞬。这让人不寒而栗。而个人的荣辱愁苦又如同山峦一般沉重。看来人的功名业绩直到最后也是想象生成,本质重量微乎其微。

如此而言,我将如何评价这场惊天动地的海路迁徙?

像追究莱夷人的神秘历史一样,我将去悟想自己的命数。我还没有愚蠢到不信命数的地步。我后来简直随处都能感知它的存在。是的,今夜此时它也仍然伏在身边。它将伴随生命的全部里程。我想行至五十岁的那一刻,也该对诸种莫大问题有一个圆满回答了。

手下人早在登岸之前,大约是船行中途时,就扯下了桅上的"秦"旗。随行秦吏兵士半数被杀,半数归附。这些秦兵几乎全部从西部入齐,口音怪异,与之相处多日竟不能辨析语义。完全倚仗别人转述。他们比起东部沿海人种,显得粗粝矮小,但更狡灵。作为征服者,他们简直没有什么自知之明,差不多个个倨傲自大,目中无人。西部人的优长与陋习,他们一无所遗地携来,并悉数贯彻推行。这些人固守秦地一切观念,顽强抵御齐莱风俗的熏染。东部人视为不祥的黑色,他们却尊为高贵的颜色。辛辣的烈酒,酸气大发的粥食,都是他们特别喜好之物。几乎个个厌恶腥味,对海鱼和贝类有一种本能的反感。而莱夷人素有生食海鲜的习惯,喜芥末面酱,这是必备的作料。此地饮食习俗为西部人所不齿,他们斥莱夷人为"蛮兽",而忘了自己的祖先曾在很长一段时间被称为"蛮狄",被视为野蛮恃武、尚未文明开化、至少比齐鲁落后五十年的种族。事实证明,人类极不善于记忆,而失去记忆的结果总是先使自己受辱。人类的不同群落在文化上应有的个性与骄傲,往往让位于武力和强权的征服。似乎有了后者就有了一切,尤其是有了文化上的优越感。这何等荒谬。

船上人早已在暗中准备好了"徐"字旗。记得那个风平浪息的夜晚,几个人带着神秘的眼神将它展放在我面前时,令我何等紧张。汗粒生满额头,我竟顾不得擦掉。"君房①,不必再犹豫了啊,是时候了啊!"他们声声劝导,一片至诚。我只问半途事变,问制服秦吏后的善后事宜。这是自我安定的缓解之机。他们回答了什么我并未在意。但也只是在那一刻的海风吹拂中我才突然醒悟。我声音轻细、却是异常坚定:"把这几片布绺扔到海里去罢。"

几个人大为惊愕,面面相觑,唯不搭言。终于有一老者双手大抖叫道:"君房!天赐良机啊,再犹豫不得,日久必会众人躁动,心无归宿……"

我望着半隐半露的银月。船上总得悬点什么。我忽然记起舱内有一面绘了阴阳鱼的八卦旗,看来只得悬它了——我不得不说,我这样决定心中忍住了极大的厌恶。

他们再无反驳。看来没有几个人愿意说出心中的厌恶。或许多年来的"方士"行径,阴阳鱼的腥风已熏进心扉,早已不存厌恶。

我当然不敢睥睨阴阳,尽管它不是东莱的国学。我曾经求学稷下之门,亲耳聆听阴阳五行家的宣讲,对其深奥源远大为叹服。我承认齐人邹衍集阴阳五行之大成;他最能吸引我的即是批驳儒墨的"中国即天下"。何等痛快,淋漓尽致!它与我心中某些期待和畅想正悄悄切合。他说"中国"仅是整个天下的八十分之一,有九个州,此可谓"小九州"。而天下类似中国这样地域宽阔者共有九个,每个都有小海环绕,这可称之为"大九州"。

---

① 徐芾字君房。

邹衍的"大小九州"思想是我有生以来所接受的最大恩惠。我承认后来的一些奇思妙悟并非一人向隅而生,而是植根于很早之前稷下之士的"大言纵论"。当时闻其言思其理,犹若石破天惊。

既然每州皆有"小海环之",那就不得不想到船。

至于后来频繁的祭祀、宣道、各种法术的演示、神仙学说,就不能不让人烦腻。可是舍此就无以生存:既不能取信于秦吏,更不能臣服草民。在这个海角,在莱子国故地,一群"方士"已将邹衍之说推到极致,而且在形式上已走向了更为神秘荒谬的地步。阴阳旗下这种荒谬是如此巧妙地得到了掩饰,简直是庄严而神圣地大行其道。在当地人看来,世上一切皆需求问"神仙",事事莫得逾越"道法"。

我知道自己终有一天会将阴阳八卦旗挥手投入海中,现在还不是时候……

城邑筑起,"长城"也蜿蜒西去四十里;土著们渐渐相邻为安,而且多有欣欣来者。他们得益于医药之术、五谷种植、器物打造、盐铁工技,百日之间飞跃了一千年。

诸事顺遂之时,人会滋生难言的愁绪,正可谓孤独寂寞。常常回想昔日的紧张与峻急、那稍有闪失孟浪即毁于一旦的历险。一般的游戏没有这样的历险,所以也仅仅获得一般的、微小的快感。要有灵魂震荡、根性漂移的大快感,就不得不冒绝大风险。

如果游戏的对手是秦王嬴政这样的鹰鹫,其快感也就可想而知。奇怪的是我在面对他时,阵阵泛起的恐惧与惊栗中还掺杂着一丝同情和怜悯。那时他就很像一个老人了，用力挺起的脊背已无法掩饰地驼下，咳嗽声较一般人更为粗浊；他那把卢鹿剑仍像传说中那样悬在腰际，不过却更多地让人想起一支竹箫或其他饰品，并无寒气环绕的威力。

我知道这些莫名其妙的情愫的滋生，远非一个智识人士出于文化上的孤傲，而有着更为隐蔽的深层动因。它源于生命的奥秘。我当时对他明显的老态感到了快意，进而产生了同情。

任何人都无法阻止那一天——让后来者内心滋生同情的一天。可悲之至。秦王并非像传闻中长得那么高大，在近处看去，他甚至有些羸弱。我想这多少也因为他那奇怪的、远非健康的脸色所致。很显然，他身上的华丽服饰已显得有些滑稽，与枯槁的形容反差太大，而且过于宽松。我注意到，他在端详我的时候，有几次是故作威严了，双目在努力闪出冷光。他在寻找"皇帝"的威声和感觉。他太疲累了，后来说话就颇有些家常气了；有两次他甚至免除了我的跪拜礼。

嬴政虚弱的身躯一半因为操劳、酒色过度，一半因为那些可怕的丹丸。进入齐地之后，他所能得到的各种丹丸较往日多出了十倍。有什么"赤丹""黑丸""玛瑙红"和"金粒"，其实五颜六色皆欺世之徒所为。

当年喜好神仙异术、长生不老药者，多为功成名就的人。他们就此了结一生，有些于心不忍。他们的长生之欲甚至不能简单斥之为贪生怕死、谋求更多世俗享用，因为其中的确有一些义务和责任在。他们建立和贯彻的功业，自认为刚刚行进中途呢，就此撒手未免轻浮。他们在大口吞服丹丸的同时，也未必不对其充满怀疑。大概在深夜的宁静中，他们最为嗤笑的恰恰也是自己。这大概也可以称为"自知之明"了。不过这并不足以阻止他们自己荒唐的举动。

我深知嬴政王的远虑近忧，所以能应对得体，进退有节。对其既不能虚言敷衍，也不能如实相告；有时要表现得疑惑重重，仿佛对命数惴惴不安；有时却要列举说明，言之有据。倾听者不仅只一个帝王，还有阴郁狡猾的丞相李斯，有左右一班文武。他们皆不是等闲之辈。

回想月主祠莱山下，秦王东巡营地那赫赫威严、重重冠盖旄节、彤云雾雨一样的幔帐……巨大的、生来未见的长营铺满厚毯，上面绣有五色菊花。所有这些都需庞大车队驮送，劳累无数草民。嬴政东巡三次，气势一次比一次浩大，身体也一次比一次衰萎。他作为一个治绩卓著的人物、一个好色之徒，都同时给我留下了深刻印象。秦都掠集了六国的财宝与美人，一霎时粉黛无数，让老嬴政在其间步伐踉跄地奔走。

我仍怀念那种奇异的对话——盖世帝王与莱夷贵族的对话。一个雄居一统中国，一个心怀亡国之恨。秦灭齐丝毫不能引起我的快意，反激起我更大仇恨。我当时恨的不仅是暴秦，还有宿仇齐国。齐王拱手交出的不光是齐地膏壤千里，也包括泱泱莱夷。这一切暂且压抑，以持续一场奇异的对话，倾听异地君王那衰老粗糙、如同枯木折断时发出的"咔嚓"声。

他实在是老了，百疾缠身。我亲眼见他在短短一会儿工夫就起身去后帐三次。那显然是去解小溲这类,不消说肾气虚羸。丞相李斯对嬴政多有奉迎,诸事皆百般怂恿,可恶复可笑。李斯之流,我已无法在内心为其寻一丝辩词。而在其他功过人物身上,我皆能将身比身,量人度己,生出许多原宥。

秦王,就此别矣。

今天大概是我登上瀛洲以来最为欣悦的一天。我照例到了深夜仍未能入睡,轻轻抚摸一天来的感知与记忆。

历时两个多月,派出的绘图勘查者终于归来。他们此行至少受到三位土著头领襄助,不然一切都无从谈起。他们将把瀛洲山脉河流、环卫岛屿,一一绘上丝巾。眼下所勘的只是"大尖山"一带,约莫方圆三五百里而已。整个事项全部完成至少需要两到三年。"大尖山"是视野内最显著之山脉主峰,在我看来也是瀛洲的标志,因此我为之命名"蓬莱"①。

绘图者言及一路见闻,令人神往。待一切就绪,营地内外给以闲暇,我将亲自率人游历。瀛洲山河之美,以我所见所闻,并不亚于莱夷之邦。时下大部区域仍是刀耕火种,渔猎方式殊为老旧。一些见闻在我听来常常忍俊不禁。他们崇尚一些奇怪的神祇,举行特别的仪式,这在来自彼岸的人眼里简直就是愚傻疯癫。但我还是奉劝左右:不可轻率布道,不可妄言尊卑,一切皆由土著心性。如此日久,事情自然会良性演化。

---

① "蓬莱",即今日本"富士山"。

我一度非常推崇"无为而治"之道,但又自忖一切皆有限数,"无为"当中遵从的"义理"又是什么?须知一切都会在"义理"中运行。这个念头折磨我许久。那时我还是一个顽强的"莱夷复国主义者",一心所念之,就是尽一切努力恢复莱子故国。于是我不能不更多地研琢治国之道。在总结先人行迹治功时,我常有一些痛苦的发现。这些发现与后来所经历的一些困厄一起,动摇了复国的决心。

世上一切荣枯兴衰都消长有序。一个民族有"向上"与"向下"两种积累,这种积累虽然有时出奇地缓慢,却有极大的韧性和不可逆转性。他们一旦发生,非得有强力而不能终止。"向上"即健康与生长,即走向开阔与永恒;"向下"即萎缩和消沉,即逐步结束的过程。它们有时又颇难辨析,一时的假象也可能遮掩本真,使人得出完全相反的结论。

无论是东莱国、齐国,都曾经引起世人的许多误解。曾几何时,人们还以为它是无可摇动的泰岳,想不到西风吹过,顷刻间土崩瓦解。

一个统治者不可不爱"人事",但更重要的是爱"山河"。令人遗憾的是,我从历史典籍中倒看不出古人对此有多少深刻的认识。他们过于热衷于权变、武功,结果白白耗失了许多生命。生命之伟力往往潜隐不显,统治者误以为将其调动起来,比如秦王的修筑长城、楚国的泽国大战,即充分利用了它的伟力。其实这更多的是耗失。生命的伟力主要表现在"创造"上,"创造"即不可重复之生长,一如生命本身。给生命以自由,让其焕发"创造"之力,并加以引导和积蓄,那么这个民族才有不可限量之未来。

"山河"即四境之内,即流动之水和凝固之山。爱"山河"不是一味争抢,不是占居,而是栖居之权获得之后,与之发生的依恋之情。人不能将"山河"据为己有,再神圣的统治者也仅仅能够做到"栖居"。体悟生命与山河的关系,即体悟"子"与"母"的关系。大地生殖不息,从小小昆虫到赫赫巨兽,从微末苔痕到参天大树,何等神渺难测。以拘谨之心对待"山河",去看守与卫护,敬若神明,正是栖居者的本分。

　　人世之间,除了"山河"能让一个民族获得伟力之外,其余皆不可信托。齐与东莱之毁灭,可以从中找出一万条依据,但有一个共同的征兆却从来被人忽略,这就是:两片土地上的栖居者早已不爱"山河"了。他们已经在不知不觉间"反客为主",妄自尊大,对大地失去敬畏。这样的结果就是在一切方面的为所欲为,没有节制,最后耗尽生命的伟力,迎来衰败的结局。

　　由于这个过程是漫长的、一丝一丝完成的,所以谁也难以察觉难以挽救。

　　耗失生命的方式是各种各样的,于是这又成为一个十分复杂的话题。剖析这一切,分条梳理,也许要费去我这个漂泊者的下半生。

　　这确是我最愉快的一天。因为这一天我伸手触及了心中美好的悟想——"生命""人事"与"山河"之间的关系。我凭直觉揣摩到了什么,所以才对勘查绘制如此重视,视瀛洲寸土寸金。我深知它是滋生万物之母。每一片"山河"都有自身的力量,无可匹敌。对它的信任,是走向健康与强大的开端。我常常端坐帐外,一动不动地凝视"大尖山"——蓬莱山。它碧绿的基座、苍蓝的山腰、白雪积叠的尖顶……真是美丽如画。它让我想起黄县中西部的莱山。

第 二 章

每天需要亲自料理的事务繁复杂乱,如浪涌山峦般堆积。左右一二位伴随多年的挚友戏言:功莫大焉,开国之君! 被我严厉制止。我的口吻之重、声气之粗,事后连我自己也稍稍吃惊。有什么拨动了我之心瓣,一下下楚楚难忍。

我恐惧于走进那个结局。它像一个难逃的围网,正将我牢牢罩住。我变为一头喘息的动物,已经挣扎了许久。待这动物喘定,筋疲力尽之时,我大约就要称"王"了。

我未曾见过几个能够"挣扎"的王。他们都丧失了那种能力,然后被左右移入殿阙供奉起来。王在高座上休养生息到声气粗壮时,再发出几声吼叫。但那已非人声。

他们时下正急于把我变成那种人人畏惧的稀罕动物。这是残忍的预谋。令人心寒的是预谋者正是我的一些挚友:我们曾共赴危难,咬住牙关忍了几十年。他们问我还等什么? 这连我也难以回答。因为我自知离那个完美之境、那个长久的想念尚遥远,还待描绘;比如说它该有神思一样的随意和自由,有纵横驰骋的辽阔和旷远,有既不自囚又不他囚的安定从容,有日月巡回般的美好节奏,有四季轮回那样的变幻斑斓。

这都是在漫长苦难之中形成的梦想。它也许永远是个梦想——但我不能去亲手毁坏破碎它。

它还能存在多久？

面对左右，我已无语。他们说：君房已经变了，变得难以揣测。我想告诉他们，迅速蜕变的恰是你们自己，而非君房。我在固守和持续那个梦想，而你们正在告别它。自从庞大的船队驶离彼岸，一粒心籽即开始霉变。那一刻岸上旌旗高扬，秦吏吹响螺号长管，你们唇边只藏下一个讪笑。船队与秦王维系之纤弦正在断掉。记得我当时登上后甲板，凝视船后束束白浪，心中何等快慰。我知道这个时刻，历史上最奇异难解、最隐秘也是最易遭受误解的伟业，已经进入了峰巅状态。

那个时刻我就稍稍预感到，尔后向我们这些人逼来的，也许将是比秦王还要难以规避的什么。它无以名之。它的力量无可匹敌，因为它就出自我们心中，是从我们自己命性之根上萌发的叶芽，它饱含的毒汁将使我们自身丧尽青春。

这也等同于死亡的威胁。一个人震栗恐怖之余会产生不尽的愁绪和痛苦，还有悔疚。这种死亡比起肉躯的毁灭更其可怕。因为后者是自然的、谁也不能逃脱的。另一种死亡则是先于肉体的，那就分外悲凄。它会粉碎我们的全部希望。

在四十七岁生日的前夕，我极想把一切重要思绪廓清。哪怕先让其清晰起来、疏朗起来也好。这太难了。眼下正有无数烦琐，每天至深夜还有诸多呈报、重大事务、消息。因为事关城邑和营区安危，我不能漠然视之。这期间给我巨大震惊的是，前一个月营内有人谋反，领头的竟是随我多年的"方士"！他在暗中笼络了三个伍长，甚至不惜使用叛心不死的秦吏。

谋叛在数天之内即被平息。那支小小的队伍逃向蓬莱以北,妄图与一支桀骜不驯的土著会合。他们携走了大批武器,还有草药、丝绸。可怜这干人马还未能与土著合手,就被淳于林将军率领的护营兵士围困起来。战斗结束之快大大超出我的预料,待我得到消息与一队卫士赶到,那里已是一片狼藉。

叛者头目,那个十余年来一直忠心耿耿的方士太史阿来,在最后时刻畏罪自杀。随他自杀的还有两人,一个是三千童男童女的领班,那个面皮有些浮黄、生着一对硕大乳房的女人。此人年届三十,颇有姿色,一对黑目灼灼有光。另一自刎者是归附的秦吏,四十有二,面皮黝黑,平日里闷声不语。

所有叛者都被缴械,此时一一缚起双手,全身大抖。我让身边人传话淳于林将军,请他为这一拨人松绑。我的命令被执行了。

自刎者皆给予厚葬。他们的坟头都留在蓬莱以北地区——一班人出逃之地。我想他们既然慌悚逃离城邑,想必是心生厌恶,于是就让他们安息在远一点的地方。

此事件让我产生的惊惧久久不能消逝。我一度放弃了一切事务,在帐中独思。

头脑一片混沌,而且伴以阵阵剧疼。医士赶来为我号脉,煎药扎针,用木槌击打穴位,料理半晌。可是周身仍疲累无比,常常涌出虚汗。我不得不卧榻休息,倾听自己的呼吸。我抑制着不去想"太史阿来"四字,可是总也不能。我还能记起两人一块儿去乾山①大祭的场景,仿佛仍能嗅到燃过的香木气味,看见他手扯袍袖,悉心摆放祭器的模样……秦王第二次东巡登临莱山,我携几位方士前去拜见,其中就有这位黄脸疏须的男人。

思絮飘到碧波涟涟的海上。那是船队驶向中途、秦旗纷纷扯下之后。自上船以来,我一直保持深夜到后甲板踱步的习惯,即使风狂浪大也要勉强去站一会儿。那一天风清日朗,我从舱中出来。护卫的兵士通常把住通向后甲板之路;在楼船的最顶部舱口还有一个值夜者,他从那儿可以瞭望大半个甲板。

我仰望天空,像往常一样久久凝视故乡之月。尔后就是去看那神渺难测的夜海。记得那海极为平静,颜色苍蓝;靠近船体处,不时有一二跳鱼飞起。后来我听到通往楼船底舱的木梯在响,声音迟缓,不像是我熟悉的脚步。月光下一个身影出现了,是个女子。她身躯略胖,那长长的、在身侧悠动的一对长臂让我一眼就认出是女领班。我心里立刻有些不快。

她在那儿停留了一瞬,后来还是大胆地走来。我伫立甲板,觉得落在她头顶的月光有点怪异。其实这女人一直引起我的注意。我在船队尚未出发时就观察过她,从那对黑得发紫的眼睛里看出某种神秘意味。她的面色像胡萝卜那么红润,裸露的双臂像被河水长久浸过之后,又经太阳炙烫,熟得如同刚刚出笼的发糕。

---

① 乾山,在黄县徐乡古城东侧。

"我的先师!"她垂下头,在离我两步远的地方低声呼叫。

"为何深夜不眠?你有什么要紧事情禀报吗?"

她双臂按在心口处,实际上紧紧地抱住了自己硕大的双乳:"先师!我睡不着。我被奇怪的灵光照着,从上天传来的声音进入耳郭、心中,让我喜悦又害怕。我激动得疯癫一样在舱内走。后来我觉得必得把所知所闻一一禀报先师了……先师,我一直瞒着您的是,我是一个'通灵者'……"

她的声音在冰凉滑润的月光下显得阴郁低沉,让我心中一动。我不自禁地发出"哦"的一声,她立即抬起头来。

我看到她满眼里都是晶莹的泪花。出于感激和怜惜,我的手动了一下。那只是一种下意识。可是她却猝不及防地靠在我的胸前。我清楚地感到了她那一对巨乳是何等温热和柔软。但我的头顶像被一只冰冷的重锤敲击了一下,浑身一震,我立刻把她扶正,让她好生说来。

"我真是个'通灵者'。这样许久了,在夜深人静之时,我能够与天上的声音对话。那是无声之声,只有我一人清楚……"

"哦!那声音说了什么?"

"那声音告诉我,新王率领我们踏上的,将是鲜花遍地的极乐之地。我问谁是新王?那声音说新王即在后甲板上踱步……我的先师,我若有一个字的编造,那就是欺君之罪了!"

她跪下来,浑身抖动。

我这一次并未立即将她扶起,而是害怕地退开。我在五步之遥看着这个胖胖的女人,强抑着说不出的震惊。这样许久我才轻轻吐出了几个字,自己也首先感到了它的威严和重量：

"你回舱里去罢。"

"我的先师！"

"回罢。"

她抖抖站起，泪水哗哗流下。她嗫嚅："我永远是先师的奴婢，永远……先师可以把我扔了，像扔一只小虫，可奴婢的心是不会变的……"

她消失在通往下舱的梯口。

一种得意而又厌恶的复杂情绪攫住了我。那个夜晚我睡不着了。在后来很多日子里，我都想把那个噩梦般的场景遗忘，可是不能。一个人的时候，我只求助于对卞姜的回忆，想让她来帮帮我。

那天，在蓬莱山北，几具血肉模糊的尸体让我从惊愕恐怖中镇定下来。我仔细看了太史阿来最后的面容，发现他出奇地安详。我又看了那个"女通灵者"，觉得她比生前美丽，甚至有些娇艳；只有眉梢那儿，留下了明显痛苦的痕迹。

因为新建的城邑经受了第一次谋叛，无形中比过去显得肃穆和沉重，简直有了一点古城的端庄和神圣意味。淳于林将军未经我的许可，自发决定了诸多事项，城邑内更加戒备森严。我的居所有了双倍的护卫者，我将其驱散，他们就在不远处游弋。

淳于林是个英俊的中年人，小我七岁，具有无可置疑的莱夷血统，而且还极有可能是卞姜的族亲。我们有十余年的友谊，他曾随我多次远游密访，是一把藏而不露的莱夷利剑。他给予我的则是双倍的安宁和双倍的痛苦。我不认为自己这一生还会像倚重他一样,去倚重任何人。

我在五年多的时间里,毫无来由地为一种感知而痛苦。它折磨着我,一度甚至超过了任何其他忧烦。我莫名地觉得他与卞姜深深相爱。这种爱好像无法言说,也无从考察,因为它仅仅埋藏入心。有一段我曾暗自留意,观察他们在说起对方名字时,或可出现的特异神情。没有。其他蛛丝马迹更是难觅。我只是有一种感知——可惜我从来都相信自己的感知。因为在其他方面,这感知总是被一再地验证。

大约是秦王第二次东巡、在琅玡拜见这位黑衣帝王之后的第三天深夜,我一直毫无睡意,而且惊悚之感越来越浓。我仿佛感到说不清的危难正在逼近,如闻巾帛裂断之声。我一遍遍坐起。四周皆无声息。我知道帐外有游动的士兵,戒备森严的秦王大营自不必提心吊胆。我又和衣躺下。只是一会儿工夫,那种极大的危难逼近感又出现了。我再无犹豫,起身取剑——也就在这一刻,我看到两个黑影闪身入帐。我猛喝一声,举剑迎击。混乱中一人被我刺伤,另一个很快窜去。

类似场景还有三次。都是我的预先感知能力救了我。

淳于林对我忠贞不贰,这无须怀疑。而卞姜是患难与共的夫妻。我们一起挨过了血泪交织的日月,也有欢畅忘我的时刻,我们生下了两个儿子,一个早夭,一个现已长成,就是与母亲从不分离的"小林童"。卞姜怀念我们一起居住徐乡北面丛林小屋的日子,故而给孩子取名留下一个"林"字。可如此一来又占了另一个人的"林"字。类似不着边际的胡思乱想还有许多,都合在一起折磨,让我徒添皱纹。

我其至认为,淳于林对我的忠诚至少也掺和了一点对她的挚爱。我也相信淳于林正因为这爱而经受无法表述的巨大痛苦。因为爱的确是一种奇怪的物质,性欲、拥有、冲动,它们与爱还是有所区别。爱之不能忘怀、不能摆脱,就像不能赶开自身形影。只要日月星辰不灭,这形影就不灭。我深深地领受和经历了,因此我不仅懂得,而且无力责斥淳于林。

只是我无法战胜深埋心底的嫉恨。它如毒蛇一样缠裹,又如火焰一般焚毁。

对于这次叛乱,我深信不疑是太史阿来与"女通灵者"的一次绝望的合作。他们是一对通奸者、妄想狂、浪漫的信徒、走向极端的追随者。我还毫不怀疑,他们这十几年来对我都一片忠诚,这忠诚浓得无法剖析和定量,也许只有死亡才可以与之相比。他们都可以为我去死。至于死的方式,倒是各种各样,他们会仔细选择。眼下的结果仅是方式之一。

如果说他们的叛乱是为了加害于我,那还不如说是在寻找死的方式,是匆匆走向殉道的结局,是铤而走险地表达对我的忠诚——最后的一次表达。因为他们想加害我,完全可以把握更好的机会。这种机会真是多得俯拾即是。比如与秦王及其手下鹰犬的周旋历时十载,还有选童男童女、打造楼船备五谷集百工,随时告密构陷,都可以置我于死地。他们那时睡着了吗?当然不是。

我重温往昔,一个个场景历历在目……太史阿来登临瀛洲以来,曾屡次劝我称王,几乎每次都声泪俱下;那个月夜船头,鬼迷心窍的"女通灵者"——我突然明白,那个女人听到的"天上的声音",其实只不过是他们簇拥一起时的谵乱之语。

他们太性急了。他们感到了时光的无情催逼,觉得有点来不及了。他们大概不会自信成功。因为他们都知道我手中有一把莱夷利剑,出类拔萃、超出想象的锋利。至于那三个随同的伍长,本来就是几个愚人武夫——他们的愚蠢和胆怯到了这种地步:直到最后也未随新主自刎。

随我登上瀛洲的各色人等多达四千人。但我还是对太史阿来和"女通灵者"的死亡感到痛惜。

这痛惜是真实的。伴随他们一起死去的,是一生再不能重演的岁月,是彼岸的时光,是莱夷之地的烟火气……愿他们安息。

整整三天的时间,我的思绪都围绕着太史阿来与"女通灵者",渐渐生出疲惫,我再不愿想他们,于是打开大门步出营帐。我想到那些作坊里走一走,那是百工们一显身手之地。城邑内分设"六坊":丝织、炼铁、锻造、制简、物器、盐工;还有"三院":经卷、缮写、大言;至于士兵操练、防卫布置,除了我定期参与筹划而外,差不多全部交予淳于林将军办理。军机大事从来是一国一城之首务,关乎生死存亡。但我对这性命攸关事体却越来越厌倦。与其说我一概推给淳于林是出于极度的信任,还不如说是为了规避,为了免除烦扰。我最喜欢去的地方是经卷、缮写和大言三院。

不消说这三院的设置是受了稷下学派的影响。当年稷下学宫的盛况令我倾倒,至今想起仍是如此。我决心让彼地萎谢之花在此岸灿烂盛开,而且有过之而无不及。经院是贮藏经典宝籍之所,并蓄有至佳学问者、随船而来的几十位"方士"——这些所谓的"方士"大半一踏此岸就扔掉了原来的营生,再也不"言必称神仙"了。他们分别来自六国。经卷院称得上是整座城邑的心脏地带,我视为手足。缮写是抄录经典之所,为防万一,从彼岸携来的宝典文书四千二百一十六卷册,要逐一抄写备份,并分别存放,以避水火兵乱;其次,学士每有崭新著述,皆由经卷院议定,也必由缮写院大录数卷,或存起或传阅。大言院是学士诸人每日辩论之场所,设有讲坛、边座、听席、记录;邑内一切有益之思、深邃之想,都不必忌讳,大可一一放言。所辩论者,题目愈大、愈远离俗务,愈被珍视。所言皆大:大境界、大气度、大念想。愈是如此,则愈受尊崇。

三千童男童女分布在六坊中。他们与年长者不同之处,是每人每月要进十二次学坊。学坊授课者皆为名士,分别讲授义理、算学、天文、农耕、渔盐、武事、文书,共七项。每半年考试一次,优异者给予奖赏。七项中的突出者,则特予鼓励,以备后用。我常常走入作坊或学坊,只见童男童女或繁忙纺织,或琅琅诵诗,心中大喜。

三千童男童女,灿烂如花。

我不由得愈加思念起儿子小林童。他今年该是十六岁了,正如这些孩子差不多的年纪。他如今怎样,正是我日夜牵挂之处。母与子相依为命,我孤儿与寡母!唯担心哪一天秦吏对他们母子下手。秦吏绝望中不会放过他们。我叮嘱卞姜:如骨肉分离那一天真的来到,一家人不能同船启程,那么首要一事就是携小林童隐入民间,远离徐乡。我把民间密友一一道出,卞姜哭成了泪人……

我从不记得她号啕大哭过。她总是无声地流泪。这不是一般女子的泣哭,不是一般的悲伤,而是面对宿命的无望。她熟知莱夷人的全部历史,对来路与归路有明晰无误的洞察。她为人生的短促、虚妄、怯懦、无能为力而哀恸。她从这不可逃脱的分离和撕裂之命运,看到了为人的全部隐秘。她已经无话可说,只有让那一双溪水潺潺而下。对于小林童,她已经付出和将要付出的,是我的十倍。我从未看到一个母亲像她那样携带自己延长的生命。那不仅是无微不至的呵护,还有面对一个新鲜生命所表现出的震惊诧异、巨大的喜悦——而一般的母亲在自己的孩子面前,一切都淹没在疼爱怜惜之中、即所谓的母爱之中了。神秘的母爱是无须区别的,可是一个女性面对自身分离出来的又一个生命,面对这人世间最大的奥秘,仍然有忍不住的惊奇流露出来。她对世界充满感激,这感激使她一次又一次热泪盈眶。

她感激的泪水与绝望的泪水掺在一起,流到了我的唇边。我品尝了天下最苦涩的液体。我长达几个时辰拥抱着她,唯恐这芳香温暖的躯体转瞬即逝。她在最后的时日里表现了过人的温柔。我想这是世上一切最优秀最聪慧的女子才具有的德行和灵悟。你纤纤十指滤过了急促无情的水流,把漂来逝去的游丝挽在掌中。无言的抚摸啊,默读了几十年的辛酸与欢娱。没有一个人——他或者是今生的挚友,或者是来世的智者——能够稍稍体味这午夜里的恐惧和哀愁。这都属于我们两人了。

可是在这个蛮荒之地的午夜,却必须由我一人面对这恐惧和哀伤了,还有其他。我必须面对人生最怯于面对的东西:背弃。我尽可能不去想这些,可是它总是不由自主地来打扰我。对爱、对一个约定、对无与伦比的信托和念想……这一切的背叛。它伤及灵魂,让人几度绝望。我的至宝,我的露珠,我的羔羊!你明白我在说谁吗?

当然,我首先想到了太史阿来,这个十余年里的挚友、追随者,还有那个如影似幻般闪动在身侧的"女通灵者";甚至还有淳于林,这个让天下君王都会心生嫉羡的美将军;接着就是你了……我想我是疯癫了,一个人在最孤单无望的时刻,也许会滋生一些疯迷无稽的幻念。如果是这样,那么我也是一个罪人了。

我只确凿无误地知晓,我无比地思念你,还有我们的小林童。

我问淳于林将军:太史阿来和"女通灵者"为什么会自刎?

淳于林将军奇怪的眼神看着我,一时未语。

我觉得他的目光威严之中透着温情,确是魅力无穷。即便经过了几个月的风浪颠簸、一年多的疲于奔命、常人难以想象的百事操劳,他还是这么英气勃勃。这使我心里稍有不快。我记起他比我年少七岁,大卞姜一岁……我的目光从他脸上移开。

"先师,他们犯下了弥天大罪,死有余辜,也只能这样了结自己。"

我没有说什么。很清楚,淳于林的意思是他们死于恐惧。有一点儿。从彼岸过来的人熟知对待叛乱者的各种刑罚,车裂、肢解,甚或更为可怖的处置。不过他们在最后真的想过了这些?我浑身一震,惊悚之感涌过心头。不过我将努力从中寻出别的因由,更深的因由。那一对血肉模糊的躯体让我不敢凝视,但最后还是走近了。我惊异的是,太史阿来与"女通灵者"都大睁着眼睛。

死者的眼睛闪出一层荧光,那光浮在上面,即将消失。我极力想从这大睁的双目中看出一丝愧疚或其他什么。没有。但我相信总会有的。除了愧疚,还将有深深的斥责,但唯独没有仇恨,这是我能够肯定的一点。

淳于林说:"如果不是追剿及时,他们一伙与那些土著合到一起,从蓬莱山撤走,祸患也将无穷呢!"

说得极是。这些人对于刚刚立足的城邑而言,必将构成心腹之患。他们送给土著的,不仅是精良的武器,还有可怕的计谋;除了这些,更令人生畏的将是无法探测的心之伤痕。这些我都反复想过了一千遍。可是我一直未能说出的感觉是,除却这一切而外,他们那对死而未瞑的眼睛呢?透过那层虚虚的荧光,我看到的是动人肺腑的忠贞,甚至还有爱——他们爱我,正是他们用生命回告我的!我知道他们绝望地爱我。这种爱有时是难以表述的,人与人常常如此。为了这困难的表述,有时真的是需要生命的,尽管生命对于每个人只有一次,它异常珍贵……

正是这最后的念头重新泛起,使我再无心与淳于林谈下去了。我们最后草草议了一下筑城和防务,就匆匆分手了。

他有些意犹未尽的样子,壮实的肩部拨开幔帐,无声离去。

他离去很久我还沉浸在思索里。因为我发觉自己的头脑从未像现在一样清晰明朗。我突然明白太史阿来与"女通灵者"精心策划的叛逃,竟是一桩连他们自己都不相信的荒唐之举。以太史的周密与远谋,以"女通灵者"的狡狯,他们不难看到最后的结局是什么。他们会像无知的儿童一样接受这无聊的冲动、热迷于致命的游戏?或者是几十年的困厄坚守、与秦吏捉迷藏般的斗法使其疲惫不堪,踏上此岸仍看不到个终点,伤心之至?而他们心目中的"终点"只有与我一起才能到达,离开了我,他们将是无能为力的,这我从"女通灵者"甲板上的那场倾谈中已略知一二。

他们在逼我走向那个终点,以死相谏。

我从未像现在一样怀念亡人。我在整整多半天的时间里紧闭屋门,想过了与他们在一起时的一切细节。特别是太史阿来,我们确是一对难友;除了他满脸细密的皱纹让我不能忍受而外,我差不多喜欢他的一切。他足智多谋,老成持重,不像我这个游戏者,总也进入不了角色。他有时甚至与我一起,构成了一枚钱币的阴阳两面。我那时总也不敢设想在失去他的那一天,我及我的事业将会怎样。因为他大我十余岁,会先我而去:每念及此就让我一阵伤痛。最想不到会有眼下结局。

自我们相识以来他差不多一直是我的提醒者。秦王第二次东巡,我们一起拜见始皇,归来后就由他筹划了一场祭祀乾山活动。那一次声势浩大,费尽心机,围观者不仅来自徐乡,还有黄县境内千余笃信神仙术者。秦王嬴政登莱山拜月主已有十一日,浩浩车队先锋已抵芝罘,却不断有秦吏将乾山盛举禀报上去。这博得秦王极大兴趣,也使黄县一带秦吏不敢妄为。尔后祭祀活动连绵不断,我们借此邀集了八方挚友、沦落民间的百十位学士,让他们成为清一色的"方士"。这些人历经摧折,分别来自六国。秦王悍暴,一扫六合,名扬天下的学士纷纷隐匿。他们如同溪水一样从西部高地流向东方,自鲁入齐,再入莱子故地,在一块巴掌大的海角驻足。这块海角小得难以承受如此重量和巨大光荣。终有一天这海角会因不堪重负而坍塌。

太史阿来当年脸上还没有这么多细密的皱纹。他的脸有些苍黄,望去仿佛涂了一层蜡油。他说话时总发出拉动风箱似的"呼哧"声,走路摇摇摆摆,又让人想到他会不久于人世。可是那一年的夏天,当一个秦吏贸然闯入几个正在密会的"方士"中时,他突然挺剑而起。秦吏剑术颇精,且呐喊不断,步步进逼,气焰嚣张。其他"方士"中有持剑者,立时出鞘相助,却被太史喝退:"别让这狄戎的血污了你们!"他面无惧色,沉着应战,平时的剧喘也消失了。随着一声霹雳般的呼叫,太史阿来挺剑一击,刺进了秦吏左胸……从此再无人将他视为孱弱之辈。

登瀛之后的第一要举是焚毁楼船。此举惹得一片斥声,特别是淳于林将军,简直面红耳赤;就差没有恃武护船了。赞同者凤毛麟角,其中即有太史阿来。此场景让我日后不断记起,感佩交叠。所以后来频繁议事,凡营中机要,无不与之商定。修长城、建城邑,都得到他的强力赞许。但我觉得其贡献至大者,还是帮我设置了"六坊三院"。

回忆像潮水般涌来,难以自持。我先是默念太史的名字,后来竟至大声呼起。护卫兵士被惊动了,营外一片急躁的走动声。我镇定下来,推门出营,看一片围拢的暮色。远处,城垛下游动着几个荷戟的兵士,太阳的余晖把他们身上的铠甲映出闪闪铜色,煞是壮观。我又听到了战马的嘶鸣,这让人想起那个叛乱的凌晨……一切都消逝了。他们作为一座城邑、彼岸迁徙者的叛逆,自绝于蓬莱之北;曾几何时,他们还与淳于林将军一起,成为我心中的麟凤龟龙。

几千年后,当我那些彼岸的亲戚经历了几番极度的繁荣和贫困之后,将会一再地想念我,苦苦寻觅我的踪迹。他们越来越确定无疑地相信我是一个航海家、探险者、术士,甚至是一个巧言善辩的江湖骗子——只是出于自尊和其他原因,他们才不好意思把后者出口罢了。其实真正的"航海家"是我募来的周边渔民、海上老大,还有个把通星相辨潮汐的"百工"。留给我的真实角色就只能是一个"骗子"了。他们说的并没有错。不过历史分派给我这个"骗子"的倒是一个大角色,让我去骗骗那个自视甚高的"千古一帝"。我正因此而心生得意。世上一切心怀叵测的"小人"都时常会涌起这类得意,尽管我最终还是扮演了一个大角色。

我说过自己的顽皮、狂妄,那是骨子里的东西。有时也并非如此;人们看到的只会是一脸的端庄。祭祀、祈祷,我所做的一切都需要端起架子。我的顽皮只不过使我独自一人时,面对铜镜做一二鬼脸。那是我至为愉快之时。想象中,有不少载于经传的"大人物"都有偷偷做鬼脸的癖好。我因此而喜欢他们,也喜欢了自己。

我终有厌烦自己的那一天,到了那一天,我将设法结束自己的生命。现在还不到时候。面对一片狂蹿疯长的青草、杂树,日夜嗥叫欢鸣的野生动物,哗哗奔涌的河与溪,与水汽中蓝黛变幻的蓬莱山,我的喜悦非常人所能体验。像那个令我倍感尊敬和厌恶的人物嬴政一样,我也有非同小可的自尊自大;所以我也偶尔说一句"非常人"云云。因为我有了这个资格:是我把三千年来最杰出的一些人物搬运到了这片偌大陆地上,又将其像羊群一样放开。

仅仅有率众出逃之举,还仍有点"常人"味儿。能在一片"平原广泽"上"放羊",就不是"常人"了。但我告诫自己千万不能做个"牧羊人",不能有栅栏,更不能有鞭子——我之"非常人"说,是因为"放羊"之后,"牧者"自己也化而为"羊",欢腾跳跃于绿草白云之下。他、他们,与一片土地上的诸多生命一起,或咩咩唱,或啊啊唱,应和着海浪千顷。

我深知那班挚友要把我变成"牧者"。他们不自觉地让我把"羊"迁地而"牧",自己宁可做"羊"。他们希求的不过是饲喂的精细,而不是奔向大野的流畅。他们只是面对那个嬴政莽汉的宰杀之危,才奋而登舟。这正是我的恐惧与悲伤。我悲的是同类挚友。因我转眼已近五十,大限将至,无法预测未来的一天。我所要做的,也许只是赶在这一切来临之前做下些什么。

于是我力主设"六坊三院",特别倡立"大言院"。彼岸膏壤千里,竟无处吐放"大言"。人无大言,必类虫犬;国无大言,气短如雀。"六坊"与"三院"互为支持,缺一不可。淳于林等喜"六坊",厌"三院";殊不知,它们好比躯与首的关系。失去"三院","六坊"中的丝织坊会织出长丝勒围自身;炼铁坊会锻出利剑戕绝肉躯;盐工坊堆出的盐山也会把莱夷的三千童男童女腌制起来。其他几坊,亦是同理。

不必讳言,我最爱去的场所即是"大言院"。不仅如此,而且还鼓励和率众前去那里。一杯清茶,席地而坐,倾听辩家们"辩理驳难"。我敢说这里容聚了各色学问,举凡儒家、道家、墨家、法家、名家、阴阳五行家、小说家、纵横家、兵家、农家等等各派,都有倡明主张的机会。他们据理力争,吐言锋利,几次让我感动得泪湿双眼。我想起了少年时节远去齐都稷下的情景……有人轻扯衣袖,原来是最年长的"方士"。他是父辈,我该称他"先师",但他和左右对这一称呼坚辞不受。他们只维护一人的尊严,只将我称之为"先师"。老人此刻口中喃喃,后来浑身颤抖:"君房,大言误国啊!"

我不敢应。我只能婉拒,并引经据典,排列史实。我倒举齐宣王齐闵王时期的稷下名家学派的田巴——此大言高手,千余年后人这样记载他的行迹:"齐之辩士田巴,服于狙丘而议于稷下。毁五帝,罪三王,訾五伯;离坚合,合同异。一日而服千人。"那是何等的辩才!又是何等的狂放不羁!齐王如何对待?"齐王聘田巴先生,而将问政"。齐王恭敬地称其"先生",齐国非但未亡,而愈加昌盛。反过来,到了齐闵王后期、及至齐王建时,稷下学日渐衰落,齐国也走向了末路。

"君房,他们所言对你多有讥讽,真是口无遮拦啊!"

我笑答:"君房又算得什么,区区亡命之徒!稷下学士尚可以'毁五帝,罪三王'!"

一言既出,四周再无议论。但也只是数月,又有人愤愤然:"君房设置此院,原为扩言路,促思辨;可今日听辩家驳难,所言皆掷地有声,批驳无情,长此以往,势必言出一家;众人恐之,何能放言?"

我反问:"批驳无情是放言,大言是放言,说'大言误国'是放言,'众人恐之'也是放言;自古放言者未能禁言,而持兵器者才能禁言;既如此,何忧之有?"

他们一时无语。他们应该明白:"大言院"如果不允许其"辩理驳难",那也只好改名为"颂诗院"或礼赞院"了——可是这类院所只嫌其多不嫌其少,自古如是。

从大言院出来后,几天时间让我心中不宁。回味一番才明白过来,我也刚刚放过一番"大言"啊。想到此不禁有些耳热。

不久淳于林来舍,面有难色,吞吞吐吐。我让他有话直说,怎可如此期期艾艾?他说很久了,城邑中有些议论,只觉得不便言与君房,现在想了想,君房知道了也好。我催他说罢。他于是说:"城中人议,君房也不是个实在人啦,简直……是虚伪! 想想看吧,逃离秦王,到这边儿又是筑城,又是修长城,操练兵马;有军机,有政议,令行禁止样样俱全,他不是'王'又是什么? 可他就是不称'王'。这反倒别扭,何不干脆点儿? 不是'王'的王让人见了更作难,跪也不是,不跪也不是,礼法无处遵行,'万岁'也无处喊得;类似尴尬也实在太多,城里人都觉得无法做人了!……"

我感到一颗心在加快跳动。因为这些议论有几句不免切中要害。可是我正在渐渐笃定。我想,筑城、护营、修城、操练兵马并非是只有"王"才能做的事情。如果登瀛后不加紧去做,不仅秦兵追剿之日必定灭亡,就是土著扰乱也不得安宁。如此这般只为生存。生存之虞不除,又何谈其他?只是这样想,并未说出。

第 三 章

如果她们当中有一个在身边,也必会减轻我之痛苦。近来,说不清的误解和扰困,让我心情沉重,体态也沉重。我再无力像往昔那样顽皮。这是可怕之兆。人心不会顽皮地跳动,就是衰败颓丧的开始。我的爱人曾在过去给我诸多战胜困厄的勇气。她们有如此奇力,总使我大为惊骇。我有时不愿、也不敢正视她们的力量。

现在我又想求助于她们了。可是我顾虑重重,万般虚伪。我窥视过那些如鲜花吐放般的"童女"。如今这些孩子都一一长起,面色姣好,有了娇嗔的眼神和婀娜的形态。不止一个男子武士、方士和百工犯有强暴之罪,皆被处以重罚。我觉得自己有绝大的责任保护她们,只是这种保护的方式令我三思。

她们如今和那些抛家舍业的武士、方士学子一样,都需要婚配了;还有那些长出了茸茸胡须的"童男",都到了婚娶的年龄。城中人丁不兴,衰者亡故,新儿不增,长此下去将不堪设想。我原有个设计,并在船上与左右复议:让三千童男女年及十七即捉对婚配,不得拖延。可转眼他们已是十八九的青年了,仍像原来一样独守。我像是已经遗忘了什么,迟迟不愿将许诺兑现。我已看到了诸多责备的眼神。

昨日又有一男子(一个年过四十的炼铁匠师)被捆绑起来。他平时腼腆少言,目不斜视,想不到而今也会胆大妄为起来。禀报称:该匠师借送取缝补衣衫之机多次进出丝织坊,而且磨磨蹭蹭久不离去。有一天为其缝补的女工——该女工上个月刚满十八虚岁,相貌甚为姣美,只是略胖,坊中人呼其"水胖"——忙误了工时,日落后尚在苦做。可怜"水胖"正穿针引线,该匠师即扑将过来。"水胖"虽经激烈反抗,但终因势单力薄,于事无补。

整个事件再清楚不过,禀报者却扯三挂四叨许久。我已有些疲倦了。对方仍在愤愤然:"更可气的是,我等将奸犯捆了,正欲押走,'水胖'却哭叫挽留,为匠师求情呢。要不是她衣衫撕破,之前又有几声呼救,我等必把她当成奸犯一同捉将起来!"

我制止他再说下去。

"先师,如何处置呢?"

"哦,不必处置啦。"

"这……难道……然而……嗯?!"

"请下去罢。"

他极不情愿地僵在那儿,像肚子疼似的,右手使劲挤弄了一下小腹,咬着下唇退出。

我深知此事不加处置的后果是什么。以前对此类事件颇为严厉,至少需断其右脚小趾,并在额上留下刺记。须知这是在秦吏酷刑下减免数倍的结果。如在秦地,奸贼被乱棍打死、石头砸死、剜睾除势,皆是平常处置。如果匠师之事漫传开去,城邑之内必会风气败坏,暴行迭起,最后硕果也将不存。我放弃惩处匠师也是遵从了那个受害少女"水胖"的请求,因为这请求之中蕴含甚多,她对匠师心生欣悦也未可知。但无论如何,从大业计,此事仍不可荒疏。于是我急忙摇响手铃,让卫士复送定夺:对匠师罚三月薪棒、施杖二十。

卫士应声而去。我仿佛看到那二十杖纷然落下,匠师疼得满地滚动。还好,将养十日又可以去炼铁了。

我的命令总是得到很好的执行,这不能不使我滋长一丝自负。如果说在徐乡、琅玡、黄水河港附近的船场,我十分懂得使用嬴政赐予的权威规划行程、征用物器人口的话;那么在这之后,嬴政的权威已丧失殆尽,我完全无所依托,没有权杖,也没有武备。我虽是莱子故国的贵族后裔,但说到底只是一介书生。我在长达四十余年不屈不挠的求索中只获得了自己的信仰。这才是坚实无欺的,在我心中日夜燃烧得火烈,冶炼得纯洁。它最终又成为淳于林、众"方士"与挚友们共同求索之物。淳于林拥有兵权,可是他与众伍长、那些悍强的将军们一样,唯对我失去反抗之力。这就是信仰的力量。信仰也有显而易见的"专横性"。随着事务的增多、年纪的增长,我习武时间越来越少,有许多次出门时甚至将剑遗在室内。卫士们已经习惯于在十步之外护卫我,而我却常常忽视他们的存在。他们在信仰和思想面前已化为无情的物器,仅仅取代我遗在室内的那把短剑而已。

我珍视信仰如同生命。正因此,我必得警惕它的变质、它弥散和辐射出的蛮横和乖戾。我同时视无信仰者如草芥,却又爱惜每一株草木,因为它们是蓬勃的生命……我到了检视自己内心的时候了。我知道蛮横无理地强加于人的,无论以怎样美好与圣洁的名义,都将在未来被视为不义或是罪恶。每想到此额头一烫,豆大的汗粒滋生出来。

我发现在内心深处,在幽闭的角落,有一颗隐秘而阴暗的种子。它非常苛刻与嫉恨。它阻止了我更敞亮愉悦地行动,而只让我阴郁地徘徊。我知道,三百艘楼船启碇之时,一个铁定的冷酷也就形成了:几乎所有年长的百工、方士和弓弩手都失去了岸上妻儿。秦吏让他们不得不有一个留恋,以便早日归来。他们当中只有极少一部分知道此行将一去不归。而三千童男童女中,男女数量恰好相当。也就是说,这些茁壮茂盛的少年已成天然婚配;而当他们一一结对之后,年长者将永远失去了人生的机会。

我也是一个年长者。我为此深深地哀愁。

诚然,我有办法做成自己的事情,可那样既是不义,又将冒触犯禁忌的风险。

我终于在政议之日提出了婚配问题。我当时尽可能使用平淡的语气,内心却极为紧张。我留意了一下,发现至少有三个老者、两个中年人手指抖动;其中一个脸色蜡黄,吐言混乱。关于三千童男童女、遗在彼岸之妻、夫妇之道、天地伦常,一时费尽了口舌。没有一个人能够统一他人观念。对三千童男童女的婚配虽无人反对,但有人却提出若干限制条款,比如说女子须小于男子三岁以下——初看近于常理,细推敲却大有曲折。因为所有童男童女当初择选都在十四五岁之间,就是说年龄大致相当;如果依此建议,势必有大批童男童女失去婚配——女子本无妨碍,因为有大大长于"三岁"之差的男子在等待;苦只苦了一批童男。

提出这一建议显然荒谬。可奇怪的是它很快得到多数人的应和。此事令我颇为苦恼。最后我只得将该条款搁置,留待大言院辩论。这一来又使参与政议者大失所望。

经过大言院三日辩论,又是几日复议,好不容易才将条款一一拟定。关于"男子需年长女子三岁以上"的条款自然废除,但又附加了不得已的另一条款:婚配关乎城邑存亡之要,所以望全体慎之又慎,年长者优先择偶。我知道这一附则实施的结果会是一场剧烈争夺,惨剧必将生成,于是又添一款:"强制婚配者严惩。"

值得欣慰的是,尚有为数不少的男子拒不婚配。原因是对彼岸妻女日夜挂念,有时呼其芳名泪水不断,发誓终生等待团圆一日。此情此景令人悲酸难忍。我不得不告诉他们:团圆之日只是来生的事了。但他们置若罔闻。

我对这些苦念者有说不出的敬重。他们昏聩之处不难察见,但我也宁可信赖这些"愚夫"。我自诩顽皮,却唯独不敢对心爱的女人游戏。我的目光一转向她们,拘谨与诚挚、依恋与乞求、自尊与敬慕……一齐生出。我永远感激她们所给予我的一切。我在这几十年的遭遇之中甚至发现了一些神奇的原理:无论是多么博学多才、心气高远的男子,在特定时刻,都会领悟到一个心爱女子的深邃与博远,领略她那颗明净而尊贵的灵魂。只要这女子温柔和煦,就会生出难言的深刻与尊贵。她在德行方面,永远是男子的师长。我常常惊异万分地注视着这一发现,坚信不疑。即便是未经雕琢者,即便她不识一字,也仍然不失其深奥绵长。她们舒展和缓的眉梢会透露出人生的全部恩惠与从容,那令人神往的自信,一个男子何曾有过!

我不得不承认,我越来越恐惧于失去她们的援手。她们的支援之力,巨大到无法形容,这些愚钝之人无论如何也难以感受。由此我又想起了那位滑稽多趣的远亲淳于髡,他与大儒孟子的一场有名的辩论。人问:"男女授受不亲,礼与?"孟子答:"礼也。"人又问:"嫂溺,则援之以手乎?"孟子答:"嫂溺不援,是豺狼也。"如今有灭顶之灾的不是女子,而是男子。他正忍受思乡的痛苦、疾病的折磨、事务的缠裹、孤单的煎熬,再加上对未来的茫然……这一切需要多么坚忍的毅力才能战胜。我一直未对他人透露的是,近半年来时常感到左胸不适;还有折磨人的脚气病。我未求助医师,而是自己小心翼翼地治疗。长期以来我都是一位好医师,曾在三年多的游荡期间为人医病。我当年以善用大黄出名,百病皆求之于泄。人之虚弱萎靡,是为毒火攻心所致,欲扶体必先驱毒。可是多半年来自我医治并未奏效,疾病时好时坏。特别是脚气病,夜间痒得不能入睡。这反倒使我多了忆想的时间。

我与卞姜多有分离。我们的婚姻既早且好,算是最为完美的姻缘。她嫁我时刚刚十六岁,身体纤细颀长,双目柔煦如同春水。我一想起这一生有可能伤害于她,就感到战战兢兢。这伤害会是难忍的、无意的或不得已的。反正我总担心会有那些伤害。她最初的痛楚和哀哭令人一生难忘。我曾暗下决心,用一个男子的忠贞和强大、迎接万千烦琐和操劳的双手,像捧起一个婴儿一样,小心地照管她。我会让她一生免除饥寒之苦,身体丰腴硕胖,容光闪烁,双眸明亮。后来她的确变成了一位高贵华美、体态丰盈的夫人。她从来不曾浓妆艳抹,因为她的资质太优良了。

我爱她到寸步不离的地步。我因这过分沉溺之爱而一度变得孱弱。她的款款细语足以支持我长久的热情,她对情感的洞察细微又使我愈加贴近。心与心的紧密难分,生命的知遇之恩,让我们共同拥有了一段最珍贵的岁月。我甚至因为她而减少了对淳于髡的厌恶之情。

我并未见过这位先人、徐乡城的奇才。他理应博得后人的尊重。我生得太晚,但我出生后他仍健在,而且是齐闵王手下一个最为特殊的人物。他活跃于诸国之间几十年,得到的爵位和赏赐数不胜数,几代齐王都与之过从甚密;就连傲慢的梁惠王也对其敬佩不已,两人曾有过三天三夜的长谈。这对于家道衰落的贫儿、一个入赘者,已经是个奇迹了。我从小受过母亲教诲,嫌其"忘族卖才、取悦仇雠"。我开始甚至不愿娶卞姜为妻;先是她姣美逼人的容颜攫住了我的魂魄,后是她过人的睿智和德行战胜了我的心灵。

我们一开始就有许多相似的话题,其中之一是关于淳于髡。她认为与其说淳于髡服侍了强齐,还不如说他襄助了庶民。其理由是她这位远亲运用自己的睿智与勇气,来往于齐鲁燕赵之间,直谏于帝王诸侯之中,避免了多少战乱,革除了多少积弊;这正是男儿的良知作为啊。

我并未立即赞同。不过她的话让我不得不去思虑一些至大问题。这一切常在脑海中纠缠不清,让人痛楚忧烦。民生与社稷比较,民生至上,社稷次之;可是社稷即民生啊——我对这长久以来的思路开始怀疑了。这也是我对卞姜的爱所促使,让我有勇气去触碰这个绝大的命题。也许淳于髡超越了社稷,走进了民生。可是我却因为他而耻辱而愤懑。他折损莱夷的是什么?既非自尊,又非物质;江山固在,人民固存。齐灭莱夷久矣,莱与齐的疆界只能刻在心中。莱齐混血,共抗暴秦;可秦统一之后的齐秦之恨呢?此恨绵绵无绝期吗?

我哪一天才会真正原谅那个足智多谋的远亲?

权衡忠勇道德的至高原则又在哪里?

这一切我终会探究个清楚。现在我只是沉浸于往日的温馨,寻求于彼岸的幸福。我在这难以摆脱的纠缠之中,忆想和愧疚,兴奋和哀痛。我在无法解脱的矛盾蛛网中挣扎,为了你和她——为了你们……这种种难言之苦愁、之焦思,即便"日服千人"的田巴再世也说不分明……

一切缘起于那次远游。完婚半年之后的卞姜为我打点行装。我将要去齐都临淄。这是第二次临淄之行,心中说不出的兴奋。第一次去临淄我还是个孩子,稷下学宫的老先生们说我是"一个娃子"。那次受了母亲的鼓励,她说那里聚集了天下第一流的学问家,金碧辉煌的厅堂里日夜辩论激烈,声音洪亮,手掌翻飞。我仿佛望见一个个诸子们目光炯炯,面红耳赤。母亲话语中对淳于髡多有指斥,但又认为他是莱夷人所能贡献的最为聪慧的人物。"你或许能见到他,不过他也该老了——他比我还老呢!他二十多岁时我见过,那时他穿得可真寒酸。"

第一次去临淄没有见到那个名声不佳的老人。当年稷下学宫已隐隐露出败象,虽然看上去一切依旧。最老的先生相继去世,只剩下了荀况。齐襄王雄心勃勃重修稷下学宫,提稷下后学为"上大夫",但稷下学似乎再也没有了往昔的沉厚宏阔。我一意追寻那个姓淳于的老人,却渐渐被齐都的繁华弄得头晕目眩。这是真实的情形,我作为莱子国的后裔,有时是羞于袒露真实心情的。我好像在极短的时间内就明白了莱夷何以灭亡。在更为强大和开放、自信得近乎松弛的邻邦面前,那个严谨而粗犷的游牧人的城邑是难以抵御的。我承认在齐都三天之内看到的洋玩意儿,抵得上莱地十几年的观览。这里才称得上世界之都,车毂击,人肩摩,连衽成帷,举袂成幕。大街上美女如云,身上的各种饰物叮当作响。我像一个迷失了旅途的人,久久伫立十字街头。

卞姜叮嘱我早些回返。我们已经难舍难分。我知道强大的思念会阵阵催逼,让我无法忍受。是什么吸引了我在这样的时日远行?是华丽的齐都吗?是母亲的目光,是她的目光指示之处。

她让我从齐人的陌土之上寻觅一颗种子。它被我的祖先遗失了。齐人用弓与马征服了莱夷,可当年莱夷有世界上最好的弓、最快的马。莱夷人织出了天下最绚丽的锦缎,锻出了天下最锋利的长剑。然而这些都未能延缓它的消亡。关于民族之谜是最有诱惑力的,我一生都会致力于这种破解。我心底常常滋生出悲凉彻骨的、奔赴和投入的勇气。

那次去临淄并未如想象那样简单。我在异国徘徊得太久,耽搁得太多。直到那个早晨,我与荀况的学生亨话别——这是荀况最小、也是最有才智的弟子。亨中等个子,气宇轩昂,说话时明亮的目光总是紧紧盯住对方,鼻翼翕动不停。亨当年刚刚十八九岁,坐时身躯挺得笔直,服饰洁净简朴。世上再也没有像稷下学子那样嗜好辩论的了;而在后学中间,再也没有比荀况这个最小的弟子更好地承袭这种风气的了。他在即将分别的时候也抓住一切机会与我驳辩,使我不得不认真对待。

好在这次辩论刚刚开始即有人敲门。进来的是一个女子,神情出奇的平静。与这位小弟子一样,她也穿了简洁的服装,但细看起来做工却讲究到了极点。与其他女子不同的是,她周身上下没有一件饰物。这在上层女子中是绝无仅有的,就连我对面端坐的亨,身上还挂有闪闪的玉佩。我以前见过她的侧影,只是一闪而过,知道她是一位史官的女儿,叫区兰,饱读诗书,是城内闻名的才女。这次近在咫尺,我的目光刚刚抬起,立刻就有一种灼烫的感觉。

她那对圆圆的、漆黑的眼睛至为特异。她似乎只是不经意地瞥了一眼……她与亨是一对挚友,还极可能是一对恋人。这我完全凭一种感觉。可是那轻淡的、一闪即过的目光却使我脸上留有长久的烧灼感。我差不多没有听清他们在说什么,只是后来才发觉两人的声音渐渐激烈起来。原来亨又不失时机地与区兰进入了新一轮驳辩。与之形成鲜明对比的,是区兰那平缓而执拗的声音。这声音可真美,柔和得能融化坚冰。她义理清澈,驳难析疑中透出别样的温情。也许这就是让我产生那种判断的依据吧。对方却毫无通融,步步进逼,言辞愈加锐利。区兰笑了。

这一笑使她显得何等妩媚。我再没忘记这一笑容。我想这是一生中所看到的最美的笑容之一。

可是她这一笑却激怒了那个驳辩对手。亨立刻气恼站起,嘴里发出"呔"的一声,拂袖而去。

区兰不愠不怒地待在原地。后来她缓缓转身。那黑漆漆的目光又掠过我的脸颊。我这一次发现她的脸倏地红了。她好像叹息了一声,垂下了长长的睫毛。当她重新抬起眼睛时,那目光闪出了双倍的明亮。

我说,我被她阐述的义理深深打动了。

她并不急于谦逊地表述什么,只是略有好奇地看着我,认真倾听。她不自觉地微微张开嘴巴,让我在不经意间看到了那白玉一样的牙齿。

我无法将其忘掉……

后来,当第三次去临淄城的时候,我发现自己心里正装满了特异的急切。真害怕这种心绪如河水般将我淹没。我深知母亲的目光蕴含了什么。这一生,唯有母亲,让我一想起就满面羞惭。使她失望之处真是太多了。可是有些命定之物人是无法回避的,这是我后来才明了的一个玄机。我终于得知遥远的临淄等待着的到底是什么。

许久之后,当我们可以无所禁忌地相互倾诉之时,才知道这真是无可逃脱的命数,它融合了人的全部欣悦与悲伤,还有那沉重如磐石的、注定要落在肩头的使命。

区兰说她那一天像被一只手推拥了一下,不由得要迈进亨的房间。而这之前他们之间刚刚有过约定：每个月只相见一次，各自研修。这主意当然是亨首先提出的。她谈到这个苟况晚年百般宠爱的小弟子时，立刻满面羞红。看得出他们之间既有过热烈的爱慕，又有过难言的龃龉。对后者区兰闭口不谈，偶尔触及即颇不自然。她只说亨原来绝非如此，他是过于执迷老师的义理了，对先生"天地者，生之始也""天地合而万物生，阴阳接而变化起"倒背如流。先生仙逝之日，是他悲伤欲绝之时。从那时起他就不通儿女私情，却愈加精于研琢。先生的学问在他那儿几经打磨，已经光可鉴人。他抄录著述可以几夜不睡不饮……区兰说他们从小一起求学、研习；他之与她，已像同胞兄妹般熟悉和亲近。她说得泪花闪闪，把脸转向窗外。她说那一天她是无论如何不能安坐案前了，总有一个无声之声在心底提示：快些去罢，如若耽搁就是一生的惋惜了。她于是不顾那个约定匆匆而来……跨进门，一切如旧，亨身躯挺直与人驳难。可是她感到一种异样的重量落在身上，"哦，原来那是你的目光！"

我们紧紧相拥。我可能一生再无悔疚——这奇怪的感念在与卞姜最初时也曾产生过。我多么幸运又多么轻薄。可又的确找不出什么虚伪之处。我真实地感知了；她们都是流进我心头的泪珠，让我有了终生的润泽。

就像对卞姜的感觉一样，区兰是我生命的一部分。她一连几个时辰在我身边，久久伏在我的胸前。她后颈上金色的茸发让人无比爱怜，我伸手轻轻抚动，领受那种滑滑的、丝绒一样的触感。这又让我想起猫咪颔下的温暖与光润，想起它们那柔顺可人的一切。她的耳垂、手指甲、下巴，都能使我涌起阵阵感激。我甚至急于把这一切告诉另一个人——母亲不在了,这人世间最亲近的也就是卞姜了。我的极度幸福和欣畅必须与她分享。我已经不能支持了。

冷静下来我才知道自己多么荒谬。卞姜会伤心以至绝望的。她有过人的悟性和宽广的胸怀,可是她仍将无法承受。她爱我容我,首先只是爱我。

区兰承袭了家学,是当时唯一一个出入稷下学宫的女子。齐王在她十一二岁时听过她驳难析疑,大喜,第三天传话要蓄为宫妃。她那个史官父亲踉踉跄跄奔得家来,泪水涟涟抱住女儿,女儿得知了原委,马上跳出父亲怀抱:"给孩儿一把短刀吧!"父亲问何用?她说到了那一天用呢。

齐王只得放弃这一念头。不过在临淄街头,每当齐王华丽的车子驶过她的身边,总要停留片刻。齐王在车内发出一声长长的叹息。

也许就是那声叹息吸引了我。我极想见识一下齐闵王。传闻中这是一个爱士如命的角色,只要听说有士自远方来,必放下手头的一切驱车远迎……当然这只是开始的情形,及至后来,那些士们口沫横飞,他就斜着眼瞧他们了。我通过亨和区兰的父亲见到了这位齐王。原来他是一个瘦削的中年人;与别人不同的是,他通体瘦削,唯独小腹高高鼓起。这种特别的体态让我不太舒服。

齐闵王把我视为境内之"士",一会儿热情一会儿冷漠。他也许寂寞了,竟然想与我讨论义理。我只把他当成亨一类辩驳对象,出言犀利而无所顾忌。齐闵王从座位上起立三次,最后又沮丧地坐下,发出长长一声叹息。

我想说,这叹息真是很美的声音。

最后闵王挽留我常住临淄,并许诺赐我田舍。我坚辞不受。

我对区兰复述了那声叹息,她笑了。我们一次又一次拥吻。那个紫玉般的夜晚我们几乎一夜未眠。诉说太多太长,今生也难以收束。我们只能相互揩掉感激的泪水。

我周身都充斥着她的气息。这气息已渗入血流,又从毛孔溢出,风雨和时光也洗它不去。我渐渐害怕与亨对坐——而他却抓住一切机会与我驳辩。过去我们辩论互有胜负,而今我却节节败退,使亨得意中又有些手足无措。他终于对我失去了兴趣,斥为"毫无长进"。看着他那翕动的鼻翼、秀美的眉梢,我无论如何不可思议:不爱美人爱义理。

而我从区兰还有卞姜身上,却感知了深刻的义理。原来它们共为一体,同物异形,只在不同的时刻闪射出不同的色泽。

原以为临淄之行只是短暂的分离,想不到如此之久才回返莱夷。卞姜在迎候我。

我不敢迎视她的目光。她吻我,泪水湿了面颊。"说了吧,我的君房!"

我就说了,我的卞姜……

如果在海角,像我一般的人物没有三两个妻妾倒也不可理解。可是我曾对卞姜信誓旦旦:今生只与她厮守。轻若鸿毛的誓言,男儿的誓言。她哭过了,最后催促我接回区兰罢。

至今犹记齐闵王那声长长的叹息。可惜的是后来,是他对稷下学子的背弃。几乎所有出自稷下学宫的言策义理,都被他视为虚言妄议。而这之前不久他还说"寡人甚好士"。他原来只想模仿先王,并期望做得有过之而无不及。之后,他那叹息代之以威厉的呵斥,稷下学士四散奔逃,游学他方。这使我特别关心荀况老先生的小弟子亨。每念及亨,我的心中就有难以抑止的亏欠之感。我的关切是由衷的。因为后来我与临淄渐渐疏远,与亨的朋友也难得谋面;关于他的消息只是道听途说,难以确证。有人说齐闵王与学子闹翻了之后仍与亨少有交往,并借机打探过区兰;也有人说齐闵王在五国合纵伐齐、燕人攻入齐都时逃奔莒地,稷下学士中唯一追随他的就是亨了。也有相反的说法,说亨在这之前很早就与齐王分道扬镳,当时亨心情恶劣,一方面因为齐王对稷下学士虚与委蛇,另一方面是区兰的离去。他出走临淄,再无音讯,而且多半是"小隐于野"。

后一种说法更能令我信服。我深知一个男子是不可能漠视区兰的。

齐闵王治下的齐国由盛而衰。他自视甚高,却无力抓住历史赋予的良机。随着齐国军事上的节节胜利,他再不提"寡人甚好士"了,忙于对外扩张,利令智昏,对稷下学士的一切谏言都视为迂腐不通。结局即是后人所载:"南攻楚五年,蓄积散;西困秦三年,民憔悴,士罢弊。北与燕战,……而又以其余兵南面举五千乘之劲宋。"

齐闵王的残生竟至如此:五国合纵伐齐,燕攻入齐都临淄,齐闵王逃奔莒地,复被杀身亡。齐国遭到空前惨败,几近亡国。

齐闵王被杀的消息传到徐乡之后,立刻引起了震动。莱夷人普遍感到快意,认为这一结局是对连年扩张、倨傲凌弱者的最好回答。而在我内心却是复杂的意绪。起初我和卞姜、区兰都同样震惊,之后是唏嘘不已,是或多或少的追忆和总结。区兰来徐乡已有三年,算是明媒正娶。她与卞姜亲如姐妹,融洽之至,已传为美谈。当她听到闵王被杀的消息时,正在剖一条青鱼,手一抖,割伤了左手拇指。殷红的血立即染了砧板,女仆惊得大呼——她们一直反对夫人下厨,可是夫人坚持要亲手为我煎一条青鱼……区兰顾不得包扎伤口,僵在了那儿,直到我和卞姜跑来……

我眼看她的颊上两道泪水流下。我的惊讶并不亚于听到齐王的噩耗。我再一次体味了一国之君的崩溃给予人臣的强烈震荡。我知道区兰对齐闵王的藐视和不屑,她甚至多次背后取笑;对他后期的荒谬无道,更是愤恨交织……这其中似有不解的奥秘。与其说她为身亡的闵王而流泪,还不如说是为自己的母国而悲伤。她凭直觉理解,即便是一个无道之君,如此的结局也预示了社稷的悲哀。对于她而言,这真是来到了国破家亡的十字路口。

她的父亲已到迟暮之年,还在忠心耿耿服侍王室,这一次生死未卜。战乱之中已难觅准确音讯,区兰直到最后也未见父亲一面。

她的死是我终生不解之谜。她虽比卞姜大一点,比我则小两岁,如此稚嫩的生命却要提前熄灭。她长期以来承受了多少沉重,可她从未呻吟;直至最后,对我流露的都是最美的笑容。时光何等匆忙,一切宛若眼前。她因爱而远离母国,告别了年迈的父亲,回绝了才华横溢的亨、能够发出长叹的国王。多么毅然果决的女子。她那一双颀长笔直的腿,一开始就让我心生惊悸。我总是小心拘谨地触动这双腿、这润滑的肌肤。一股犹如三月椿芽般的气息把我围拢裹卷。她的永不颓萎的端庄也使我感到莫名的困惑。我从不敢奢望在漫长而短促的有生之年会遇到区兰一般温馨典雅、纯美甘洌的女子。在她面前,我一再地感到了自己的污浊不洁,还有起伏不安的浮躁心情。她则一如既往地热烈着、沉静着。

可以想象莱夷给予她多少难言的苦痛。她终生都在努力适应、融合,最终也未能如愿。她不服水土,无端地消瘦,还有过三次流产。她做梦都想像卞姜一样获一娇子,结果还是事倍功半,空受摧折。她不爱莱夷的一切,土地、山河、风俗,还有其他;她仅仅是爱我一个,只为"这一个"而来。她因我而获的痛苦,真是太多太多了。

有许多的时间我既不能待在她身边,也不能顾恋卞姜母子。我要与强吏周旋,要迎接从临淄和六国远涉而来的学子。他们先后来到徐乡城,这座所谓的"百花齐放之城"。游学的人越来越多,当代大儒在此皆留足迹。我陪他们祭乾山、登莱山、拜月主,梦想重塑稷下。未承想它短暂得转瞬即逝。区兰生前最厌恶的就是那些"言必称神仙"的方士,像孔丘一样斥拒"怪力乱神"。我对方士们热衷谈论的邹衍"大九州""小九州",及由此派生的航测与占星术仍给予认真对待。我同样不能消受方士们的装神弄鬼,他们团制的花花绿绿的丹丸;他们甚至散布长生的谎言,玩弄起死回生的把戏。这一类妄徒倒在一定程度上迎合了官家,其时几乎没有一位官宦不热衷于方士之说。

区兰病逝在那个秋天。肯定是因为灵性的哀伤感怀,庭院一棵盛开的木槿一夜间全部垂落。卞姜哭干了眼泪,抚着我的额鬓:那里陡生许多银丝。

我默然注视着邑内这场巨大操作。婚配通令颁布十日,街道场所各处尚无异样。但我早已不存侥幸,对可能出现之任何骚乱都预防在先,嘱淳于林将军加派游动卫士,并对"三院六坊"给予重点护佑。淳于林显得英姿勃勃,仿佛比往日精神数倍。

第十三日,"三院"中一位须发皆白的老者请求晤谈。他是经院元老,多有沉默,一月间说不了几句话,常令后学敬畏。这一次他突然踣踬进门,刚刚坐定就抱怨起来,说闻听外面已沸沸然,各色男子皆携一女子而去,正所谓各得其所;他潜心经卷,无暇他顾,事已至此还请先师特别选配,以成不才之美……我捺着性子听完,惜无良策。如此踌躇半天,也接着他的话头抱怨下去,说自己忙于城内事务,更无暇为自己寻一女子,又难以对下启齿,正想找他这样的资深先生搭一援手……

老者直眼瞪了我半晌,口中"啊啊",颓然而去。

我却毫无幽默快意。我明白自己正经受前所未有的苦厄,心中再清楚不过,我与离去老者有同病相怜之虞。我觉得自己真的老了,腰弓,双腿出奇地沉重。我发出了一声长叹——这声音让我想起几十年前齐闵王的那一声叹息。

每日都有人来按时禀报。我不满足于他们的照本宣科:

某人于何日完婚,年龄家世籍贯,自愿婚配云云。我总是打断他们,所问之事又无足轻重。我察觉自己的脾气在无端增大,于是让其一一念来。这种禀报烦琐之至,三千童男童女,外加他人,要开列一长长名单,似乎究之过细。后来我令其择要报来,只需将伍长、三院先生以上者逐一禀报,其余略可概说。

令我大吃一惊的是淳于林将军:他已择得十八岁少女,且为莱夷籍人,父母皆为桑农。

我大声追问一句:"自愿婚配吗?"

"正是。女子甚为畅悦。"

"嗯……"

接着我就有些疲倦了,于是禀报终止。脚气病在不经意间发作,不得不唤来医师。他为我抹一些暗黄色的药汁,散发出一股硫黄臭味儿。

为了抑止双脚的奇痒,我在暮色中奔出营帐,一阵疾行。卫士大为诧异地跟在不远处,相互观望。我从"六坊"转到"三院",但并未驻足,又急急奔向城北;在城门四周徜徉片刻,又复返城。我在铺了砖石的东西大街上走过,低头看着车辆留下的浅细辙痕。它在刻记这座新城的历史。街道上行人稀疏,他们不断抬头观望。大概城内没有几个人不认识我。偶尔也可以见到几个土著,其衣饰已与他人无大差异,只有神色与肌肤、五官身躯等标记了自己的血统。这些土著入城日久,大多已能操作六坊工艺。向土著开放城邑是我的一个重大举措,我深知此举实是利大于弊,不仅可补城内百工劳力之缺,而且可加快向化;土著居此有五代之久,对本地脾性奥妙所知甚多，正可传授，此为紧要之需。

暮色中的街巷仍然寂寥。可见新生繁衍再不敢拖延。双脚之痒似有缓解，我往营帐走去。

淳于林已在帐外等候多时，我邀他速速入内。几日不见，这位将军愈加神采飞扬，眉宇间全是喜气。我除了致贺之言，别无他辞。淳于林将军谢过，接着颇为严肃地说出两件大事急需禀报。

他说三千童男童女中的女子已将全部婚配完毕，少有越过禁令者，总之皆大欢喜。偶有违禁者，已给予严惩。我忽然记起一事，打断他问：

"那个叫'水胖'的女子呢？"

"她自然去寻那个铁坊的匠师了。"

我感到宽慰。淳于林继续说下去，"只是女子少而男人众，如此一来平添愁苦；土著女子中多有愿嫁者，又恐血源不同，禁忌固大，想请先师定夺……"

我明白此事关系重大，一时难以决断。我让他再说第二件事。

淳于林吞吞吐吐："这第二件嘛，是关于先师您的……婚姻！那女子原在丝织坊，先师见过，不曾留意而已。她倾心先师日久，只是不敢。这一次几经择婚者催促也毫不动心，焦虑中对我吐露心事，说愿服侍先师一辈子……君房，这是天意啊！"

我的心跳有些加快。我不信会有哪个少女甘愿如此。但我忍住了，问是哪个少女？

"她叫'米米'。"

"不可。再不能有第二个'区兰'了。我有爱妻,她在彼岸……"

"谁没有爱妻?"

我仍旧摇头。

第 四 章

闲下来的时候,我愿——比较那些有意思的人物。这些人物曾在不同的方面执掌重权,正可谓"炙手可热"。人世间执掌权力的方式和兴趣原是各种各样。我不能将其一股脑地混到一起,而只愿分类比较。我不相信人的兴趣是一样的,而只能说人在某些方面的兴趣是一样的。

对于有些人物,不消说我有点爱恨交加,喜厌参半。而另一些,我在激赏其才华与谋略的同时,简直要生出深深的憎恶。有一些人虽让我信赖和依托,给我人生的温暖和安全,可也正是他们让我产生出长长的嫉妒。这后一种奇特的情感妨碍我与之更加亲密无间,并滋长真正的痛苦。这种心情是有害的。

秦王嬴政对我而言真是魅力长存。我承认私下里琢磨他的时间最长、也最有兴味。较之另一些同样贪婪土地、人口和骏马兵士的野心家,如齐闵王、楚王、梁惠王之流,秦王倒要有趣得多。直至晚年,他的顽皮劲儿还是十足,迷恋于各种不成体统、其实也并无多少指望的实验。这些实验像儿童闹剧,来得快去得也快;这与他盛年的一些颇为严肃工整的决策相比,既草率随意得多,也有趣得多。当年他修万里长城、缴天下兵器以铸铁人、统一度量衡和文字,每一件都做得惊天动地。于是他博得了"大手笔"的美称。只是后来,当他听到了身后那一只时间的"黄雀"在振翅,这才开始把目光收缩回来。回视往日的伟业,他感到自己何等幼稚与可笑。

我深知,人也正是在"幼稚与可笑"的时候才会有伟大之举。人在感悟了天命之后,就会表现出疯癫般的好奇和令人难以置信的顽皮。

嬴政竟能如此荒唐,违背人人皆知的常识,将纵横征战、日夜操劳的疲惫之躯投入三千粉黛之中。他误以为亲近青春必获得青春,青春也像流感和脚气病一样,能够相互传染。

失望之余就是贪恋丹丸。他不仅求助于术士异人,而且还亲手搓制起五颜六色的药丸。好在嬴政颇有心眼,他兴之所至弄出来的丹丸总不愿第一个品尝。伴他左右的尝丹宦官忠诚而蛮勇,可以大口吞食。他们不止一次手捂肚腹在厅堂乱滚,哀号不休。但为了观测药力,医士通常并不援手,或等待缓解,或眼看气绝身亡。试丹者死去,秦王总赐以最好的棺木,加以追封。于是竟成美差,宫内人踊跃补缺。

天下最有名的术士不断被引进咸阳。秦王也由此大开眼界。他第一遭见到东海人时,对他们光滑的肌肤、炯炯发亮的双目感到好奇。他甚至推测东海人食鱼日多,且祖辈出入海屿,混生出锃亮浑圆的鱼目也未可知。最令其惊诧者是黄县人氏。该县为秦王天下初定后第一批钦定的郡县,管辖范围颇广,囊括了临淄以东的大片沃壤,属东海重镇。黄县人头脑活络,长于经商,身材颀长,口音怪异如同鸟鸣,过于喧哗。秦王对其多有异趣,特别喜爱他们携来的贝壳、珍珠、鱼骨,以及用此类物品研琢的玩器饰物;其中有一种异香扑鼻之植物,名曰"邕草",可悬置厅堂。此物原产于东海,在碧波万顷之仙岛,其地扑朔迷离,幻化无尽,常有仙人居之。"邕草"仅是黄县沿海一带渔人偶然迷失方向漂至仙岛所获。该宝物不过是海中万千珍品之一耳。

秦王惊喜非常。他突然记起李斯为其演示的"大小九州"之说——当年丞相李斯来秦不久,异端颇多,将六国学说一一道来,给秦王印象至深的即有孔丘、荀子之说,再就是邹衍这一奇论。东海仙岛想必是"九州"之一,欲登州必得求助舟船。妙哉奇哉!从前齐国也多有美女饰物玩器传来,除齐都宫廷使者馈赠,大多为商人所携。咸阳城内有人戏言,说齐之商人手眼通天,除了不能摘下月亮,什么都能搞来,只要获利丰厚就成。

自从齐闵王问政以来,秦王从齐国获得了不少好处。此人极重名利,对文治武功心向往之——这也是古今来所有人主未能超越之处。齐闵王一生可分为三截:一截求士,二截重商,三截耀武。求士是问政之初,因为临淄城以"稷下学宫"名闻天下,齐闵王决心发扬光大,将稷下学宫搞得轰轰烈烈。可惜学士们议而不治,大言刺疾,终于令其不能容忍。于是转而重利,笃信商可强国,名商巨贾一时宛如国之栋梁。结果商贾远去鲁、燕、楚、秦,愿为厚利而冒各种风险,全无禁忌。

秦王于是得知,咸阳城内充斥齐之物品,更有稷下学宫游说之士、落魄政客,有商人贩卖和拐挟的美女……不少齐之重卿甘愿归附,出言献策。这也是丞相李斯用心网罗的结果。以李斯之见,天下齐国至强,齐国灭则天下得;而时下齐国实属几十年来至混乱至无法度、上下贪婪奢华之秋,正是秦国大有可为之时。一时齐之幕僚纷纷来秦,大量稷下学士游来咸阳,商贾重金一掷长安。

齐闵王的耀武时期,齐国已近尾声。商业的畸形繁华遮掩了国力虚脱,一度真正强大的齐国已堕于谵妄混乱之期,底气虚羸。这时的齐闵王颇沉不住气,十分任性,疆国之争若姑嫂斗气,动辄举兵,终惹得周边怨怒,结果换来一场"五国合纵",齐闵王逃亡莒地,被杀身亡。尔后虽经齐襄王、齐王建倾力为之,偶有振作,但毕竟大势已去。公元前二二一年,秦王寻得一个时机,自燕国南下攻齐,虏齐王建,齐灭。

几年前,巧言善辩的齐国巨贾来咸阳,献齐地奇巧予秦王,博得嬴政赞叹;巨贾立即不失时机再度邀宠,说秦王英勇盖世,名满天下,何不去东海一游?秦王大笑曰:大王足不出秦,留待来日罢!

这一天说来也真是快啊。

当秦国疆界远达东海之后,这个狄戎之王未食前言,立刻准备第一次东巡。他带着极大兴趣走出咸阳。对于东方,他心中充满了神秘感,还有无尽的渺茫。神仙闪现出没之地在齐国之东,那里是古莱子国,接连了碧波万顷。他让史官找来所有东海卷宗,认真研读了莱子国史,对这个骑马民族的迁移史、兴衰史好好琢磨了一番。

这些可从对答中得知。我在第一次拜见始皇时,就为这个帝王的渊博所震动。他对莱夷的始祖、孤竹与纪两个氏族的分合、莱夷人定居海角的一干旧事无所不晓。我在暗暗惊诧中有了一个决意,于是并不讳言自己是莱夷后裔,但却掩了三去稷下的行迹;我欲强调的是这样一种民族心理背景:莱夷为齐所灭,于是不能不耿耿于怀;莱夷人臣服秦国,是因为秦惩暴齐。我特别流露出自己土生土长东海,自小追逐神仙术,传得衣钵。

秦王大喜,命人赏赐玉帛。于是一场游戏、一场亘古未有的艰难斗智开始了。秦王做梦也没有想到对面的"方士"会成为他最后的对手。比较这个对手而言,他知道对方的东西实在是太少了。我在这场斗智中一开始就处于有利地位。我在暗处,并且是有备而来。比如说我曾花费几个月的时间研读秦史,对秦王所有重臣,特别是赵高、李斯一干人物的履历也不陌生。自秦王东巡以来,浩浩车队所经之处,我都派人打探,一路风声皆入我耳。

这个阴鸷般的暴君必遭报应。东巡前三年咸阳城内已发生过"焚书坑儒"的重案。秦王焚千年典籍、坑天下名儒,蛮愚之恶闻所未闻。其残暴逆行迅速传至东海,所有学问家、政议家、名士儒生,一时皆隐民间海角。徐乡城的"方士"之多,术士之盛,都达到一个极数。这是不幸之秋的一个奇迹,是莱夷故地最神圣的一页。也许只有它才能稍稍挽回一点莱夷的亡国之辱。我作为一个贵族后裔,在连年颠沛流离、游学思虑的痛苦之中,走入了连自己都陌生的精神之旅。我开始稍稍收敛那种顽劣的游戏之心。我在不自觉地改变自己,由一个复国主义者变成为一个充满疑虑的探求者。也正是这些年,我对心爱的区兰之死越来越感到惋惜。

毋庸置疑,她死于亡国的忧伤。莱夷早已化为齐的一部分,但在她心的深处,唯有临淄才是齐的象征,正如同徐乡是莱夷的象征一样。我敢设问:如果齐国在齐闵王的掌握之中,举兵四邻,民不聊生,齐国再强固再威赫,与他人幸福又有何益? 不仅无益,而且只有灭顶之灾。国内权族交织,弱肉强食,富贾官家沆瀣一气,即便葆有社稷之尊,与民又有何益?

盲目而昏聩的民族主义者实为不义。狭隘的爱国者总在国君、国土、国民……之间陷于迷惘,丧失为人的大悲悯。这期间关乎人的大自尊大义理,尤其不可糊涂妄议。社稷其名也恩重,于是就尤其不可借其名而妄其行。离开了义理去讨论利益,必有妄行。区兰在为齐之灭亡洒下悲悼之泪的同时,也该为齐之新生给以祈祝。朽木已崩,新生未成,妄行背义的齐闵王哪值得区兰如此同情。

比起她的齐国,我的莱夷,我想还有一个更为尊贵之物,那就是应有的义理。它当然要包含对母国的忠贞,可是真正的忠贞总是对义理本身无损无污。比如说我不能因莱夷之利而损伤齐民,更不能为它的千秋永立而使万民涂炭,掳掠四方。

对这一切的索源驳难确是精严到不可想象,非得面壁功深之人而不可得。一般的"爱国者"唾手可取,他们可以一任性情;而那些大爱国者何其难觅! 他们除非有大眼光大境界不可;他们的挚爱之心不可稍稍剥离至真的义理,二者总是并行不悖。他们将终生为之探究。所以我衷心倾慕的,就是这些为至理不辞辛苦、不畏艰难、游走四方之士。他们当中杂有名利之徒也不足为怪。这一类人嗜名利如性命,趋之若鹜,也恰是士的死敌。他们与鼠目寸光的历史投机者一样,是战乱、饥馑、倾轧之源。他们没有义理的热情,而只有权变之术和苟且之巧。

秦王焚书坑儒的讯息传来,莱夷人如闻哀声,如见烈焰。这个愚蛮残暴的狄戎之王一举焚毁了所有典籍,随之又屠杀了儒生学士。火与坑毁掉的,不仅是记载和生命,而是人类的信念和希冀。

我跪拜秦王之时曾在脑海中闪过:我与齐王之恨至少也掺杂了"私仇";而与秦王之争,却完全是面对了一个"公敌"。

恨到一个极处,人也将沉静下来。我与嬴政的周旋看似稚儿游戏,实则沉静深远。我之追随者有方士三千、挚友两百。他们言说神仙,巧言善辩,祭祀、丹丸、道法样样皆备。他们一致推我为"方士"之首,大肆吹嘘,说我有呼风唤雨之功、移山填海之力,上通神灵,下达冥界。总之,我平生最为厌恶之物,一时却无不召招自身。

秦王身边有一形销骨立的男子,即丞相李斯。皇帝东巡须他相伴,可见此人之重。他面色萎暗,目如蟒珠,闪射紫光。一股阴凉之气从其身上生出,散射到四周,让人有悚悚之感。这是一个真正厉害的角色,属暗拨乾坤之流。略翻史册可知,此类人物总是威重半世,最终却未必逍遥。我愿给予至厉之诅咒。李斯首先对稷下学士悖逆;其次又辅助和借重暴戾。早在焚书坑儒前数载,他就构陷害死了天下最杰出的人物韩非。他与韩非同属荀子高足,当年韩非来秦也为投奔学兄。秦王与韩非畅谈痛快击节,即引起李斯嫉恨。其时他已非昔日可比:当年从上蔡西投秦,在吕不韦门下做幕僚;后被秦王拜为客卿,言听计从,擢升廷尉,终于跃居相位。韩非之死,李斯难逃罪责;焚书坑儒,李斯当为学奸。

我回李斯话时格外小心。此类卑鄙人物素喜言辞贿赂,我即转而大谈其书写之美、学问之深。李斯得意地发出几声干咳。因为第一次东巡赵高并未随行,所以他更无所顾忌,吐言放肆,对前来拜见的方士随意侮辱,以泄胸中莫名之愤。开始我略有不解,后来渐渐明白:咸阳儒生全部杀绝,左右只剩下一班臣僚,无人与之谈诗论文,更没有智力较量,于是也心生寂寞。方士们唯唯诺诺一片颂词,终于使其不再耐烦。他想挑逗方士与之辩论,但终未如愿;焦急之中自己放言无疆,大谈先师荀子,还有孔孟、儿说、宋钘,直说得额头汗迹斑斑。他后来猛然转身盯住我:"你等怎不发一言,嗯?"我忙施礼:"在下只晓得些神仙事体……"

李斯咆哮几声,再不出帐。

秦王兴致高时去琅玡、成山头,并让我与几个"方士"随行。真是天赐良机,我一路未曾停止宣讲"神仙",并多次出示能够"长生"的彩色丹丸。这种丹丸只不过用鱼骨粉搓成,吞服无碍。

从琅玡归来十日,有人报黄县北岸海中出现幻象奇景。因为快马来报,路途又短,所以当秦王一队人马赶至海边,海市蜃楼正演示清晰,闪烁迷离愈加生动。如此情景直延续一个时辰,秦王看得大醉。我当即指出这是神仙所为,所演示者即为仙人境界。

秦王那对细长眼稍稍瞪起,盯得脸上发疼。

"欲求长生不老之药,必得抵达仙境!"

始皇瘦削的双肩抖动起来,脸上肌肉阵阵牵动。这是我第一次、也是最后一次看到这个千古一帝兴奋成这等模样。我默默等待。

"那你与我速速取来!"

我摇头:"谈何容易。仙境遥在天边,其间又有恶浪巨涌,非巨舟大舸、人众粮丰而不能至……"

"朕为你备下一切!"

秦王一声令下,船场即开,黄水河湾一片斧凿之声。我被封为始皇寻仙船队命官,船场、征粮秦吏和兵士也由我统辖。一切想必不会顺遂,因为李斯很快布下自己耳目,名为辅助,实为监督。我不得不将一部分精力耗在李斯身上。有几次李斯甚至公开将寻药一事斥之为"大谬",我都冒死力谏方才挽回。秦王未必对海角方士笃信不疑,只是奢望日盛。

李斯无法解释海上出现的奇景,于是一连多日在海边游动,踽踽而行。侍从高举冠盖为其遮风蔽阳。海市蜃楼本无预测定时,李斯终究空手而归。齐郡守在十日内竟数次来船场督察,并伏设无尽麻烦,可见若不是秦王旨意,他可以轻易取缔船场。寻仙药、长生,眼下还只是秦王一人之事,无论李斯还是其他人,都不过阳奉阴违。他们只把嫉恨与仇视撒在方士身上。李斯与齐郡守将使我在船队出海之前就精疲力竭。

比较而言,李斯及其同僚不太相信"仙人"居地,也不奢求"长生"之药。但他们认同邹衍开创的"大小九州"之说。同是百艘楼船入海问路,李斯企盼秦之武威远播"九州",而嬴政王更多想到采回仙药。看似荒谬的嬴政比起丞相李斯更像一个"醒者"。李斯博学,也更贪婪功名,为此可以舍命。嬴政则与之相反。扫平六国之后,尽管天下颇不太平,危机四伏,始皇帝还是顾不了那么多。他以一己之躯面对整个天下,深知命之不存,九州尽取又有何用?既然"朕即天下",那么朕不存则天下不存。

李斯则要多情一些,对社稷山河、对嬴政王,皆自作多情。"千古一帝"都在全力准备自己的后事,一个丞相又算得了什么。

如上是我对李斯一伙的苛刻。比起一个学士的叛卖、以同类鲜血换取荣禄者,更厉的诅咒也都使得。入夜我在船场巡查,心中苦痛非人所知。我对丞相灰暗的面色略有吃惊。我想这是阴毒之火、殷勤低贱的操劳加在一起的折磨,他不会有更好的面容了。人的心绪性质会浮上仪表,嬉戏、荒唐、庸俗者,或者是端庄整严、缜密不苟、求真自省者,都会在眉宇间留下痕迹。我曾震惊于自身面部微小而明晰的变异——我不止一次恐惧于铜镜,深感在其面前暴露无遗。每当自己过于嬉戏,不思过取之时,面部即有轻浮之色;而当我精进不懈、心怀辽远之间,铜镜即映出正气充盈之态。我对此观测许久,简直无一例外。人若颓唐,故作端庄也徒劳无益。人需慎独、内守,长此以往方可敛住正气。正气可以逼退淫邪,反之亦为同理。如同李斯一类阴郁者,心绪必会对其长久滋蚀。

我不想因李斯这样的叛卖者而为学人羞愧,正像不必为那些残暴之徒而为人类羞愧一样。在这个繁衍不息的神秘时世上,圣者逝而再生,渣滓涮而复聚。闻所未闻的妄徒凶暴、触动神怒的凄惨酷烈,也将会一再生发下去。若此,人将以韧抗暴。

后人将对我东渡时间和地点、航行路线兴致渐高。特别是我那些彼岸的亲戚,面对各方猜测,必多愤懑。其实这也情有可原,因为时隔两千余年,一切皆无踪迹。有人将我东渡之日定为"农历十月十九日",并由此而生出一个"徐芾节"。我心中感激有之,感慨亦有之。本人率众三次渡海,时间地点皆有变更。但"农历十月十九日"显然是个错误。秦代以农历十月为年首,我未在年首出海,因水流季风不合。三次出海时间分别为农历六月、七月、八月。最后一次即为秦始皇二十八年,即公元前二百一十九年的农历八月。

那次原打算自黄水河港启程。船场即设于此,因此地处良港,而且丛林茂密,整个海角西北部和东部山峦皆有韧硕大树。历时六个月造起大船七十余艘,又费时两月征集粮草人工。秦吏随船者甚多,多为齐郡守所遣,其用心不言自明。启航时逢六月,天水一色。然季风水流并不相合,船队本欲取道海角北湾,经庙岛群岛达辽东南之老铁山,东驶高句丽半岛,入鸭绿江口。此路缘海岸而行,沿岸陆上丘陵连绵,山岭凸立,陆标甚明,海内则多有岛屿,港湾锚地不绝。因在近海徘徊多时,西风仍盛,后不得不取道琅玡。

琅玡自春秋起即为半岛东岸良港。而秦王东巡时多次于此泊船,又经整缮。船队入港后大事休整,避入琅玡附近的利根湾。秦吏恐有异变,兵士遍布利根湾陆上十里,殊为可笑。这一切动作皆由齐郡守策划。齐郡守原为齐王建时一官吏,公元前二百二十一年引秦兵自燕南下,后得迁升。叛逆奸贼,其恶尤甚。

利根湾口介于大珠山嘴与斋堂岛之间,为避风绝好去处。斋堂岛本一荒芜小岛,我曾在休整闲暇率几位方士登岛,实行斋戒,沐浴更衣祈祷,故名之。十日后起锚沿岸北上,进入灵山湾;此湾东南可望灵山岛,足为海上屏障。船队泊灵山湾,经五日休养,充补淡水,继续沿岸北行。至此达成山头,亦即始皇帝登临之地。一线沿途山脉连绵,水礁碍厄甚少,小湾遍生,可随时行止。

船队驶出成山头水域,即见茫茫无际之渺。船队开始东航,直驶高句丽半岛。此时西风吹拂,间有微弱南风,一帆风顺。船行三日后,无奈南北走向海流愈盛,且自成山头至高句丽半岛的海上跨径远达几百里,渐渐偏离航向;五日后,我与驾船人及众方士商量,改航路向西南,尔后绕路西行,驶达另一大港芝罘。该段航程虽遥远曲折,但天然港湾及避风锚地随处可觅,山深水阔,不失为最佳路径。

如此盘桓日久,丧失时间,及九月风向遂变,船队只得回返黄水河港。齐郡守亲临问罪,出言狞厉,命秦吏封查船队所有物品。我强忍愤激,述说航路险要曲折,并让随船秦吏一一佐证。我着重申明:为始皇帝采仙药、抵九州泽国,乃天地间第一伟绩,岂能一蹴而就?更何况船队海上周旋搏击三月,艰辛非常,劳绩俱在,犹可为再次出航探得正路,何罪之有？齐郡守见声色益壮，言之凿凿，只得悻悻而退。

我奏请重辟船场，打造坚固楼船，一切再加周备，等待良机出航；同时择莱夷地方最精良之船夫渔人，并携船场领班、我的挚友淳于林，备好一切必需之物品，随时轻便出海。

临行前我与卞姜泣别。她自知凶多吉少，再三叮嘱淳于林一路辅佐。淳于林是莱夷护城将军，曾秘密联手数名尉官倒戈，起事前二十日秦入齐，乃罢。船队初航淳于林即充作百工登船，原手下尉官也随之成行，只待船至中途相机事变。卞姜泣哭不止，尔后一向刚强的淳于林将军也流下泪来。这使我稍稍吃惊。

我与淳于林几人只驾小船三艘，但装备精良，人手绝佳。俟一切准备停当，季节已近农历七月。此时风水正合，据渔人言传，七月间水流改向，可凭借天时沿北部海岸绕行，一直漂流至庙岛群岛。该航路已被渔民走熟，他们多次由黄水河口起航，先抵南北长山，再砣矶岛、大小钦岛、南北城隍岛，穿过老铁山水道，抵达辽东半岛。下一段路程即是由辽东驶往高句丽半岛东南，去对马、冲岛、大岛，登北九州沿岸。至妙之处是船航至高句丽半岛约一月余，正可赶上瀛洲海域左旋海流的单向自然漂流。如此只消半月余，即可登上瀛洲。

三艘航船于七月上旬如期出海。

正如渔夫所言，航路颇为顺畅，自长山列岛至北城隍岛水路曲折，然全无风险。最为可怖的是横穿老铁山水道，水色苍黑，流急涌大，令人毛骨悚然。至辽东后稍事休整，补填米水，再打足精神驶向高句丽。一路艰辛难述，几度绝望。

好在自高句丽南岸募得一本地渔夫,施以重金,答应驶船。渔夫熟稔水道,尔后几经风险终算如愿。山光水丽之处可为瀛洲,然船帆只在周边小岛徘徊,难以登临。

从小岛远望瀛洲,可见沃壤千里,峰峦碧秀。淳于林恃武气盛,勇力可嘉,但临近陆地又不得不速速退却。陆上土人颇多,身着树皮兽衣,语言浊怪,持弓携棍,似不可近。

尽管如此,一干人还是喜不自禁。

在小岛上流连半月,天气渐冷,不得不尽快归去。归路风险依旧,只是较来路坦然;船至高句丽北五十余里处一船触礁,船上五人只救得一个,其余皆被急流卷裹、巨鲛吞噬。淳于林曾用弓箭射中一鲛,然其身带箭镞依旧悠游。余下一月之里程有惊无险,唯随船一渔夫年迈不胜劳顿,暴发热病,挽救无效死去。归路上我与左右挚友再三议事,最后意见归一:此次迁徙为亘古未有之大举,必得成全;所计划步骤,不能有一毫闪失;择人谋事,慎之又慎。为堵塞疑迹,约定登陆后不得言说瀛洲真实,只可敷衍水路凶险,有巨鲛阻碍,不得近前云云。考虑到此一去将永生不得复返,几人齐声叹息。有老者献策云:蛮荒之地人疏土寒,区区百人不胜孤寂,日后也不得蕃茂繁华;若能一举携来数千人口,久远之未来方有大业可图……

老者所言甚是。所有人都长久不语。有人想起莱夷之南部蛮地古俗:河妖与海妖兴风作浪之际,常抛童男童女祭之。于是议定:为求得仙药,抵达彼岸,必射死巨鲛,童男童女奉与海神。

归来后未去船场，也未急于搪塞郡守和秦吏。我只将极多时光留与卞姜和小林童。她与稚儿望眼欲穿，思我心碎。我未曾讲述风浪险绝下的死亡生还，只轻描淡写掠过。凭卞姜之聪慧颖悟，不难理会其中的艰辛。眼下她全是欣悦，简直有些大喜过望。历经几月的海上腥咸，此刻我们紧紧相拥，只觉得她周身都散发出春草的清香。小林童轻咬拇指，我把他们母子吻过又吻。

余下的日子我一人藏入后室，杜绝一切来客。后室逼仄，但有一隐蔽通道可达草堂。草堂从来无人问津，四周有密密围篱，中间是一二亩菜田。草堂内有书简三五籍，笔管一二支。这是我一人静修之地，也是我舐伤抚疼之所。在长达三年的时间里，我曾在此览阅无数简册，抄经四十二卷。思远古辨义理，沉浸痴迷不知回返。卞姜居于十步之遥，我却把无数柔肠埋于悠思。夜深我尚无睡意，轻轻踱过通道，寻找呼吸之声。

母子二人已经入睡，小林童枕着母亲手臂。母子何等安详。一样的鼻翼、嘴角、眼睫，甚至是同样鲜润的肌肤。满室洋溢着槐花的香气。我听到细微的、异样的呼噜声，原以为是小林童发出，后来才看到他们身侧有一只酣睡大猫。它肥胖浑圆，毛色闪亮，小小鼻子精巧绝伦。可见我离家后母子寂苦，养育起这可爱的生灵。

我蹑手蹑脚走开，想到最后撤离的日子，无论如何不可遗下这只美猫。

草堂离船场尚远，仿佛可闻当当斧凿之声。与母国分别的日子即在眼前。一场剧烈艰苦、难以预测的较智较力也将开始。我不止一次细细想过嬴政那细长的眼睛、李斯那灰暗的面孔。现在我是沉然笃定、敛起精力之时。我必须把一切都想在前边,不得孟浪。妻与娇儿给了我特异的力量,还有对区兰的珍贵忆想。我渐渐加强了一个理念:做为人子,我已赢获全部幸福,蒙恩盈足;剩下的只是对上苍的回报了。

我欲施行的绝非一般的善,而是大善。这必使我蒙受巨大痛苦,它们会竭力折磨我、伤损我,使我不时临近绝境,全凭一己勇气挽回。我还会遭受几千年的大误解,牺牲之后又要裹糊污浊。我必得对这一切全数有个预料,然后再迈出致命一步。属于我的全部时间只有六十年左右,而这之前已相当吝啬地花掉了多半。

接着是再三筹划。

对秦王、李斯、齐郡守的禀奏要点;楼船数目、童男童女数目,兵士、弓弩手……淳于林着手起事,缜密周备,万无一失。太史阿来则负责运藏经卷简册。我亲自选择随行"方士"。其中一部将同淳于林暗置的伍长一起充做"百工"。事变地点择在穿越老铁山水道之后,"同舟共济"会使秦吏松弛警觉,加上疲惫惊险,正可动手。淳于林说一旦事败他即自刎,大局尚可挽回。为最坏打算计,起事筹划细节只由他一人与各伍长传布。

入草堂六日,齐郡守派人来传。卞姜依嘱说我渡海染疾,已去民间求治。秦吏三番五次寻来,卞姜依旧将其挡开。

第十一日,我脱去宽松袍衫,身着徐乡城方士祭祀之衣,面容肃穆踱出草堂。齐郡守一行人马正在官邸迎候,我登上饰有金色冠盖的华丽之车。经过几天静卧滋养,我自觉底气充盈,面色尚好,唯在前额留有一处淡淡艾草灸印。

郡守官邸煞是威严,左右幕僚偶尔低咳,垂目视下。我施礼朗声禀奏。我用徐缓清晰、确凿无疑的口气,提出包括三千童男童女在内的一揽子计划,并强调此一行非同小可,势在必得。

郡守立身起座,大为惊骇。

秦王嬴政第二次东巡即在我拜见齐郡守不久。这实在出乎意料。始皇帝不顾远途劳顿,进入齐地之后直接取道琅玡,可见求取仙药之切。郡守不敢稍有怠慢,一面追随迎候,一面命我火速前去琅玡。

我出海求仙的庞大计划看来早已禀报上去,因为我从嬴政眼里看到了异样神色。那是一对沉重衰老的眼神,可是这一次闪出了再明显不过的微笑。在这双眼睛面前,我感到了自己的恐惧。这一次李斯并未随行,而代之以中车府令赵高。赵高微胖,肤色甚好,慈眉善目,口音清纯。只是他常常发出一种怪笑。这笑声令任何自尊的男子丈夫都不能忍受,我真为之捏了一把汗。可是秦王未有丝毫愠色,看来早已适应了这古怪的声音。我发现赵高对采药一事出奇地感兴趣,详细问过了一切细节,连船行海上的大小解诸事,都一一问过,鼻子里发出满意的哼哼。

秦王几乎毫不犹豫地应允了我提出的一切要求,并嘱身边几个文武官员和郡守全力督办,不得错过八月出海佳期。接着就提出一个令我胆怯心寒的问题:他将亲自陪我去海上射杀大鲛!

我于慌乱中不知摆手说了什么。众人大笑。我终在这笑声中镇静下来。我说:"大鲛只在水深浪急之处,未必马上寻得;再说皇上至尊之体,怎可出入水浪涛涌之险?"

秦王哈哈大笑。

第二天五艘楼船自琅玡湾入海。秦王左右皆是弓弩手,我被邀至身边。他青筋暴起的大手持弓待发,令人焦躁又可笑。我祈求大鲛快些出现,以了却这场煎磨。郡守一干人马都在最后一艘楼船上,所有随行者都被告知,一俟巨鲛出水,不可慌张,立马禀报大王,由大王亲手射杀。

船队在海中游弋多日,未见大鲛,只发现了不少鸥鸟。焦愤中秦王一连射杀了十余只鸥鸟,其弓上之力令人叹服。

第十六日,船行至成山头南侧,寻觅巨鲛不见,又去芝罘、黄县。在黄水河港造船场巡视一番,复又登船东去。船行过芝罘不久即发现一巨鲛,全体大呼,恐惧兴奋交织。追逐约一个时辰,巨鲛隐匿。秦王大畅,令船队火速搜寻。船行至成山头北侧,巨鲛终于又现。这一次,秦王命左右不得喧哗惊扰,只耐心靠近,然后连发数箭,大鲛血水遍染一片海浪,渐渐不支,翻转肚腹。众人山呼"万岁",压过了海浪的呼啸。

第 五 章

登临瀛洲已近四个年头,再过几个月我将满五十岁。在我的生命中,我一直恐惧于"五十"这个数字。按莱夷人的平均寿命计,我已属侥幸之人了。近日来左胸疼痛频仍,脉象有变。我知道这是万事入心，思虑过甚。可是正像人无法遏止日之起落，也无力抑制驰骋游思。除了心病，脚气病也日见嚣张。若不念万事开端未有结局，我也许早已了结了自己。在心病和脚气病猖獗之前，腰骨和颈疼曾把我弄得痛不欲生。我一贯对那班医师不太看重，后来也不得不请其为我诊视。一看到他们灰暗的面庞、那三绺长须和长长的手指甲，我的气就不打一处来。可我还是忍受他们号脉、用一片铜板压住舌根、特别是伸手翻我的眼皮。最后开出的是几服熬煎得棕黄中泛着墨绿的汤药。他们照例让尝药人尝过，然后让我喝下。三服药用过后病疼似有缓解，于是，我就把为自己备下的东西暂且藏了——那是几颗断肠草配制的药丸，吞下后只需片刻，一切也就结束了，并未有多大痛苦。这种剧毒药丸自从齐都最后一次归来就一直带在身边；秦王东巡时，我甚至把它存于贴身衣兜，以备不时之需。一旦面临暴君的惨刑、疾病的折磨、无望的绝境，我都给自己留下了这条出逃之路。只是这一可怕的怯懦没人知晓，无论是卞姜、区兰还是淳于林诸人，都只看到我的另一面：忍辱负重、胆大果决。眼下我又在彻夜不眠的煎熬中琢磨那几粒致命的丹丸了。有一天，约莫是三更天里，我憋气爬起，在灯下直盯着三粒丹丸看了许久。那真是一次绝大考验。我身上遍生汗粒，等待巨大诱惑丝丝消退。后来我总算胜了。

每一天黎明我都显得神采依旧，经过梳洗、饮用提神的汤汁，两眼闪出光亮。卫士们已在营帐外换了三班，在门前来回踱步，曙色映着身上的甲胄。他们见到我总是略有慌乱地行礼，我则轻拍其肩以示谢忱。

淳于林禀报:自城邑北面五十里山岭修筑的城墙,至这个夏末已砌四十里;至秋冬两季将砌完中段六十里。砌城之伕多为城内征用,土著为换取粳米、织品,多踊跃投入,故进展较前大增。下则设以排污水道,如此将杜绝蚊蝇脏臭蔓延滋生。我听后大为快慰。特别是铺设排污一事,本由我大力倡议,然建城之初却未能实施。百工中的"建造长"自恃名高艺精,径自设计。其实此举非我独创,而是从临淄得来。临淄作为天下数一数二的繁华之都,一切皆有条理,地下水道纵横交织毫不紊乱,清浊有序,出入分明。本城因未设地下排污水道,三年来山洪溢入,污水涨出,恶臭满城,几处疏畅出口都被石砾堵塞。

除了筑城诸事,我更关心的还是兵营体制、操练防卫等等。淳于林在这方面无须催促,总是新奇迭出,日日精进。三年来由原来的十五营扩展至二十六营,且器械愈加精良,火器品种多达十二种;抛石机、炮、飞箭、冲锋车、登城云梯、火擂,都迅速增置。兵士盔甲添置数种,金甲由一年前每营四十二件增至八十余件,整整多出一倍。三年来与叛贼交火一次,击退和剿除土著劫匪十余次。兵士严格遵守我的旨令:对土著的打劫围拢以驱除打散缴械劝降为主,不至万不得已不准伤其性命。此类尤在我一一督察之列,所以三年来未曾逾矩。

淳于林一年前欲改变兵士建制,变各"伍长"为"总兵",并由"总兵"下辖"三伍",配以全部各类兵器,以单独完成大战项目。此事项之提出,主要为提防秦兵来剿;其次闻东部土人血统颇杂,混有辽东人、高句丽人,甚或有秦地船民也未可知。他们安营扎寨渐成气候,时常劫掠。淳于林多次准备东征,以扫东部灾殃,皆为我劝止。我认为一切尚不到时机,时下坚固城邑强兵自防为要,东部流寇草贼若不犯我,暂且可与之遥相安处。

我在交谈中特意观察了这位将军。有人说淳于林自从与娇女完婚之后更为俊拔;娇妻甚得宠爱,心手皆巧,从当地土人学得制作海鲜三法。莱夷人也有生食海物之俗,但与此地有所不同。淳于林衣饰也好于往日,简直是风尘不沾。在我缄口不语时,他的脸色略有泛红,叫了一声"君房",再无下文。我并不追问。其实这位将军也有苦不堪言之处:所带兵士、总兵伍长,常有骚乱发生,有时还颇为严重。上个月有两个携带武器逃去,至今下落不明。有人发现他们曾与土人女子在一起,于是十有八九是到土人处"入赘作婿"去了。我不知土人风俗,也不知他们时下可否无恙。总之,两个年轻人必是忍无可忍,方才取此下策。淳于林在报告此一叛例后议论:"如果开放与土人通婚的禁令,一切也就迎刃而解!"

他的话令我不得安宁。因为自开始择女完婚以来,未得婚配者不在少数,这一部分义愤填膺。可是事关血脉种族诸等至大事体,我却不敢轻言可否。最后一次提交政议,并将这一难题送至大言院。我密切注视大言院,发现一片沉默。原来大言院有三分之一学士尚未婚配,他们就此难题不敢轻率,正抓紧时间出入经卷院。其结果必是引经据典,一发而不可收,一举促成心愿。

一切不出所料。大言院终于展开辩论。辩论终了无非是"可"与"不可"相持不下。令我惊讶的是,并非所有未曾完婚者都是同一种言论,他们当中有人竟坚持反对与土人女子通婚,认为如此一来无异于"亡国亡种"。驳难者反问"国是何国、种是何种"? 结果又引出万般烦琐,从炎帝黄帝上溯,说到盘古,最后又大骂"狄戎",说西部蛮夷入齐后一切都不成体统,一塌糊涂了。

大言院的辩论至少使我想到:既然七国混一、古今混一、四方混一,为何城邑之内不可混一? 此莫非作茧自缚? 我私下将种种想法议论于"方士"之间,他们当中年老者愤然,而年轻者则合掌而歌。问淳于林,他稍稍赞赏,并借机提出织坊中那个要"追随先师一生"的女子。

"她叫'米米'。"淳于林大概怕我已将其遗忘,故意提醒一遍。

其实我从未忘记她的名字,在脚气病猖獗之夜,我甚至喃喃吐出过这两个字。我认为这是两个至美之字,是再好不过的莱夷名字。莱夷稻米当为七国之首,而且引种时间早于南部泽国,与桑织并为二美,炫耀于世。"米米"也会炫耀于瀛洲吧。想到后来自觉心口灼热,隐隐不安。我曾决意不再有第二"区兰",只身一人度过暮年。"暮年"二字何等凄凉,不过也多有悲壮。脚气病、左胸闷疼,都使我不能入眠。在这不眠之夜,我特别渴念一个诉说之人。

有几次,也许是不经意间,我又走入了"六坊"中的丝织坊。所有女子皆自顾忙碌——因为这里已成规矩,无论何人查看,皆不得慌张起立耽搁操作。我在织机前走动,像往日一样不时伸手在光泽的丝巾上拂掠一二。我对这些女子名字一概不知。她们个个垂目,并不看人。偶尔有人抬头,旋即又去操作。时下这些女子已非昔日,她们皆已婚配,满面红色,娇媚胜过常人。

有一女子颇瘦削,纤弱然而妩媚,皮肤微黑。她在片刻间三五次抬头望来,待我注视又匆忙低头。灼热之感从胸口掠过,我在心里念道:米米!我从旁走过,禁不住再次端详,双脚如石块般沉滞难移。女子旁边一人小声嘀咕,全是熟悉的莱夷乡音。惊喜中我终于听到那人呼她"米米"……这时才注意到米米穿了件深绿色手编绠衣,内衬粉色丝缎。腰上束的是水红带子,颈上饰有小小玉贝。她长了微微上吊的凤眼,额头鼓得像鹿;后来我发现其眼睛也闪闪如鹿。她太瘦小,两只羞惭的乳房像秋天的桃子。

米米原来如此之小。我开始深深怀疑起许久前淳于林的传话。我怕她是听从别人授意,认命般地耽搁了婚姻。如果她在童男中尚有自己的意中之人,那我就是一个蒙羞的罪人了。

从六坊踱出,四周光色仿佛一齐笼罩,无数目光盯视过来。卫士照例在几十步处走动,我却宁愿他们远在视野之外。有人从大言院和经卷院走出,至近前恭敬施礼,呼一声"先师"离去。

他们敬畏的声气使人振作一些,将我唤回眼前的时光中。举目四望,一阵无法忍受的孤寂泛上。我一瞬间明白,之所以在深夜难以拒绝那几粒要命的丹丸,除了疾病的纠缠,也还有其他痛苦。

我及挚友、百工方士童男童女,整整一座城邑的人,都是一些漂流者、从大陆母体上分离出来的孩子。一旦分离,也就丧失了顽皮,从此要直接面对人世间的风霜雨雪了。截断回返之路,剩下的一条路就是继续前往,愈走愈深,走入自己的未知。

我向卫士做一个召唤的手势。他们飞快上前。"传我的旨意罢,我已决定让各色人等,土著人、秦人、莱夷人,此岸与彼岸种种,自由婚配……"

卫士张口结舌,脖颈伸长。我再复叙一遍,他们才应声而去。

听了几次大言院的辩论,令我追思很多。我在百忙中不得不多次出入经卷院,翻动那透着特异气息的卷宗。有些简册已非常陈旧,字迹脱落,韦编绝断。我对经卷院的管理者颇为不满;但对方辩解说,这些经卷大半由七国辗转汇集,经多处匿藏移动,才运至楼船;登临瀛洲之后,经卷院中所有人手——其实也只有区区十几人——全力抢救古籍经典,有的已断断续续转交缮写院抄录;几年来差不多已无暇研琢攻读著述……翻动经卷时腾起的淡淡尘埃,又让我强烈地怀念起老友太史阿来。

对于我和我的左右而言,他是友谊与学术之链上断绝的一环;对于整座登瀛者的城邑而言,他则是完整历史之页中漏掉和滑脱的章节。对于他,我一时不可能有再多透辟的分析。他与那个"女通灵者"的行为够独特的了。他们既不是一般意义上的叛逆,又不是蓄谋日久的贼子。他们的忠贞与诚恳简直人人皆知。

我以前曾想过,他们的死亡之中埋藏着对我的深爱,也遮蔽着对自己的绝望。没有人站在历史进程之外向他们指明:殉一个无冕之王远非值得;他们自己也还不到绝望之时。他们的忍受力太差了,他们过早地吞服了自戕的"丹丸"——当然与我的"丹丸"不同,那是冰凉的剑,是金属所制。人在忍受中会发现奇迹,历史和人心会发生出乎预料的逆转。人总要违背自己的意愿行事,走相反的轨迹。人的最初意愿只是一种动力,它只负责把人推向一定之轨。然后这意愿就失去了定力。人在自己的轨道上滑行,滑向固定难易的方向。太史阿来与"女通灵者"性急到不能等待;他们在嚓嚓作响的滑行中竟然一无所查,认为人和历史命运之车已然停滞。

仅仅为此,我又洒下一把同情之泪。

我不想回想在中途事变不久的甲板遭遇。"女通灵者"在月光下热气腾腾如同烤红薯般的双臂、高耸硕大的乳房,都给人强烈的感觉。特别是在挨上我身体的一刻,我即真实无误地感知了她的肉体,那种特别的温煦和弹性、一个人在极度兴奋中的震颤;那天,她散发着夏天第一批熟杏的气味。在刚刚笃定和历险之后,长达一月的海上之行使我精疲力竭。我在这位女性放肆而颇具勇气的刹那依偎中,获取了他人无法理解的安慰。尽管接下来我出于各种考虑疏远了她,心中也还仍然残留着某种谢忱。

她显然并非一个浅薄可笑的女子,这在其后来的选择中即可见一斑;但她突兀冒险的举止——甲板上的冲动——简直又让我无从解释。像她这样一位年纪略大、富于冒险、体态丰腴的过来人,也许更适合我一点。我从来没有将其当成一个"通灵者",而只看成一个潜在的肉体伙伴。尽管她颇为精心地构筑描绘了其"通灵"的异样功能,我仍然没有留下过深的印象,而只有丰富强烈的肉体记忆。总之她是一个奇妙的、不可多得的女人。

比较而言,"女通灵者"比米米更能够吸引一个逃亡者。她的死差不多像我的多年挚友太史阿来一样,让我深为震动。我正有许多话要与之交谈,想不到她走得如此匆忙。

太史阿来在多大程度上令其臣服、并支配了她甲板上的行为,如今已无法查寻。我知道太史阿来是一个诡秘异人,常常做出一些不可解之事。记得我与他从乾山祭祀完毕第二天,一同去黄县归城、莱南,然后西行临淄——后因事耽搁未至临淄,与三五"方士"一起经东海沿岸一线返回徐乡。行至一渔村过夜,太史阿来与房东女主人交谈甚多,并应她之请作了道法。第二天一早启程时,女主人尾随不舍,泪眼蒙蒙,令太史颇尴尬。我一再让其劝止,女人仍随。我只得亲自劝其返回。女人泣哭不止,说随太史抛家舍业在所不惜,"他是人世间第一个让人舍不得的男子,只与你说不清细⋯⋯"我只得令太史了结此事。太史于是只消片刻私语,那女子就恋恋不舍地回身去了。我总设想他正以相似方式使"女通灵者"追随。

太史阿来从来睥睨婚姻,自称杜绝酒色,又在徐乡一带常有风声。一寡妇受雇为其浆洗做饭三年,尔后事发。族上严加追问吐露详情:太史阿来行为极其乖戾,而且十分沉溺,举止怪异到意想不到。寡妇曾向族人展示身上数处印痕,叙说一二，听者大为惊骇。族人合伙缉拿邪癖之徒，我只得令人藏匿，转至黄县北海桑岛。寡妇在族中再无颜面，数次寻死，终究投井自溺。加上"女通灵者"，太史阿来此生已携两女走入冥界，可悲可叹！

自秦始皇第一次东巡至今，我与同伴结识、相聚、流失，不知有多少人次回合。我已疲惫。秦王二十八年之前更是令人慨叹不止。历经多少险境，再背负出卖之绝情凶恶，心上愈加冰凉。

我如今可由几字概括：多病、疲惫、麻木、多疑。麻木是多次挫伤摧折的结果；而多疑却是存活的必须。在内心深处，我不敢让这样一些触角收束伏下，而必须大张开来。我并不相信这里是一片最后抵达的精神陆地，正像我不信三百艘楼船装载了同一种义理一样。人可共赴危难，但这说明的也仅仅是"共赴"之特殊、固定的时段。人生危难瞬息万变，"共赴"者将会不断组合、聚拢和分离。韩非与李斯同为荀子弟子，一个却死于另一个手中。他们之间的差异不仅是"义理"，还有世俗之益，还有血源之异。我不相信李斯之流，首先是不信任他的血脉。他是远在彼岸的背弃者、出卖者，双手沾满学子鲜血的罪孽。

太史阿来忠诚于我的，只是我身上的一部、生命中的一程。时过境迁，我即让其感到陌生。我们寻找的"义理"原是如此不同。踏上瀛洲，漫漫长路又将起步，能够伴随者不知尚有几人？我警惕的竟至于还有自身！我害怕意念与肉体对抗、害怕灵魂的遗弃，害怕无谓的迁徙。

太史阿来留给我强烈震撼的不是死亡本身,而是生之嬉戏、邪癖、私欲——这一切相加都不能剥夺的"意念"。他这一切曾与我心魂深处的一部悄悄吻合。但也仅是一小部分和一个阶段而已。他曾在徐乡的某一个深夜,声泪俱下地言说那个"意念"。他牢牢记取的是莱夷人的祖先和业绩,并自始至终是一个"伟大的复国主义者"——仅由此而论,他也是一个纯粹者,一个高尚可敬、然而却又是害莫大焉的妄人。

他在莱夷人的自尊和威严、利益与机会面前可以丢弃一切。为了那个"意念"他可以丢弃怜悯、道义,而且永远没有罪恶感。我实在看不出在这一点上他与李斯、秦王和齐闵王之流有什么本质区别。当然这些人很容易在狭小的层面上找到狂热的颂扬者,但这也丝毫无助于他们。

在太史阿来为自己激动之时,我却为自己而悲伤。我发现年届四十,却来到了人生的十字路口,对以往滋生深切怀疑。我怀疑一个消失于彼岸的故国能否存留于他乡?我怀疑世上许许多多东西,包括社稷,有时真的会是一去不再复返。这一切当时并未说出,一方面因为还没有梳理清晰,另一方面也为了回避激烈论争。太史阿来收集了所有关于莱夷故国的经卷,哪怕是只言片简。他对自己的来路与去路毫不怀疑。我不知该怎样评定和判断这位迅速衰老的、一度是相濡以沫的兄长。我发现源于内心的炽热火焰已将他烤得枯干。他脸上皱纹细密如同灰尘。

我渐渐不能支持他的"意念"以及这种"意念"的方式。那是一种极其世俗化的精神提摄,至为现实又至为明朗。比如说它支持一部分人索要土地、城邑、特权,以及其他种种好处；它并不排斥这样的思路：为了这一部分人的获取，可以向另一部分人掠夺，可以造成另一部分人的莫大痛苦，直至死亡。

我于是渐渐恐惧于太史阿来。

但我也曾被其误解为源于同一种思路和目的的狂热。我深知他今后会由我身上产生出长长的悲凉绝望，直至仇恨。他会以另一种方式表达对"旧我"的忠诚。他需要我的"回返"和"归来"。但这已不能够了。

我常常想起在徐乡城的一次对弈。那是从临淄稷下来的几位弈人——他们闻听徐乡是一座"百花齐放之城"，诗书琴棋之风甚盛，特来切磋商榷。我率众士大礼迎之，并安排对弈析难。对弈中，徐乡一方对稷下一方，十六局胜九局，费时七天七夜。观棋者甚众，气氛热烈，有人兴奋得不能支持，手舞足蹈，甚至口吐狂言。其中最为活跃者乃太史阿来，他并不参加对弈，但每局都牵动神思，败则神伤痛楚，捶胸顿足；胜则啊啊呼叫，忘乎所以。最失礼处，宾客未走，他即与一班方士在驳辩中讥讽起来，并由弈技引申到莱夷与齐人种族优劣之比较、国势之衰盛轮回、齐人之不义——鲜廉寡耻、勾连蛮戎，必沦为亡奴等等。双方愈吵愈盛，无法止息，最后太史阿来竟愤然而去；当夜，太史阿来又率人围困宾客馆舍，呼喊叫骂。幸而有淳于林一干人前去解围，方才了结一场尴尬。

事后太史阿来不以为耻，余气犹盛。他说莱子国怎可负于齐愚？幸好略胜一筹，若蒙羞，他愿舍命一搏！我问他，仅此之一命,搏一局之输赢,岂不太亏?谁知他听后青筋暴起,拍胸噗噗有声,曰:"大丈夫视尊严若性命,士可杀而不可辱!"我再无言。我觉得徐乡人以对弈定荣辱,已蒙辱在先。

齐国宾客离开徐乡三日,我犹在苦思之中。除对弈之外,驳难、甚至比试剑法、骑射,徐乡之士都常有出色之处,令我喜悦畅快。这是至朴素之情感,皆由水土培植。不爱水土,极为荒谬悖理,犹如疏离背弃生母。但不能以对弈竞技,轻言社稷之尊。我在这畅悦狂热中感到了危兆。

种族和社稷,此二者太重了。

她容不得轻薄肤浅之徒的无忌无度。她不容各种各样的损伤。她的强大雍容,即在于蕴含、沉然,还有肃穆。一己之心往往难以度测,她的尊贵、挚爱,都应潜于血液与不言之中。

她总是通过显示深厚而彻底的义理,来表达自己的尊严。一切离开这一基柢的表达,无论多少热情炽烫激烈,都会造成相反的结果,使其长久蒙羞,伤及骨髓。它支持下的热情将不会耐久;它赢来的富强也不会长远。

在一种虚妄的热情支配下,一个部族的大部甚至全部都会踏上歧路。歧路即是末路。昏聩狂妄的君主恃民族之众,幻想着不受追究。其实一个民族既可犯罪,也就难辞其咎。昏君相信"民众是永远不会错的","君即民众""君即社稷"——实际情形则是:"民众"既会犯错,"君主"也非社稷。无论有多少诱因,民众的行为仍是一种集体行为,即多数人在某一前提和某一心绪状态下达成的一种妥协一致。太史阿来的"忠贞"与"热情"相当通俗明了,众人尚来不及思虑也就拥赞了他。对他一度不能质疑,犹疑就要受到唾弃。

我至尊至贵的莱夷之母啊,我有何言?

如果正道换来的是唾弃,那就将我唾弃吧。深夜人声四息,我甚至想,就让我忍受这一代一世、甚或永久的误解吧,就让我拿出不可思议的巨勇吧!谁来给我这勇这力?谁来给我这心这志?没有,只有我自己生得获得,然后才用得。

我坚信在后来的一切艰难时日中,甚至是后来人一世复一世的无涯之中,每个人将忍受的最大艰辛,都是这追思寻路之苦、这自问自答之苦;此苦无边无际,伴人一生。

回想从莱夷徐乡到临淄访学、民间长达数年的游荡,我都在一种质询、矛盾和纠缠中活着。有时我顿觉豁然开朗,有时又四无通路,步入绝境。意象通明,脚下阻塞;脚下畅然,义理全无。沟通虚与实、言与行、动与静、远与近,即让人耗失全部体力。有时我极想寻一个大致不错的通路行走,比如访学苦思和抵抗蛮暴。但后来发现这条"大致不错的通路"又将人引向大相径庭的异方。同是访学,纷纭的义理也会把人缠裹;同是抵抗蛮暴,却会让人援引各种手法。其结果将不堪设想。看来寻一个"大致不错的通路"也远非易事。

随着强秦东渐,四水归一,我的悟想纷乱匆忙。去临淄、访稷门、入民间、集同道,无非是寻一个简便可行且不可耽搁的途径。我反复思虑:在此非常之时世,我要做与必做之事到底是什么?拒秦已不可能,复莱更是遥远,归附即是罪孽。吾欲将何为?

这个时世有多少人像我一样心怀哀伤。他们从西向东,仿佛七国之崇山峻岭渗出的涓流,汇入了底层,化入了民间。他们各怀念想,一颗心并非分属七国。这都是时世的哀伤者和寻路者,都在痛苦地想念。秦王统一七国之后,更大的野心是要统一人的想念。于是繁杂而众多的想念也就没了去处。

想念是至为重要的。给众多的、如春日繁花般绚烂的想念找下一个去处,也就是时代的大善。

这个路径在心中渐渐明晰起来。我终于认定:它即是"大致不错的通路"!

我于是谨依心示而行,不分门派,不穷义理,只为保存想念;我引众学士儒生东去海角、再入徐乡,尔后同做"方士"。一时徐乡成为名副其实的"百花齐放之城";地远心偏,鞭长莫及,加以秦王喜好神仙之术,热衷不老丹丸,齐郡官吏也多多效法。一时间对"神仙"存疑者为吏甚难,对"丹丸"摒弃者几近愚傻。唯"方士"大行其道,优哉游哉。太史阿来第一个尊我为"先师",我每每拒之,他即勃然变色,结果也只能勉强为之,对这一称号逐日习惯。

其实就"方士"的道法与礼仪事项而言,徐乡本土有一些真正的"先师",而今在这座城内却成为末流;一个个愤愤不平,又莫名其妙;他们出示典范,太史阿来就斥为"大谬";日久之后也只得臣服,以"先师"之礼待我。

太史阿来常以焚书坑儒之凶警示"方士",以激发抗暴之心。这原不错,只是失于浮浅。日久,已有多人不能见容。我甚为苦恼。我多次想与之深谈,又不知由何谈起。我巍巍然以"先师"自守,他总是温顺肃穆,甚至诚惶诚恐。于是我渐生疑窦,发觉有进入角色之辱。这角色的规定者即太史阿来与一班追随者。也许仅仅是在我进入角色时他才如此谦卑。我且忍耐,因为时下也只能如此。我发现太史阿来以及周边为数不少的方士,因过于迷恋自己的角色而达"忘我"境地,渐渐将命性与角色混而为一。我只在内心认定他们的激愤、焦思和痛心疾首多少有些自欺和欺人,但无从找到戳穿的切口。

如上想法往往是一闪而过,是我独自一人的悟想,并未道出。我太需要他们,正如同他们太需要我一样。我亲眼看到来自七国的儒生名士、各色人等在经受如何痛苦。他们正进入另一囚笼。这囚笼无形无影,却紧紧相逼,使一切违背莱夷的义理都隐退销匿。这个囚笼给人以肉躯的安全,却又给人以灵魂的戕伐。

半夜出了一身汗粒,胸跳如鼓,伴以阵阵痛疼。我挣扎起来喝了一口水,吞下三粒医师的药丸。这些治胸疼的药丸都按验方制成,呈墨绿色。接着再不能入睡,心慌胆怯。脚气病也屡屡冒犯,时下虽被扼制,但不知何时又会嚣张。颈骨像镶了一块陌生的木节,麻胀刺痛,有时真要令人破口大骂。我知道这样下去终不是办法,事情总该有个了结。作为一个略通医术的人,我明白自己身上的所有疾患都将不治。那几粒致命的丹丸仍在诱惑,我正小心而缓慢地走近它。放不下的是此岸彼岸的牵挂,一座城邑的未来。我对身边一切事业的明天不敢设想。强烈思念卞姜、区兰、小林童——这个夜晚我突然觉得他的那一对微微上挑的眼睛有些异样。

这样一直挨到黎明,开始洗漱、用餐、晨读。接着是一件连一件的禀报,于是胸疼和颈部疾患全部无影无踪。我发觉自己最喜黎明到日落这一段光阴,深惧夜晚。我想寻一个伴寝之人。我让守夜卫士夜里陪我说话,如果困了则歪在榻上歇息一会儿,醒来续谈。这样我觉得略可忍受长夜。

陪我的卫士已跟随两年,以前似乎未曾多言。他十九岁,家在徐乡南边村落,自小随父捕鱼,十六岁入城做织工。他当年作为划桨手上船,登临瀛洲后被淳于林选作卫士。所有卫士都经淳于林亲自审定,从五官举止到身世亲戚,一一验过。这个叫"甘子"的年轻人眉目极为清秀,身体细长,手足柔软,开始回我话必挺胸昂首。我让他随意些,自己也斜倚榻上与之对谈。所谈皆莱夷旧事风俗,如观乾山祭祀典礼、春天渔夫祭海、婚丧礼仪……甘子渐渐没了拘谨,笑声朗朗。夜半之后,有时我不知不觉间睡去,一觉只是片刻,醒来却见甘子睡得深沉。他睡相甚美,双目夹出长长一溜睫毛,让人想起安眠的羔羊。

我有时长达一个时辰站在安睡的甘子旁,屏息静气,唯恐将他惊扰。我想起了小林童和其他。在这样完美无缺、蓬勃向上的青春面前,我有一种难言的羞愧和感激。有好几次我莫名地流出泪来。甘子吐纳的气息含蕴了芳香,那面庞如丝缎一样闪亮,又如七月之果。后来我出了帐子,见有卫士在不远处踱步。仰望星空,又展望紫黑色远山,心中颇为安然。朦胧中觉得帐中正睡一顽皮温驯的孩子。

这一天政议结束时,两个长者留下,未曾开口即跪倒在地。这使我大为惊骇。自来瀛洲,除了几个捉回的叛将伍长惧死而跪,还极少有人行此大礼。我慌然搀扶,他们好不容易才站立了。我说:"这万万使不得!这会折杀我的!"老者泪水在深皱中闪烁,尚未开口先仰天长叹。我一再请求赐教,他们才直言不讳起来。

原来他们所求者有三:一是立即收回成命,禁止城邑中人与土人混血通婚;二是来瀛洲日久,欲图大业久远,实不可无君;三是从社稷子嗣计,先师必须择娶,万不能再有耽搁。

三者都在一再禁言之列。我料定二老的确是鼓足了勇气。连我也觉得欲做成这三条颇为容易,若不做倒是极难了。他们反复强调此乃全城人之心愿,只不过别人没有胆量直言,而他们年事已高,早无挂碍。

我只能婉言应对,答应仔细斟酌。他们离开后,我愈觉从未有过之沉重。船队驶离黄水河港那一刻,我望着船尾翻起的波浪,心想一切才刚刚开始。我想得不对了,此一行既走向开始,又走向了结束。

我将像拖延自己的生命一样拖延下去,对三项要求未做一丝变更,并坚持不列入政议。我知道二老的勇气来自多方支持,其力量恐难预料。我也知道自己处于特异危险之中,也许使命已经完结,从中途事变甚或更早时日就该由另一个接替了。这个人会是谁呢?

这一夜甘子久久未来。

大约三更时分有人笃笃敲门。我以为是甘子,上前开门。门前跪着一个女子。她伏在那儿,但我从瘦瘦的肩头一眼就认出是米米。

"请站起来罢。"

"不,先师!您答应让我服侍才能站起……我知道这是命定的。"

我没有愤怒,只有压抑了的一丝狂喜。我问:"谁告诉你是这样?"

"不知道……我只知这辈子不能离开先师了!"

"那你站起来罢!"

第 六 章

我想简明扼要地追述一下莱夷人的历史。这颇困难,但我还是想努力寻觅一个"原来"——我知道任何类似的企图都会大有争议。比我更为"好事"的大有人在,他们引经据典的能力并不逊于我。不过这在我也是必做之事。长久以来我都疲于奔命,几乎没有时间做出这些梳理。而关于一个民族的任何追忆,都不可能不影响到时下正在形成或遵循的义理。也就是说,我及我的同道走到了时下一步,是必需如此的。

只要稍稍回眸,就不能不为自己所从属的民族而自豪。这是一种源于血脉的情感,它并不能淹没清晰的思路,尤其不能淹没至善的义理。我的莱夷族是后来中原大族所蔑称的"九夷"之一。"九夷"后来的变故多到不可言说,其名称由于时间的久远、复杂的演化,已大致不可据信。但"莱夷"肯定在"九夷"之中。夷族居于东方,黄河下游、濒临大海,拥有当时天下至为发达的文化:发明了陶器和文字。历史上记载的"孔子欲居九夷",即是这位游说访学之士最后的选择。他的选择当然出于物质和精神两个方面的考虑。"九夷"在漫长的历史演化中几经变迁,分化瓦解到惨不忍睹。他们经受了来自西部强敌的进逼,不断向东退却,最后全部缩居于一块不大的滨海地区。这个过程不堪回首,灭国的灭国,迁居的迁居,降附的降附,其中大部已融合得无有踪迹。

莱夷族是"九夷"之中最为强大和倔强的一个部族。它由若干个胞族组合而成,其中最有影响的又是其中的两个胞族:孤竹和纪。他们好比是"莱夷族"两兄弟,在纷纭复杂、酷烈壮阔的时世有令人泣下的行迹。我不得不说,像所有英雄部族一样,他们的悲欢离合、从兴起到衰亡的真实历史,就是一部动人心魄的史诗。

莱夷族起初是一个游牧民族。它在遥远得无法追述、几近淹没的历史年代里就定居在东部海角,其中心地区即黄县莱山北麓;距莱山二十余里的归城故城,那高大的夯土城墙屹立风雨,千年尘埃也难以淹没。许久以后的考古学家对待复杂的历史往往会有眼花缭乱和犹疑不决之时;比如说他们会把归城莱国故地误为齐灭莱之后由临淄一带迁移。其实归城故城是莱夷人最初也是最重要的一个城邑,在长达几千年的时光中都是莱子国都。远在夏代甚或更早,它们的势力范围已达泰山以南地区;黄河西岸的大片土地也属于莱夷人治下。这是当时天下最为富强的东方大国。

莱夷人在东部海角定居的时代,老铁山海峡还没有发生陆沉。从海角到辽东半岛的遥远路程可以骑马穿越。所以这个游牧民族自从远古时期就自由来往于北至贝加尔湖南岸、东至高句丽半岛、南至胶州湾这样一片不可思议的巨大陆地。从当时的地理版图上看,其国都定位于后来的海角地带是颇有远见的。当时看不出地理意义上的狭窄感;而后来由于打通了海上通道,地理上的偏僻和局促就更不存在。至于这个骑马民族如何缘起,又经过了哪些更早的分合衍化,已难以追述;人们只好无一例外地求助于神话。从有文字可稽的历史中可以看出,莱夷族是生存于黄县海角一带的"土著"。他们擅长骑射、冶炼和丝织,发明了文字——直至西部狄戎、鬼方、白狄族东侵,再到秦统一文字,历经了几千年的融合演化,文字仍源于莱夷的发明,并能跨越八千年风烟,直接呈现于后人。丝织业的繁荣传统在八千年后也不会淹灭。其时的"现代人"将会在半岛地区看到最为华美的丝绸。至于冶炼,那更是无可驳辩地直接记载于文字:"铁"字的"失"部即由"夷"字转写。由于莱夷人的国都位于老铁山南部,铁矿资源极为丰富,莱夷人就在海角地带建立了庞大的冶炼的基地。

我认为莱子国在西周以前时期达到了强盛的顶点。这是不同胞族合力开拓的结果。孤竹与纪这两个胞族起到了中坚作用;而纪族又是最强大繁荣的一个胞族。莱子国自西周之后走入了低潮期,但这个过程极其缓慢,远比后人认为的要缓慢得多。有人把莱子国的衰变完全归之于纪与孤竹的分裂和相互背叛。这是非常荒谬的。两个胞族间有过龃龉,但尚不可以称之为"背叛";"背叛"不能让整个胞族承担。莱子国的衰败萎颓是不可挽回的运命。

令人一直费解的是,历史上为什么一再发生这样的事实：比较落后的民族取代了比较先进的民族聚居权。这已是一个不变的结论。中原以及东部生活比较优越，当文化落后的民族取得了聚居权之后，往往又会被更为落后的民族所驱逐。那一段的历史图表几乎无一例外地可以做出这样的阐释。以莱夷人为代表的诸夷创造了灿烂的文化，却在最后没有能力保护自己的社稷，有的甚至几近灭族灭种的悲境。

莱夷人有一个强大对手：周。周的势力从中原一带扩展到黄河以东，终于主导了泰山以东广大地区，迫使莱夷人迅速东撤。其实周人的族居地也并非中原。周之后人总乐于说自己的始族为轩辕氏黄帝，完全是出于一种虚荣；另有一说为"东海人"，也出于同样原因。周氏族其实是源于比较落后的白狄族；白狄族与犬戎、鬼方等都是古代同以"犬"作为氏族图腾的北狄族，他们的居地最早在西北部。远在夏代以前，白狄族的一部就沿黄河来到中原地区，他们是姬、姜两个胞族。有人说姜太公是"东海人"，自然非常荒谬。白狄族因其落后而在中原颇受歧视，所以后人总是抹去自己的血缘痕迹。他们把姜太公说成"东海人"，又说成是中原土著（河南汲县人），显然都出于这样的目的。

姬和姜姓的婚姻，使两个胞族结成了更为紧密的部落。周氏族在中原立足之初与夷族有过极为美好的合作。其莱夷族的孤竹一部即在泰山以南、黄河中下游一带与周人过从甚密。孤竹曾不无争议地将一块富饶的属地划给了周氏族，这其中的代价是什么一时还难以明了，但的确是一个重要的历史事件。周氏族与莱夷人值得怀念的合作期当是这一阶段。"鱼族"作为周氏族中的一个胞族，也属于姜姓；而"嬴"姓属于另一胞族"黾族"。他们都是白狄族的后裔。秦始皇姓"嬴",也不难寻其血缘流脉。有人称其为"狄戎之王",并不显得多么唐突虚妄。

周氏族中的"鱼族"曾是中原地区的一个"大族"。在历次复杂的战争和兼并、融合之中,后来已消失得几乎杳无踪影。在悠远的古代,它显然经历了一段极为痛苦的时期。这当然不排斥后来越来越强大的周氏族的内部分裂。当年与孤竹合作最好的就是这个鱼族;同时也可以预想,这种亲密无间的合作的结局会是什么。它导致了周氏族内部的分裂。有一个时期——想必是至为艰难之时,鱼族人的足迹遍布东部,这显然是莱夷人对其施予的特殊恩惠。再到后来,当莱夷人与周氏族彻底决裂、发生了所谓"东夷四国结盟反周"的事件时,鱼族倾向并参与了夷族的行动。这是一个重要事件,是不同的氏族溶血的过程。

所以面对复杂难言的史实,我渐渐已不满足于以族划界,一味排斥狄戎。那将是狭隘和浅薄的做法。因为在漫长的演化融合过程中,有时血缘的关系远非是第一要素。不同的部族可以在不同的物质文化环境中寻找共同利益,共赴同一种运命,完成同一种义理。我提出了这种推论,虽依据了强大的史实,却遭到了太史阿来的激烈反击。他是个"血缘至上"论者,在不顾基本史实、歪曲历史真相的基础上抛出了一整套谬论妄言。后代人强做攀附、无中生有地寻找某些血缘佐证以求得结论的做法,简直与之如出一辙。

后来人不止一次地得出"万族归宗""万世一系"的结论,说华夏大地诸色人等差不多皆出于"炎黄二帝";有人甚至画出了"黄帝像",这就更为可笑。因为无论"黄帝"还是"炎帝"都不是一个人的名字,而只是氏族的名字。传说仅是传说,不能认虚妄为事实。如果根据正史的记载,黄帝乃少典之子;而少典乃炎帝神农氏所生,这又把黄帝族与炎帝族合二为一,此说本身也就彼此矛盾。

真实的情况显而易见要复杂得多。无论是"黄帝"还是"炎帝"族,也无论是"九夷"还是源于"白狄"的"鱼族"及其他,在漫长不可考据的演化之中都经历了地理与血缘的巨大演变;因自然灾变和战争而造成的迁徙:混合、分化以及溶血,其具体渊源已完全难以测知。因此我即便极为重视"血缘",即便赖此寻觅和确定自己的情感脉络,那也只得无可奈何地去做一个"世界主义者"了!

无论如何,历史上的周氏族与莱夷族之争是至为遗憾的事情。类似的遗憾在古今历史上尽管屡见不鲜,我也还是感到了十分痛心。这当然不仅因为它导致了莱子国的衰败。这场争端引发了激烈的战争,并产生了莱夷族内部——孤竹与纪的反目。两个兄弟胞族的失和也是一个氏族衰颓的重要动因。

曾有人认为孤竹与纪的争吵不休以致最后分道扬镳是对族上遗产的争夺;还有传说认为仅是为一件具有象征意义的甲胄、一匹日行千里的宝马发生口角。这皆不足信。他们矛盾之不可化解,必定与莱夷和周氏族的历史性争斗有关。关于"孤竹的背叛"更不足信。在激烈复杂的氏族战争中,彼此的俘获、投降常常发生,但就整个孤竹而言还是至为清白的。他们与纪的和解过程也将有助于说明缘由。

早在殷人入侵莱夷的时期,孤竹就曾与纪分手,远途跋涉穿越老铁山海峡北上;但那不是反目,而是与殷人斗争的需要,等于是一场战略转移。当时的周氏族尚未成气候,他们倾向于孤竹,所以才有了后来的合作,有了孤竹分割属地,让来自西部的白狄一支有了栖息之地。当时殷与莱夷人的战争甚为酷烈,莱夷一度丧失了西部大片土地。迫于形势的严峻,莱夷人北上寻找新的栖居地也完全必要。大约是几十年之后,北上的孤竹立足已稳,同时莱夷与殷人的关系也趋于稳定,这时孤竹的大部才重新沿老铁山海峡返回海角。

后来的周氏族对莱夷人的反目为仇,使两个氏族间的关系大为复杂化了。起因颇为曲折难索,但必定与周氏族内部的强大胞族鱼族有关。鱼族是一个强盛而慷慨的白狄族分支,他们与莱夷族中的孤竹曾有过精诚合作。这就在客观上损害了周氏族的利益,于是先产生氏族内部斗争,接着又是周氏族与整个莱夷族的长期战争。这场战争中鱼族的一部进一步融入莱夷,而另一部则归于他们的血族。孤竹在战争初起时就受到纪的追究和指斥,但并未达到分庭抗礼的地步。当时的西周步步进逼,莱夷族似乎也没有可能再分化了。他们唯一的出路就是合力抗敌。

莱夷族倚仗强大的国力击退了西周的侵入,领土范围大致恢复了战争初期的规模。这时孤竹与纪的矛盾才重新突出起来,冲突日益加深,于是孤竹一支人马重又沿殷人入侵时北上的路线穿越老铁山海峡了。他们最北到达了大小兴安岭,甚至是贝加尔湖地区;往东南则到达高句丽半岛——

这些地方素有孤竹人的后裔，其时大张双臂欢迎来自故国亲人的悲喜之情可想而知。孤竹此次北上当然不同于殷人入侵时期，大有一去不归、分土而立的意思。但他们仍视黄县海角的莱子国为母国。

也就是这个时期，暂时平静的周氏族与莱夷族的局势重又紧张。本来西周面对强大的莱夷无可奈何，但由于孤竹北迁，莱夷族自身的荒疏，周氏族又开始了新的图谋。战争一开始就非常激烈，周人重新越过泰山和黄河。黄河中下游的土著过去曾受惠于莱夷，为了表示对莱夷的忠诚甚至更换姓氏为"纪"，而这一次却迅速转向了周氏族，并作为先锋进攻莱夷。莱夷军队撤过黄河，又东撤四十里，最危险的时刻甚至撤到了莱州湾。

纪不得不派出快马北上求援。而差不多与此同时，远在北方的孤竹也得知了海角的危急，正披星戴月马不停蹄赶赴故国。这是至为紧张动人的一个历史过程，可惜史书上绝少记载。孤竹人过于慌促的回返因季节不合，大约有三分之一兵员战马冻死在大雪冰封的迁徙之路……及至春天，孤竹人终于赶到了海角。一场空前酷烈的故国保卫战开始了转机。

莱夷国因此而得以生存。但他们付出了何等惨重的代价。

早在孤竹第二次率众北上时期，居于西北方和西方的狄族、犬戎也开始了东移。他们与周氏族有着血缘关系，同属白狄族。狄族与犬戎族的东侵路线颇为曲折，大致一支来自北方，一支来自西方。虽然入侵的白狄族与早已在黄河中下游定居的姜姓和嬴姓同属一个血族，但如同当年"鱼族"的分化融合一样,其间也经历了兼并、战争、妥协求存等相当繁复的过程。他们最终共同面对的是一个强大的莱夷部族,一个拥有灿烂文化的莱子故国。不难想象狄戎东侵对于正在进行的周氏族与莱夷族这场战争的巨大影响。结果是长期的平衡和对峙被打破,强大的莱夷族不得不割地东移,退居于胶莱河以东地区。这是莱夷人历史上最感屈辱的一段;可是历史的悲惨演变并未止于此。

战争的结局是莱子国领地收缩,版图大变,土地仅剩强盛期的三分之一。而从西部、西北部东下的狄戎族却获得了极大生存空间,不仅获取了中原,而且雄视东部和南部。他们实行了新的分封,划定了更为明确的势力范围,半岛西部地带产生了一个"齐国"。这是周氏族派生出的一个强大的东方之国,日后它将有世人瞩目的作为:它与西部狄戎的另一分支也将有复杂的合作与对抗的历史。这盖出于新的利益关系,其结果又是新的战争、新的分封、新的一轮吞并和灭亡。在此期间,遭受更早、也是更大不幸的,乃是莱子古国。

周氏族在取得了对中原和半岛地区的控制权之后,对以莱夷人为首的众多氏族实行了严厉统治。这在今天看来仍然令人震惊。没人能够设想一个文化落后、至为野蛮的氏族,能对包括像莱夷族这样先进氏族在内的一些部族实行如此有效和有力的统辖。这说明在长期的土地争夺、侵入和氏族兼并的过程中,有一些部族是专于探究的。周氏族以永久统治者的气魄,在很大程度上打破了血缘的局限,而遵从全新的、合乎历史与时代的义理行事。比如同属白狄血统的鱼族,虽然在战争初期就有了分化,归附于周氏族的并未受到文化上的限制;而今也许出于对一种背叛的后怕,即便是归附了的鱼族,周氏族也给予了严厉而冷酷的惩罚,大有扫除鱼族一切影响的企图:凡与鱼族有关的所有铭文、刻记、简册,都一律毁弃;而且还进一步将鱼族迁至遥远的西部。对待其他氏族也采取了类似方式,尤其是对于莱夷族留在黄河中下游的痕迹,全部彻底予以扫除;对于那些散居的异族则统统迁移:或西部,或南疆;而中原和半岛西部则迁入其他居地的繁多胞族和部落。

大约在短短二三百年的时间内,来自西部和西北部的狄戎族完成了至为艰巨的文化与政治的分割兼并、混合统一。如此一来,一些氏族也就很难以血缘的力量重新集结了,从而也就免除了历史上曾经发生的那种"四国结而叛周"的事件。当然许久以后又会滋生新的问题,因为没有了血缘的纽带,也还有物质的、义理的、政治的、地理的……各种各样的纽带。新的纷争可以一度缓和,但不可以永久消弭。这即是人类悲剧的奥秘。为消除这一悲剧之源,需要的时间也许要久远得多,也许远远比狄戎改造和夺取中原花费的时间更多;它所需要的时间,可能抵得上人类有生以来的全部历史。

齐国产生之后,与莱子国的相峙期并不太长。莱子国已尽全力振兴国家,曾经采取了军事、农工等各方面的诸多新策,但终因不合历史大势而归于灭亡。最后的居地失去之后,莱夷人一部分沿孤竹与纪开辟的路径回返北方,一部分迁移、流散四方。齐人不像周氏族最初对付鱼族那样严厉,但也相当苛刻。莱夷人的最后一部分固守海角者不得不沦为铁盐丝织百工,成为强盛齐国"渔盐之利"的一部分。

莱夷古国毁灭的悲剧,带来了永远不能消除的遗恨,而这遗恨又派生了其他。它造成的历史之回响,将会产生可怕的、多方面的震荡。王室沦落,庶民流失,走上了令人不忍目睹的悲命亡路。余下的、潜隐不彰的、更久远更揪心的,是绚丽逼人的莱夷文化。天下人的技巧、富庶、文字简册,盖无出其右者。但也正像后人多次指出的严酷现实一样:在古代,往往是比较落后的部族取代了比较先进的部族。这种取代一方面造成了新的交流和新的进步;另一方面先进文化的被淹没、不被完整地传承,又不可避免地造成了历史的倒退。这种代价也许才是人类的大哀伤,令人类难以承受。

人类的这种替代、战胜与被战胜的方式,曾让我久久伤怀。我不能理解的是,为什么物质极大丰富、文化极为发达的莱子国,尚敌不过处于野蛮时期的狄戎?当时的莱夷人身着天下最华丽的锦缎、手持天下最锋利的宝剑,却要败于手持棍棒铜戈的敌军。天下最好的骑兵也属莱子国,人口虽略居弱势,但由于鱼族及黄河中下游诸多夷族的联合,也非致命弱项。莱子故国灭亡的原因到底是什么?

我相信它终有化解之日。不仅是莱子国,还有其他种种历史变数,也似乎可以从此一窥端倪。我将由故国之悲索开去,直至穷穿义理。在此我早已失去了顽皮之心,而代之以满腔的庄严。我无法游戏于历史和人类的至大悲伤之中⋯⋯

我不得不承认,我的祖先一度——不,而是在长达千余年的漫长时光里,陶醉在自己特有的文明之中。他们丰饶的土地,辽阔的疆界,最先进的冶炼织造技术,特别是相当周备完美的文字,都足以使其有自豪的理由。作为一个民族,他们过于强烈地记取了一种优越感;他们既不能从一种特定的感觉中走出,也无法超越这种感觉。这就可以让整整几代人陷于一种盲目,而丧失起码的分析。历史的进步和发展常常借助于感觉,但并不完全依靠和倚仗于感觉;它更为倚重和凭据的倒是分析。分析就要冷静笃定,要有"定量"。我的祖先往往在一种陶醉中首先给自己"定性":自己最先进最优越,文明程度最高;既有强人的物质,又有卓越的文化;从现实的双边和多边安定上看,也拥有武装一流的军队。"性"已定,"量"的分析也就不屑于去做了。一个傲慢的民族常常是极不喜欢麻烦的。

如果嫌分析麻烦,那么更大的麻烦就会接踵而至。

先进科技在军事上的应用对于战胜当然是至关重要的。但它不是唯一的决定因素;它总是受其他因素双重或多重的制约。还有一个可怕的现实,那就是时代的局限。由于处于刚刚挣脱野蛮时代的阶段,莱夷的锋利宝剑、射程更远的弓弩,比起西部狄戎和其他部落的棍棒、铜矛和弓,尚没有更本质的飞跃。这种先进和优越的距离尚不足以起决定作用。另一方面,由于物质的迅速积累,莱夷人的生活已经相当舒适了。在与其他部族的交换方面,铁、盐、织绸这些对于中原和西部南部最具诱惑力的商品,莱夷人是唯一的出产者和制造者,它可以用较少的劳动量换取其他部族极多的劳动量。这种巨大的反差一方面使莱夷的财富得到更多积累,另一方面又促进和刺激了享用。

大概今天很少有人相信,当时的莱夷人已经如此奢华。上层人物自不待言,仅是城邑之内的平民,即在节日里穿绸衣系玉坠,身携宝剑;饮食讲究,烹调师已得到尊崇;每个村落都有自己的酿酒师、制陶师;莱夷人的音乐即是后来齐国音乐的发祥地;有人甚至估计,从强盛之时的齐都临淄的情形也大致可见莱子故都的繁华。其城邑面积,齐都显然要大得多;但它的城建、街道规划,特别是它的服饰、饮食、音乐、文字,差不多一一承袭莱子国都,并无多大改变。莱夷人当时已有了宴饮伴以舞乐的习惯,当然这只局限于上层。但即便是普通人家,起居也相当讲究。他们可以烧制各种陶器用以建筑;房屋有的已做瓦顶、铺以方砖;墙壁用烧制的灰粉涂得雪白;室内总是垒了火炕,炕上铺了芦苇编成的精美席子和毡;席上摆一做工细致的小方桌,以供宴饮之需。

莱夷人当时的渔盐业至为发达,几乎不亚于丝织、种植和冶炼。黄县东西部的大盐场已是举世闻名。渔民拥有当时最大的船,可以顺风顺水驶往辽东和高句丽半岛西端;除了捕鱼之用,莱夷人还造出了供游玩的车船。船由普通的舢板式更新为三层楼船,由顶楼、中楼和底舱构成,且中楼和顶楼舱间皆由细白苇席和毡毯铺就,舒适非常。至于车辆,独马车和牛车基本在城内绝迹,而代之以更为豪华的四马彩绘大轿车。车上丝绸冠盖,并带有水具和酒具,有暖手炉。

由于农业和盐铁丝织业的发达,商业交换在边境和邑内活跃空前。后来的齐国曾以天下贸易之都的美名流传于世,也在很大程度上承接和发展了莱夷商贸的结果。专事交换、脱离劳作的邑民大批产生,有的专事于物质集散,而且成为巨富。整个城邑、甚至大半个国家，都游走着商贾的车子。模仿者层出不穷，昼夜不舍的运货车辆把盐与丝绸、粳米、干鱼、石灰、铁制品、陶……运达泰南广大地区；有的还远达西部高原地区，更不用说长期以来即在莱夷势力范围之内的辽东、更北的黑龙江流域了。这些商品的散布也伴随着文明的散布，极大地诱惑和苏醒了尚处于石器陶器时代的西部、西北部的狄戎，以及其他游牧部族。这使许多部族以神秘钦羡的目光注视东方，亲临宝地之念也油然而生。

齐国是建立在严重削弱莱夷的基础之上的。此时的莱夷颓象已显，虽然自身还仍然处于想象的优越与辉煌。但也毕竟好景不长了。她正忍受着割地之辱，一边舐伤口，一边努力振作。可惜为时已晚。早在周氏族与孤竹交好时期就埋下了灾祸之根。长达几十年的边境交流，周氏族已非当年。他们已有了自己的百工制造、自己的剑和战车。当然直到周莱战争初起时，周氏族自己尚不能炼铁，也织不出光亮滑细的丝绸。但他们总在这种时代的交流之中获得了关键性的进取。于是在战争中期，由于大批狄戎的东进，莱夷渐失优势，军事上一再失利；大约又过了十年时间，齐国灭了莱夷。

显而易见，正处于鼎盛期的莱夷人已被物质所累。丰饶的土地、渔盐之利、先进的文明，这一切都促进了翻涌奔腾的物质之河，它终于一泻千里，淹没了一切。尽管她拥有第一流的军队，但军队在特定的历史时期并非是国土和人民最有力的保卫者。一支在物质之河澎湃水流中沉浮冲刷的军队，将会发现自己是多么无力。

莱夷人曾经有效地管理了自己的国家,在一切方面几乎都做出了当时最完美的、典范式的设计。但当时西部、中原、泰南,还有北部,甚至是黑龙江西北部地区,都发生了沧桑巨变。这看起来离半岛和海角地带相当遥远,几乎是音讯不通;它们一概影响不了莱子国的生活,属于天外之变。不过这些变化会由远而近地渗透,还会直接逼近,化天外为境前。这时候才会察觉周边的围拢如此坚厚无摧。天下之大,奇迹丛生,演化无常,谁也不知道一个角落在几十年时光中会产生出什么奇迹。莱夷人看到的只是境内之变,而无视那广瀚之数。其实世上原本不存在永恒的城堡,也不存在至高至善之物。莱夷人常以自己的铁骑自豪,自诩举世无双。可是忍耐力、英勇、沉着性,在这些方面达到一个极数的民族,天下已不在少数。

莱夷人在变动最巨的年代没有静观思变,吸纳改良;她太满足于自己的往昔与今朝了。令人痛惜万分的是,她没能伸手抓住自己的历史。机会一旦丧失也就再不回返。其实当时周氏族与殷人、内部的鱼族,还有与其他氏族部落的争端及联合,与西部及西北部的联合与斥拒,更有与莱夷本身的一系列交往和摩擦,其中都包含了诸多可以研讨、可以吸取之处。战争的历史已有千年,变数甚多,当年无敌的莱夷铁骑在今天面临着什么尚是未知。而军事装备上处于落后境地的狄戎却常年征战,经验丰富,而且蛮勇超人。这一切都藏在莱夷之师的盲角之中。我的族上在相对优厚的物质文明的滋养下,已失去开拓之师的泼辣与生猛,面对蛮勇莽悍的骑射海潮一般涌来,必感恐惧与陌生。敌手之今天,从许多方面看正是莱夷之昨天。

这或许不仅是莱夷人衰败的原因,而且是古代一切先进民族被落后民族驱赶和取代的原因。看来任何民族,在物质与文化进一步发达繁荣之后,切不可遗忘了昨天,不可放弃了吸纳,尤其不可放弃体魄与思想的操练。失去了这"操练",后果可怕至极。一个被物质所累的民族就不会产生有竞争之力的最现代的思想;就会变成一个鼠目寸光的庸常之辈。这种人周身挂满了珠宝,但就是不堪一击。少数上层莱夷人曾经以筹划国策、御敌和富强为己任。但他们已然忘记:社稷之重不可以仅仅托付几人几代;再说一国之流习总会随风气荡动,无孔不入无坚不摧,它不可能对国君大臣王公贵族毫无影响。

我不能说对于自己祖先毁城灭国之由全部了解,但起码可以若有所悟。我谨记:一个民族一不可为物质所累,二不可固守虚荣。其他呢?我想除了所能察觉的原因,余者就实难测知了。因为一个民族与一个人是一样的,一切皆有命数。天命若此,即无计可施。我如果如太史阿来一样,做一个顽固不化的复国主义者,即是违背天命。除此而外,人的敬畏血缘也该有个限数,切不可一味痴迷鲁莽。因为历经了八千年之久的演化,莱夷、黄帝、炎帝诸族,已然混血交融。我们已无法更具体地指斥狄戎。我们只能一齐听命于土地,去做土地的奴仆。土地也等于庶民,庶民为土地之草芥,是土地之生化;为土地的奴仆,即为庶民的奴仆。

有如上觉悟,并能以身试法,固然需要勇气。我又何尝有此巨勇?

无法回避的是母亲的目光。这目光让我在安静之时一再记起。母亲的目光慈爱沉重,让人无力迎接。母亲的眼中包含了太多亡国之恨,她嫌亲手注入下一代血液中的尚不够浓烈,仍用这难逝的目光将其倾注。这只使我一遍遍自责与哀伤。我年纪渐大,不得不从母亲的目光中走出,走向自己的远途。

与太史阿来和那班挚友不同的是,我在一遍遍对莱夷历史的追思中,已经淡泊许多又急切许多。我不再一味地咀嚼狄戎之恨,而代之以深长的悔痛。这悔痛属于莱夷的后人,也属于狄戎的后人。我将社稷、民族、血脉、民生、义理……诸种因素混而合一,心绪复杂得无以表述。任何试图完整无误的言说,都会换来更大的误解。这误解之可怕,是因为总有人不惜抓住一切机会来曲解,以达到自己的目的。目的之卑劣常常即决定手段之卑劣。我对其充满了怜悯。

我有时不知自己代表了谁?代表了什么?我又是谁?站在了何方?我不知自己在代表社稷还是民生?忠诚于血缘还是义理?向往于母国故地还是环宇苍茫?不敢细究。因为这心中的悟想、这伸手即可按住的善之心跳、这潜而未发的勇力、这柔弱可人与猛烈无敌……我仅仅是我,是一粒一籽一尘,是稍纵即逝的一闪一跳一声。我自知只有瞬间的明了,并倚仗这瞬间而顽抗。我将在无言的反驳中坚持自己的怀疑。那些不能予众生以幸福、以希望、以延续、以完美的,无论假借了多少吓人的名义,我都不会跟从了。

我只想把这些告诉自己冥冥中的慈母,只可惜她再无闻。我还想与那个苦难不幸又是野心勃勃的太史阿来畅谈一次,可惜他已永诀。我想与区兰、卞姜,甚至是那个"女通灵者"逐一深谈,可惜也都不能够了。这些辩论与畅言,这些回告与相诉,大多也无用无益。可我仍需诉说。我自己需要这诉说。

第 七 章

那个夜晚我费了不少口舌才让长跪不起的米米站起来。微弱的灯光里我第一次如此细致切近地端详她。像在六坊中见到的一样,她仍是那么娇媚瘦小柔弱;只是这一夜我离得太近了,又闻到了彼岸野地之气息、那雏菊与铃兰混合的香味。这是她身上散发出来的,是她的体息。我许久没有过这样深长的感动,但毕竟年事已高,一切都不易流露了。我不由自主地叹息一声。

她在这叹息里大睁双眸。我又感到了她鹿一样的鼓额与眼睛,仿佛听到一声询问:"先师为何叹息?"……她仍旧穿着以前那件手编墨绿色绲衣,腰上还是那条水红带子。她在刚刚站起的一瞬有些晃,我就扶了她。她的体温与记忆中那个"女通灵者"的体温一样,有些灼人。我赶紧放开了她。后来我不止一次想去抚摸她那披散下来的长发。这头发根根爽直,黄茸茸的,蓄满了神秘的生气。我扼制了自己。尽管我感到这两只欲将抬起的手臂有着父亲般的温和,但同时也具有父亲般的色泽;是的,它已满是皱褶,手背上有了早生的斑点。我一再地管束了这双手。

我请她还是回罢,并许诺:终有一天我会召唤她、请求她的帮助;但现在还不能,现在一切皆能自理……最后一句出口,我觉得喉头那儿烫了一下。

米米坚持这个夜晚留在我身边。我发觉她有一种恐惧。我的疑虑促进了勇气,接着略显严厉地让她离开了。

米米走开那一刻,我觉得心上有什么东西破碎般地难忍。这粗暴首先伤及自身。我发现自己滥用了某种权力——是的,只有获得至高无上权力者才有类似粗暴。我的虚荣在那一刻真是表现得淋漓尽致。"米米!"我小声呼唤着,盯着她离开后留下的空虚。

这一夜几乎没睡。无比疲惫、孤单,还有说不清的焦灼、愤慨、企盼……混合一起的情绪。之后是更多的沮丧笼罩了我。有好几次我想让人去唤甘子前来陪伴,但最后还是忍住了。我小声地叹息,呼唤,发出连自己都感到陌生的琐碎言语。我想让自己的声音远达彼岸,让另一个人的耳郭捕捉。我生来经历了多少磨难、绝望,可是极少落入这样的寂寥,寂寥得简直有些不忍。我知道卞姜不会拒绝米米,可是眼下有说不清的禁忌在阻碍我走近。

天近黎明时分仍未入睡,而且发出了愈来愈大的呻吟。这声音惊动了卫士,他们笃笃敲门,我未理睬;又停了一会儿,我的呻吟使卫士们胆怯了,他们和医师一起破门而入。我对脸色乌紫、手指甲长长的医师从来反感,这时就粗暴地对待了他。他并未介意,而且比往常更殷勤地施礼和问诊。他说脚气病、胸闷、颈部疾患,这都是折磨人的东西,除了不得不施以重剂攻伐之外,恐怕还要请巫师帮助驱邪——一切顽疾都与邪魔有关,医师说前一天还为一个重症患者祛邪,那人现在已满脸喜色、笑声朗朗了。我打断了他的絮叨,并让其尽快离开。

帐内重新恢复静寂时我踱到了窗前。我心里明白,我而今已走到了一个坎前,眼下只有两条路供我抉择:或吞下那两粒致命的丹丸,或有一个全新的开端。这二者抉择都非心愿,只是前一个充满了更大诱惑。

夏天不知不觉地来临,我一连几天都到海边戏水。年轻时我在黄水河湾可一口气游出六里之遥;有一次我甚至不顾他人劝阻,只身一人游向桑岛①。这在当时成为奇闻,于是许多人都知道了我的水性。随着年纪的增长,世事压上心头,人在水中就难以浮起了。登瀛后也少有这样的松闲。医师说长时间海水浸泡有利于脚气病的康复,这也为我寻得了一个理由。有几次因为去海边耽搁了政议,引起了不少抱怨。

我仍坚持我行我素。淳于林将军为安全计加派数名卫士,大部分散在周围岸边,只择三五壮汉与我一起下水。他们驱走了城内出来游水的人,无论是土著还是他人,一概赶到了礁石的东岸去了。第一天下水我对纷纷围拢的年轻卫士颇为不安,后来干脆让他们统统上岸。他们上岸后似乎更为紧张。我于是请他们到更远一些的地方,只唤来甘子与我一起。甘子水性极好,这一来卫士们才舒了一口气。

---

① 渤海湾中一小岛,今属山东龙口市。

其实有一多半时间我们只是躺在热乎乎的沙子上聊天。甘子找来一柄遮阳伞为我撑好,自己倒暴露在阳光下。他仿佛不怕日炙,身上呈黑红色,油光光的,让人想起鲛鱼。他尽情翻腾拍水,总在我周边游动,但距离恰好,并不妨碍我。他一口气潜到水底,有时直潜游到我的身边才猛然钻出。这一刻顶出的水花、发出的哗啦声,都使我一阵喜悦。那一头浓发被水流均匀地涂在额上,愈发像个孩子。我想小林童在这个季节也会去海边戏水的。

我们近在咫尺仰卧沙岸。我知道这是人生中难得的快意和松弛。这是双脚皲裂的苦命奔波者赢来的清福。记得初临瀛洲,当第一眼看到黛色蓬莱时,心中就涌过一个念头:我寻到了此生的清福。其实一切又是一场开始,而每一次开始都接续了一次结束。我实在走过了太久太远,也该歇息了。看着对面的甘子,我不能不为身上松皱的皮肤、大大小小的斑点而羞愧。我在不自觉地往身上涂抹沙子,以遮去这难堪的痕迹。

甘子在我无意间发出的呻吟中颇为感动。他想减轻我的痛苦,为我按摩。一只又小又软然而却是充满力量的手掌给予我极大的享受。我想象这是小林童在我为按背、松动筋骨。有好几次我流下了泪水,只是甘子毫无察觉。

因为迷恋于戏水而多次耽搁政议,使几位老人愤愤然,影响所致,三院的先生们也都知道了他们的先师正有些乖戾。我发觉整个城邑内的人都为我痛苦。淳于林将军两次出现在海边,转悠了一会儿复又离去。我仿佛听到了他的嗟叹。因为我已下达命令:在我来海滨的时候,任何人不得打扰。我只与甘子漫无边际地闲谈,偶尔下水玩一会儿,或者让他给我按摩。

我们在几天时间里,已经不知不觉用问答的方式回顾了长达四十年的彼岸生活。我一开始就鼓励他大胆提问,不必忌讳。我首先问了他拉拉杂杂一干旧事,如小时是否喜欢打架、何时停止尿炕之类。甘子涌起强烈的思乡之情,好几次哭出了声音,使我不知所措。但我们渐渐又重新平静下来,笑声朗朗。我对他多次谈到小林童,发现甘子不知哪里真有点相似——这极可能是他们的神气。甘子听得出神,像个孩子一样微张嘴巴,露出闪闪发亮的整齐细密的牙齿。他嫩嫩的细唇就像蜀葵花的瓣朵;那双黑白分明的眼睛偶尔一眨,一会儿合拢一会儿分开的双睫,让人想到夜合欢的叶子。

我疲累时就仰卧遮阳伞下,只让他自己下水。他不想扔下我,但又忍不住。他往身上扬一点沙子,欢快非常地蹦跳几下……那细长绵软的身体简直是世上至美之物,阳光下泛着光泽;那脊沟柔和的曲线、翘翘的臀部,都使人迷醉。他跑到水边时从来不忘回头瞥我一眼,然后像飞鱼投水……我这时总是泪眼模糊。

这是再好也没有的天气了,午后太阳把所有浮云都赶到了遥远处,海岸的砂子和海水一起散发出诱人的气味。卫士们照例在远一点的地方游动,只有甘子伏在浅水处,头颅转向这边。他在引我下水,常常发出呼叫。我总在这欢快的叫声中兴奋不已。连日来不仅脚气病和其他疾病大为好转,而且觉得年轻了十岁。我在远处卫士们惊讶的眼神下,尾随甘子在沙滩上蹦跳，又和他一块儿故意半路跌倒。他在水中喊我，我终于下决心随他游一会儿。

海水暖和可人，波浪全无。有小飞鱼在四周跳荡。甘子潜水、仰泳，有时还和我比试游水的速度。我现在虽不是他的对手，但飞快划动的手臂却让自己惊讶。大约在水中游了半个时辰，甘子发现有鱼群从身侧逃过，接着又是跳起的鱼，嗵嗵落水时溅起的水花拍到了我们脸上。正在诧异，我们都看到了水中有一巨大阴影在蠕动。我大声呼喊，伸手去拽甘子。我马上想到了巨鲛。

甘子喊一句："先师！快啊！"猛力推我一下……只是一眨眼的工夫，整个人就沉入水中。我觉得那个阴影呼啸掠去，像一个巨大的浪涌一荡而过。我听到有火花在脑子里噼啪爆响，一时不知置身何处。甘子再未出现，我急急潜入水中……什么也没有，四周死寂。我浮出水面，马上看到胸前十几尺处有一片血水……

我不记得这一生里曾这样痛哭。我坐在沙岸，再无力站起。前方海水在我眼里全是血色。淳于林率几十个弓弩手迅速把一大片水岸围拢，可是一切皆无结果。甘子不回，我只求他们射杀那只巨鲛。天渐渐到了黄昏，弓弩手们还在沙岸游走，淳于林一会儿到我身边，一会儿往远处叱呵。我不知不觉倒在热沙上，后来什么都不知道了。

醒后已在帐中，身边是医师和大大小小的先生。他们大喜过望，嘴里发出惊叹。"先师，这就好了！"淳于林紧紧抱住我。由于过分紧张，他的嘴唇不停地痉挛。我闭上眼睛，后来听到了拖沓的脚步声。像过去一样，在最困难的时刻，我总愿一人去慢慢对付。

十几天未离帐子。有两次想站到窗前,都没有成功。十天里有过三次晕厥。身上最后一丝鲜活被甘子携走,我自知末日真的不远。对此我已确信,不想再延宕犹豫。我此时极乐于追随那个美丽的孩子而去。我又想到了那几粒致命的丹丸,抖索的手抬起又放下。我把那个奇妙的时间从早晨拖到中午,最后决定是晚上……

我随着黄昏的降临而激动。这一次不再迁就和通融,至深夜,我就要亲手打发自己了。这之前还要做些什么?我一一盘算,头脑出奇的清醒。我知道身体早已破衰不堪,加上这十余天摧折,已经没有任何指望了。没有谁能够历数我自十几岁起经受的颠簸磨难,难以言喻的苦痛只有自嚼。在极度的身心疲惫煎熬之中,我多次怀疑自己能否再看到第二个黎明。身心各处无一完好,能够活到今日真是一个奇迹。天终于要黑了。该结束了。

卫士们在门外焦躁地走动。我突然想到一会儿他们在我挣扎时不小心发出的响动中会破门而入,那时必会呼来医师折腾,让我徒增苦痛。于是我立刻吩咐:今天不必守夜,只可放心回去安睡。卫士说无命令不敢撤回,我说那就散到四周好了,离得太近我难以安眠。卫士们将信将疑退到远处,我马上关门。心跳阵阵剧烈,不得不重重按住。天黑得很透,一会儿即将进入午夜。我站起来……因为长期小心谨慎的习惯,我总是在完成一个重大举动之前一再思虑检点,唯恐有所遗漏。这时我突然想起了两个人:米米和淳于林将军。前者曾对我私托了终身,我不能不让人对其多加照抚;

后者则关乎一城之重,又是最忠诚的兄弟,我们最后不能不再见一面,并有所委托。我特别想把米米托付给他。想到这里不再犹豫,立即开门让卫士传唤——他们还站在门前,原来刚才退开只是应付。

那个可怕的夜晚至今想起仍非常神秘。它让我明白了上天的旨意。在重大事变的一些关节上,我还是没法违抗天命——卫士跑去,照常理只消片刻淳于林将军就会赶到,可是一会儿卫士却独自返回,说将军有事走不开,还需先师少待片刻。这使我大为惊异。城邑内竟然还有比我的传唤更重要的事情,这是从未预料的。

大约等了一小会儿——这是多么难熬的一段时间。我正在千金难赎的光阴中挨与靠,一生中从未记得有如此急切焦躁的时候。淳于林会永远为这一次拖延而悔恨的。有好几次我觉得再也不能等待,几欲先走一步;可是巨大的好奇心还是阻止了我——我想看一看淳于林将军在这个夜晚到底忙些什么……终于响起了那个熟悉的、有力的脚步声。门扇轻启,进来的果然是我的将军。

"先师!让你久等了!我实在……实在不能马上离开。"他一进门就奔过来,一手抚在我的肩头,一手托住我的后背。这是他的习惯动作,因为多日来他都听从医师的话,不让我久坐,常用这个姿势让我平卧榻上,这一次我把他的手推开,我让他坐下——"坐罢,不必太慌急。我们还有点时间……"

"先师!"他声音低沉,但非常急促。我觉得他今夜比我还要急不可耐。我立刻对这种反常的急躁有点厌恶。但我并未表露出来。他搓手——只有我知道他这个动作表明了最大的焦灼。"先师,我本该马上赶来,可是,可是我真是气愤哪!"

"哦?!"

"我们正在政议,几位老先生口气颇急,我据理力争……"

我怀疑自己的耳朵听错了,大声问一句:"你们开始了政议?"

"是的。已经三次了,都是在先师病重昏迷的日子……本来政议必得先师主持,可前几次请先师,先师都说:"'你们议去'。城内诸事纠缠,刻不容缓,先师有病……"

"我说过'你们议去'?"

"是的,先师忘了。这也是我亲耳听到的。"

我却无论如何记不起。这是我在甘子遇难前后说过的话吗? 似乎……我决定不再纠缠,只想知道他们议了什么。

淳于林接着一开始的话头说下去,"有人也太峻急,恨不能立刻就把一切做个稳妥。他们以土著近日滋事为由重提东征;还有人要废止秦人莱人与土著混血,把以前的通行婚配一一改动;更有人说时下财粮使费过大,要将六坊三院中的三院合而为一,理由是三者性质相近,何必分立铺张,空耗财力……我提出一切更动决不可行,他们即搬出先师以前的话来回敬,说先师亦主张'不能有一成不变之义理'。总之我有些动肝火了。"

我不得不承认,那一刻我恼怒了。我不得不用尽全力才遏制住什么,问:

"那你是何意见? 你对哪些同意或持异议呢?"

淳于林不假思索："先师刚刚定夺过的，像与土著通婚、暂不东征等事体是绝不能变更的；至于合并三院嘛，如先师同意，我看倒也没什么大不了的……"

我一下站起来，但后来还是坐下，"你，接着说罢。"

"也就这些了，先师！我就是如上的意思。"

我们面面相对，长时间无声。这样耽搁了一会儿，淳于林说："今夜看先师的身体比昨日好多了！这真是一个天大的喜讯啊，城内人一连多日都在打探先师病情，六坊三院都有人为先师泣哭，他们都想前来探望，皆被我阻止。先师康复即是城邑福分！先师……"他说着眼里闪出了泪花。

我在屋内踱步，自语道："是的，我的病的确较昨日好多了——是的，好多了。"

淳于林突然记起什么，急问："先师，您唤我来有事吗？"

我转身，尽量使语气平缓清晰："你告诉他们，从今以后，我要参加政议了……"

经历了那个惊心动魄之夜，我十几天里第一次变得平静。我决定抛弃那几粒可怕的丹丸，杜绝它的蛊惑。我明白：像我这样一个人，已经失去了自裁的权力。短短十几天我就弄懂了许久以来模糊不清的一个问题：这里究竟在多大程度上需要我。仿佛城邑内的这一拨人还没有下船，还在激流之中挣扎、在雾霭和风暴中乞求。记得船队穿过老铁山海峡时，汹涌波流打毁两船。其余船只一片恐慌。那是何等险绝！原来一直传言的大群巨鲛也于风平浪息的第二天出现，蜂拥而至，绕船三匝，最后向海峡对面游去。船上人未费一镞，可谓有惊无险。那两只折翻的楼船尽是秦国兵吏,可见也是天意。虽经全力搭救,但因风大浪高,大部仍被卷去……我自知船队离梦想之岸尚远,仍需诚惶诚恐,未敢懈怠。

好不容易从甘子遇难的厄境中走出。我出营第一件事就是赶赴政议,心里早做好了激烈争吵的准备。很可惜,那些热衷于推翻旧议者并非预想那么执拗,而大抵妥协在先。他们呼叫"先师"的声音与往日并无不同,施礼时似乎腰弯得更低了。我详细询问各项事宜,特别对城防、区域勘测和筑城三项给予特别注意。禀报者的罗列令我极为满意,同时也得知,所谓东部土著部落的滋扰远非传言那么严重,只不过有两三个原来分立的部落正在融合——有人敏感地将其视为即将开始的西犯图谋;而我却宁可认为是土著部落对城邑的恐惧。至于少批来犯者,也与较大部落无干。于是我更加肯定自己往日决断,再一次否定东征。

康复后第一次政议中我就洋洋洒洒宣讲了一个时辰的莱夷历史。这其中不可避免要插述若干其他部族的演化繁衍、国家兴衰之概要。这样做的目的是为了回迎那些对自由婚配、与土著人溶血感到痛心疾首者。简单之回述与追溯即可看到,所谓的血统纯净论是多么虚弱无力、不堪一击。史实或可佐证的倒是,凡宽宥大度、晓理顺时的民族,那些与其他部族结合而获得壮大新生者,才有焕然一新之势。我们绝无必要将迁徙此岸的秦人和莱夷人、其他六国人皆局限于狭地,这等于自我囚禁;而以此求得完美纯洁仅是一种梦想。

结束宣讲时我提出两个议项:一、派出使者东行,联络最大土著部落,说明城邑主张,并邀请尊贵酋长来邑议事;二、从长远计,为繁荣延续彼岸诸学,倡明义理,立即着手扩充三院,并加强学坊,从三千童男童女中择取优异者充入三院。

我的提议立即得到了几个人的赞同,但约有一半人沉默。淳于林对第一项颇为积极,对第二项则未置可否。其实我并非急于实施,只是倡议在先,容人三思;若日久不能达成一致,则按惯例提交大言院——其辩论结果当然会是一片拥赞。我对第一条被采纳早有所料,重点则是第二条。它是我固执的内心所萌生。围绕淳于林在那个夜晚的复述,我震惊之余陷入深思。我对于一些人如此急不可待地合并三院感到迷惘。这与前几年有人去大言院旁听之后惊呼"如何得了"如出一辙。但邑内尚无一人对六坊提出异议。因为六坊所施皆为实务,盐铁经济缺一不可。骑马民族自立足海角之日起就倚仗的东西,今日仍被牢牢记取。可是莱夷海角繁衍至今,几千年漫长之日遗失之物却没人深究。

只有人为齐的灭亡而庆幸,没有人将其灭亡的因由想得更多。谁如果将齐灭亡的责任多少也归于莱夷,则必定引得莱夷人大为恼火。其实这种认识才稍稍与真实契和,并非虚妄到不着边际。因为齐灭莱夷之后,即承接了她的巨大遗产,特别是渔盐之利。繁荣之科技与丰饶之物利使齐国很快强盛;加上诸子之学盛行,生气勃勃的齐建起了稷下学宫,即成为第一强国,临淄作为天下第一名城而当之无愧。其时的临淄民富而敦,莱夷人讲究排场之风即被延续,最精巧的物器与最时髦的娱乐都涌入都城,名商巨贾皆出自齐。伴随其甚嚣尘上的,是日益扩大的稷下学宫。每日里名士往来,宾客盈门,论辩通宵达旦。稷下学自齐闵王末期开始走上了盛极而衰之路,因为早已为物质所累的莱夷,其物质主义对齐国的腐蚀又一次达到了极致:齐国人在经历了几百年稷下学的巨大精神奇迹之后,后来对于"思想"实在是疲惫了。

对思想的疲惫即必然导致对物质的狂热;接下去的结果则可想而知。

我深知自己的使命到底是什么。它也许一时难以尽述,也许因烦琐茫然不得要领;但一个人追思不绝的时刻、度过了难忍的悲伤、挨过了死亡的诱惑之后,沉静下来,也就不得不进一步认定:我的使命就是永远不允许他们表现出对于思想的疲惫,无论是何时、何地。

为贯彻这一信念,坚守如此使命,我将不惜一切代价。

甘子遇难的沙岸上垒了一个坟堆。其实仅埋了他那一天脱下的衣衫。他没有留下至为完美的躯体。我时常踟蹰沙岸,无论是深夜、清晨或其他时候,只要是悲酸难忍之时,就不由自主地走到这里。在坟前滞留片刻,很快就仰望万里碧波。因为他消融其间。那个阴影只是一闪,一切即结束。我晚年唯一的欢乐和依托,就这样消逝得无影无踪。因为他的失去,我的存活已非常之牵强;我究竟需多少勇气和毅力活下去,只有自知。深夜,多次迷蒙中在他那张卧榻上抚摸,直到最后一刻醒悟。不止一次有人劝我搬开这空空卧榻,都为我拒绝。我大概今生都要面对原封不动的同一张卧榻了。

我在沙岸踟蹰,两眼湿润。淳于林将军从远处走来,在旁稍稍迟疑片刻,转到对面。"先师,您大概忘记了吧?再有十天,就是你的五十寿辰了……城内人准备为您好好张罗一番。这是大事啊!六坊三院这两天都在谈论先师,他们都说该做了……"

我忘掉了这个可怕的日子:五十寿辰!心中马上鸣响起喃喃之声:"五十了,五十岁了……"好不容易才听清淳于林接下去说了什么,就问:"'该做'什么?"

"该做……该完婚了!"

我一言不发。

"先师太苦了!先师,这可不是你一己之事啊,你永生永世都是此岸之人了,为此岸计,也不该再固执下去了!"

将军眼中闪烁着泪花。我的手沉落在他肩头,像耳语一样问了句:"近日见到米米了吗?"他点点头,同样耳语一般:"她前不久为你的疾病日夜泣哭;后来又为你的康复欢声大笑。她差不多天天都为你祷告呢。她只说先师答应了:在最需要她的日子里会召唤的……"

我看着淳于林:"什么时候才最需要她呢?我也不知道了……"

将军字字确定地说道:"就是您五十寿辰的那一天!先师,让她一起走进这个日子吧,这是至为吉利的!"

…………

剩下的事情就是全力以赴迎接那个"至为吉利"的日子,我也认为这是一生中最为重大的事件之一,而在整个余生中,恐怕再也没有任何事情会比它更重要了。我暗中叮嘱淳于林:关于五十岁庆贺的一沓子烦琐尽可简化,因为我已是五十岁的老人,没有那么多精力。淳于林这一次心领神会,大概知道我只想聚精会神地完成这次婚姻——要知道这对于一个五十岁的老人而言,已经是勉为其难了。

随着那一天的到来,我发现自己越发紧张和怯懦,甚至羞于见人,不愿出门,政议之类事务只得全部停止;就连按时接受的禀报也一度终止。我甚至从卫士的目光中看出了什么。这期间我接待最多的一个人就是淳于林,我好像比往日更能无所顾忌地与之交谈,事无巨细都一一商定。结婚之事不仅对于当事人,即便对于操办者也是相当烦琐的。我主张此次婚姻尽可能做得不事声张,越隐蔽越好——淳于林说已不可能,因为城内所有人早就翘首以待了,他们准备到时候好好热闹一番。我的心扑扑乱跳,连说不可。这使将军颇为作难。最后他终于想出一个万全之策,就是将庆贺之类与婚姻分成不太相关的两沓子——也就是说在他们喧哗之时,我将与自己的新娘躲到一个不引人注目的地方。

最后淳于林提到了米米近况:她闻听先师的决定已感动得不能自持,在长达三四天的时间里不思饮食,整个人都消瘦了。这真难为了一个本来就如此娇弱纤细的人。他又说米米几次提出要见一下新郎,我立刻摆手:"万万不能——我不能在婚前再见她了。因为既然时间已不太长,那就一切留待婚后商量吧——那时我们的时间将非常充裕。"

淳于林一离开我就重新陷入莫名的紧张。这对于我是不可忍受的窘况。我在屋内踱步都蹑手蹑脚;我极力想振作一下,结果发现非常之难。

在离那个日子仅有一天的时候,淳于林总算为我在城邑最僻静处找了一间新房。那是一个透风漏气的茅屋,不仅是屋顶,就连墙壁也由植物秸秆搭成,上面的泥巴斑驳脱落。淳于林领人将内壁用布遮了,又准备了灯盏之类。卫士问为什么要这间破屋。他回答有一个年迈的方士要在这里研习一下过时道场。

第二天黄昏逼近。我开始手足滚烫,额部和颈部发热难忍,最后甚至怀疑这次完婚无法如期举行——不是待在新娘身边而是被医师围拢;但等太阳完全落下之后,四肢又有点发冷。手冰凉冰凉,牙齿也发出磕打声。但我明白:身体的危机总算过去了,我可以到那座小茅屋中去了。我穿了一件斗篷;出门前想了想,又携了一把短剑。淳于林在屋外等我,卫士依旧在四周徘徊。远远近近都有人点起蜡烛灯笼,有人还唱起彼岸喜庆的歌子。我在屋外伫立片刻,望着灯光闪闪、歌声四起之地,忍不住流下了泪水。

淳于林把我送至茅屋前就退去了。卫士们这一次被严格限定在百尺之外,也不知道卫护的人是谁。自从将军退走的那一刻起,我马上又陷入了紧张。有长达一刻的时间我在门前犹豫:进还是不进?我觉得手足渗出了冰凉的汗粒。

屋内透出微微的灯光,我依稀听见她小心的咳嗽声。笃笃敲门,门马上打开。米米穿了盛装,这使她看上去比往日胖了些。她费力拂一下衣服下摆,跪在地上,"我的先师!"我把她搀起,喉咙热得说不出一个字。我的手搭在她的肩上,她则靠在我胸前。那股熟悉的气息浓浓淹来,我整个人都要窒息。我张大嘴巴,仍然说不出一个字。她喃喃不休,我则一个字也听不到了。我的双耳也被那股浓厚黏稠的气息所堵塞,尽管用力推开、疏通,也仍旧无济于事。

时光一点点逝过,到了深夜。她不知何时褪去盛装,像一只乳燕一样蜷在我的怀中;在全无知觉之中,她吻着我的面颊。我很快得知她是一个温厚而顽皮的孩子,双臂环在我的颈上。我的手被无形地牵引,抚过了她的全身。但我一直闭着眼睛,这样感知得更为详尽。我自信没有误解和遗漏每一个毛孔。我总是叮嘱自己,我在拥抱故地的一个孩子。我发觉她每一根骨骼都长得精巧圆润,结实而丰满的肌肤又将其一丝不苟地包裹。她周身上下像桃子一样,长满了细密的绒毛。

整整一个夜晚她都在喃喃叙说,但我一个字也没有听清,同时也没有回应一个字。我们都没有合眼,也没有分开。但只是簇拥。这一夜我未曾感到一丝的脚痒及其他不适。约莫是下半夜,不,肯定是黎明了,她想为我脱去衣衫,我阻止了她。后来窗户真的透出一点曙色,我看了看,在她的照抚下睡去。

整整一夜、一个白天,我都没有离开卧榻,但也没有说一句话。我在全部时间里都处于弱小无依的状态,只觉得她那般强大,简直是足可依恋的成熟。我觉得自己的余生真的有了依靠。半晌左右我醒来了,她先小心地为我擦去了眼屎、不觉间流出的涎水,又用温温的毛巾为我擦了脸和手。那一刻我真的觉得自己是一个婴孩。但我发觉自己更无力说出一个清晰的字了,喉头不仅烫痛,而且完全堵塞。

这样又到了黑夜。我毅然熄灭了灯火——因为她在为我脱去衣衫。我在内心里祈祷,忍受,感知了赤身裸体挨近她的那种奇异。她悉心照料,就像一觉醒来时为我做过的那样。她不停地照料我,不辞辛苦,不畏艰难。我后来剧烈喘息,但仍未发一言。她不厌其烦地照料我,真的像对待一个婴孩。后来,许久之后,当安定下来之后,她认真地、无比温柔地吻着我的额头,叹息了一声:"我的孩子!……"

这一回我听到了她的声音——新娘的声音。这会儿我才如梦初醒,总算度过了新婚之夜!羞涩的潮水开始微微退去——它将在今后的几天内完全退去……我知道,我刚刚经历了人世间最羞涩的一次完婚。

第三个白天,不知何时醒来。我是被一阵杯盘碰撞声惊醒的,抬头一看,见到她正为我准备早餐;我看到的是她仅仅穿了一件内衣的纤纤背影。一阵怜惜从心头涌过,我不得不再次闭上眼睛。"我作践了青春!……"

第 八 章

派出的使者归来后,携回东部最大部落的友好讯息。酋长赠送一些美丽羽毛、两块难以辨认的花斑兽皮。我让使者带去一对玉璧和两只金匙。使者复述:那个胡须茂长、身材矮小的酋长看了礼品,像捏住一个活物般,小心地移至榻上。

这次出使是登岸以来至为重要的举动,从此可以略略避免那些可怕对峙,起码能让城邑有一段休养生息。这也为勘测绘图者带来极大便利,以前每次出去必得带大批护卫,而且不能远行。从长远计,勘测之事比什么都重要;我不能容忍自己居于一片蛮野,对周边境况一无所知。那样居者本身也将很快沦为蛮人。

我的倡议正一一得到施行,而且比预料的顺利。因从学坊中挑选十位年轻人进入三院,所以邑内上下均十分重视学坊;负责修筑的百工长提出为学坊加建十间厅堂,立即在政议中得到确认。以前那些坚持反对与土著混血的先生而今再无烦言。新一轮筑城正在展开,城邑扩至三年前的两倍,又着手准备建第二城邑,因为不久将有新一代生出,而且土著来城日增。

每一年粳米丰收季节我都亲率众先生出城,一为共享喜悦,二为协助稻农。这是一年中最为欢乐劳碌之日,举城欢庆,也吸引了大批土著。土著耕作习俗已变,与城内人同播同获;食稻穿织成为一大时尚。不断有人在指点中向我凑近,想一窥"大王"模样。我让人宣示:此地没有什么"大王"。他们以为我即相当于"酋长"一类人物,有人又告诉:"也不是。"这令土著甚为困惑。淳于林将军和几个卫士一直陪伴左右,以防不测。其实自登瀛以来,除几次土著袭扰之外,几乎未遇危急。

此记忆中难得之秋日,我觉得身体真的有些康复,无论是脚气病还是胸疼、颈部疾患,都得到了大大缓解。身边人都说我气色较前大好,颇有红润,走路不再呼呼喘息。他人观测与自我感觉略略相符,因为我不再恐惧于那一个又一个漫漫长夜。那些失眠或充斥噩梦之夜好像是许久以前的事了。这当然要感谢米米。她无微不至的关照让我获得了幸福,她几乎可以在我身上创造无所不能的奇迹。我在她身边的时间大约只有晚上,于是常常不舍得睡去。她为我讲述无尽的莱夷往事,或多趣或伤感,令人神往。她思念父母与兄妹,讲叙中泪水潺潺。她靠在我的胸前睡去。我觉得她的呼吸至美,喘息之声伴着胸腹起伏,让人想象那些可人的动物。我握住她软如猫蹄的手掌,看那在脸部打一个漫弯的精巧鼻梁,觉得一起返回了四十年前的莱夷河畔。

一个煦日融融的下午,米米一溜风跑进房间,笑声朗朗报告一大喜讯:城内出生了第一个婴孩,一个男孩。我听后放下一切事务随她出门。她告诉孩子在两天前出生,她是刚刚听说;孩子的母亲就是叫"水胖"的女子……我们一起看那个新生小儿,半路记起未带贺礼,于是差米米返回一趟,取来一块腊肉、一方丝巾。

尚未进入院落就听到了美丽的啼哭。米米在这声音中渗出了泪花。院内正有几人贺喜,他们大多是水胖和炼铁匠师一起的人,此刻一齐慌慌跪下……我让他们立起,然后又进内室。令我吃惊的是水胖原是这般漂亮一个女子!她虽然刚刚产后,头上包了一块布巾,可那圆润的脸庞上一对漆目细眉都给人难忘之印象。她要伏跪,米米将她拦住。匠师从外边匆匆赶来,未及阻拦就跪在地上。他说:"先师,我们今世也不忘您的恩德!"

从水胖处出来我仍不解,问米米:"我对他们有什么'恩德'?"米米低下头:"所有人都蒙受了先师的恩德……"我越发惘然。

一路上不断看到卫士在四周巡视,有好几次他们阻止了行人通过,待我与米米走过才放行。类似情景以前也有,总被我阻止;看来他们并不听从。米米也几次引我走向另一巷子,这使我发觉城邑大得足以使人迷路了。几年前我常常一人在黄昏或夜间出门,那时觉得何等空旷凄凉。

也就在这个秋天的最后一次政议中,发生了一件令我大为震惊的事情。由三位老先生发起、尔后得到一致拥赞的议项称:事已至此,"先师"该是改做"陛下"的时候了!一股愤怒的血流当即冲上额头,我站起又坐下,最后发现自己突然间顿失全部力气。我此时一定是脸色苍白,大口喘息着表示了一以贯之的执拗:"不可。你们不可……"

一句出口后是片刻的冷场。淳于林将军颇不冷静地站起:"先师!你太固执了,你只由自己性情,耽搁的却是众人的前程——所有事项皆可依你,唯这次还望先师再思!"我从他的口气中马上听出了陌生而严厉的东西。我镇定一下,回应一句:"那你们大可不必如此,从今起去为自己寻一位'陛下'吧……"

说完我转身步出厅堂。身后死一样沉寂。

我也不知怎么走回,像踩在软软的絮上,心中好长时间近乎空白。米米和卫士一块儿把我扶进室内,饮下一口姜水。在辣辣的气味还没有消失的那一会儿,我终于记起了政议中的全部场景,特别是淳于林将军那冷肃的面容。我闭上双眼,对米米的询问不予回答。这样一直到了黄昏,我毫无食欲。深夜,米米在我怀中小声抽泣许久,我只是一下下抚摸她的长发。这样过了一会儿,她突然跪了。

米米跪坐一旁,眼神与鹿毕肖无二。我让她躺下,她拒绝:"先师!到底怎么了先师?"这一夜只在临近黎明时才睡了一小会儿,而且还做了一个怪异的梦。梦中那个老游戏对手又出现了,就是秦王嬴政。他在梦中与我会面,奇怪的是绝无原来那般猛厉,倒是笑嘻嘻的。他仍穿黑色衮袍,浑身上下水淋淋的;他说早在我离开那一年就去世了,这一次是跨越冥界、远涉重洋来看望老友;他在吐出"老友"二字时,面部颇不自然地抽动两下。接着他说:"怎么样?如今你也是王了嘛……"

醒来后我把梦境告诉米米,她合不拢嘴巴。我又一次看到了那精巧细密的牙齿。

这一天我没有离开卧榻。因为夜间的失眠致使浑身无力,左胸一阵沉闷;还有颈部,简直像针扎一样刺疼。除了脚气病还在阴险潜伏,其余宿疾一齐攻讦。米米在一旁宽慰,后来还是有些紧张,不止一次商量去请医师,皆为我拒绝。这样坚持两个时辰,一阵刺疼使我失去了知觉。

醒来首先看到泪水糊脸的米米,接着又看到围在旁边的淳于林将军、几位先生和那个指甲长长的医师。医师在淳于林耳边咕哝几句,淳于林好像不屑于听,只专注地看我。我闭上眼睛挥了挥手。米米说:"先师想自己静一会儿……"

室内极为安静。我睁开了眼,看到淳于林并未离去。我马上有些恼怒。米米呵气似的说:"最放心不下的就是将军了,他昨夜亲自为先师守卫,一夜未眠……"我闭上了眼睛。从那次政议之后我即在心里告诫:你身边只剩下了一位将军,死去了一个兄弟!

我肃穆威武的将军啊,莱夷人的利剑!你挽救了多少危难,而这一次是刺中了我的左胸——所以它才如此刺疼。我似乎明白了,这座城邑已形成某种难移的怪力,它无影无形,又至为强蛮。每个人都将无从躲避。淳于林只不过是一个被征服者,他在梦幻中即走上了跟随之路。莱夷的利剑啊,昔日的兄弟!

我听到脚步移动之声,知道将军即要离开,就咕哝一句:"总算离开了……"谁知道马上传来低沉温和的一声:"先师,我永远不会离开您的,永远不会。"一只大手握住了我的左臂,轻轻抚动。这是淳于林的手。多少年来这只手与我一起做了不少事情。我听任它的抚摸,一动不动。我料定他还会说什么——是的,那是突然变得沙哑的嗓子:"先师!是我错了,我们太性急——都想不过是早晚的事,拖延日久又怕生出别的枝节。大家以为这也像您的婚姻,开始总要推托的……"

我忍不住笑起来,但笑不出声音。

"先师!您惩罚我那一天的无礼吧!"

我仍闭着眼睛。我想说:是我无礼。但我已无力与之讨论,直到他无奈地离去仍未吭一声。后来我睁开眼睛,米米马上激动地喊了一声,把脸伏在我的左掌中。我抚摸她的脖颈、后脑,那一缩一缩的肩头。我小声说:"他们想让你做'皇后'呢……"

米米无暇思索应一声:"我只要先师高兴。先师只要快活起来,我就快活起来了。我是你的,你也是你的……"

最后一句有点蹊跷。"你是你的"——难道这还要怀疑吗?"多么傻的孩子!"我长叹一声。

渴望已久的东部酋长的访问终于得以实现:本月十五日月满之夜他将在一干人马的簇拥下启程,至第二天月夜到达。这个时间的选择真是完美无缺,它让人得以窥见土著人精细而浪漫的情怀。他们原来远非城里人想象那么粗蛮。这个消息让我无暇生病了。我仿佛突然抛却了全部不快,随淳于林将军和三个卫士一起出门,商量接待酋长的具体事宜。因为来自瀛洲最大部落的友谊非同小可,这对于整个城邑的历史将是重要一页。就此也正式结束关于东征的内部争执,最好地佐证了我非同一般之远大眼光。对此我颇感欣慰和得意。

酋长的使者先行到达,传递部落意向。其中稍稍令人尴尬的是酋长提出要在拜会"大王"时亲献厚礼。禀报者说到"大王"二字面有难色,我则不语。禀报者又说:"我等对使者回复:此地并无称呼'大王'之风俗,如今只是称之为'先师'。他怕届时称谓有错,特意让我等再三重复念出……"我几次想打断禀报者,但还是作罢。看来要解释"先师"与"大王"之别已非易事。我只能咽下一腔苦笑。禀报者又喋喋不休说了若干,我都未置可否。尔后他终于要离去。待他走到门边的幔帐那儿,我突然大声说了一句:"我平生最讨厌的就是'大王'了!"禀报者惊惧中立刻转身。我此时的额头一定是青筋暴起,因为对方惊愕万分。我对他摆摆手:"去吧,没你的事了。"

我终于在满月之夜见到了可爱的酋长。他比传说中的还要矮小,但胡须发达,双目尖亮,举手投足间透出过人的灵捷。那一对高颧骨和深深的凹眼使人想起什么。他称我"先师头领",我则顺从恭敬地接受了。酋长身边除了一些打扮与他大同小异的男子,还有几个女子。无论男女都穿皮衣饰羽毛,身上有海贝和石块做成的饰物,脸上则有彩色涂描。这一干人最为突出的部分就是那对尖亮逼人的目光。只是看得久了,这目光才会泛出热烈光彩。我为他们安排了最好的饮食起居,高大漂亮的馆舍令其大呼小叫。淳于林和众先生与我一起陪伴酋长,细细观看六坊作业,又去三院。酋长对六坊极感兴趣,看了三院则大为茫然。他伸手抚摸一卷卷经册,转身去看同行的部落中人,脸上仿佛是马上要泣哭一场的表情。步出经卷院时他突然提出要一卷经册带走——这使我大为惊讶。原来他把经卷当成了玩赏之物,准备带回去反复展放,倾听"刷啦"之声。

酋长一行在城邑盘桓三日,甚为畅美,第四日月亮升起时即要回返。他面向远处的蓬莱喃喃不停,一时全体肃立;待他转身时,所有人都看到了他眼中饱含泪水。接着他向传话者咕哝几句,然后直眼看我。传话者告诉:他的部落要与这个城邑永世修好,酋长将每年来此一次……如果"先师头领"能够容许他重返这条满月铺就的路径,那就娶下他的妹妹"乌阿"。我听到最后一句有些发怔,幸亏有人把它重复一遍。我看到月光下走出一矮矮女人,由于头上挂满饰物,已难以辨清眉眼——她正款款走出,在酋长身边安立。酋长对她咕哝几句,又对传话者说了什么。接着我听到如下的话:"为了能重返这条月光铺就的路径,请尊贵的'先师头领'决断——如不嫌弃,就扯起他部落的至宝、年方十九的'乌阿'……"

那一刻所有的目光都落到了我的身上。我不由得去看那个"乌阿"。她正垂首站立,像一只夜鸟倚在兄长身边。我没有再想,一直向她走去。我看到酋长轻轻拍打她之肩部。

她同时抬头,张开嘴巴咬了酋长的手指,转身向我走来。我们的手拉在一起。

酋长踏着月光之路走去,留下了"乌阿"。当夜她被人领至馆舍,只待一个吉庆之日完婚。那天夜里米米是目击者,她似乎像我一样无声地承受。第三夜,我与米米一起,在辉煌的烛光下第一次如此清楚地看了我的又一位新娘。原来她也有深陷的眼睛、高高的颧骨,那皮肤真的像红薯;她的眼睛圆得像鸽子卵,睫毛密长。她身上散发出茼麻的野生香气。我和米米都承认"乌阿"是可爱的——"妹妹就像一只小鹌鹑!"米米临离去时说。

婚礼隆重地准备,届时还要有东方部落的几位老人参加。要不是因为又一场突然袭来的疾病,我在当月就要度过佳期了。那天米米正在为我缝制一件新的丝绸衣裳,拉手试衣时,我突觉一阵头晕,接着胸疼泛开,豆大汗粒涌上额头。我在米米的呼叫声中卧下,一会儿一拨人围住。我的嘴里又塞满了医师的丹丸。这一次我吞咽得可真费力。

这次可怕的疾病缓解之后,所有人都夸奖我的气色。他们误以为疾病也会被众口一词的声势给吓退。我知道剩下的时间不多,有许多事情已不容迟疑。胸疼刚刚过去,我又忍着脚气病发作的折磨,尽可能神态自若地参加了那一场必将载入史册的盛大婚礼。东方部落的酋长派来了五位年长德劭人物,同时又馈赠了大批羽毛和兽皮、海贝、干肉之类。我满怀谢忱收受了这批厚礼,不知如此之多的羽毛该派什么用场。

在令人伤心泣下的新婚之夜,"乌阿"与我语言不通,疼怜有余,彼此只用浅吻和无伤大雅的抚摸应答。深夜,我疲劳的躯体已非两年以前,只得安卧榻上歇息,连陪伴新娘坐一会儿的力气都没了。"乌阿"却替我脱去衣衫,又大胆地为我褪去内裤,接着发出了让人不再遗忘的"哦哟"声。她像突然之间发现自己寻了一个多么衰老的异族新郎,充斥心身的巨大惊骇无法隐藏。她无比怜惜地抚摸了我的周身,洒下了同情的泪水。

这个新婚之夜由于过分地疲劳——这疲劳随时都可以熄灭我微弱的生命之火——连脚气病的骚扰都未能阻止我的昏睡。天不知何时大亮,"乌阿"坐在榻上看我,待我一醒立即为我穿衣,又服侍我洗漱。一切做过之后即按原定计划出门,因为米米正站在门口,要领我回去早餐。我像个依靠两个看护人的大孩子一样,哼哼呀呀地在她们之间来去,由她们穿衣、喂饭和抹嘴巴……

待我神气略好一些时,我也像往常一样走上街头。可是因为城区扩建、车辆行人增多,更因为我的衰老,我不得不接受米米和几个卫士的照料。通常我去看六坊三院,再转到那个暮年得而复失的儿子——甘子墓前。我的泪水已在此洒完。在这里我想过了爱妻卞姜、区兰,我更小的儿子小林童;我甚至还想过了那个老友太史阿来和"女通灵者"。我相信,如果尚有余力的话,我会直直走到蓬莱山北的墓地上痛哭一场……如果时间还早,我就蹕回三院,去抚摸热乎乎的经卷,去大言院。

大言院的辩论一如往日,或由于增添了年轻辩士,其声势较往昔更大。只不过凭我直感,声势固大,义理却并未因此而更加透彻精辟。我坐下倾听一会儿,既不打扰,也不被打扰。但有一天似乎是个例外:辩论中涉及"开国"与"称王"之义。我不由得屏息静气起来,米米几次催我离开都被阻止。一个老先生引据"名实"之论:"'名'不存何以有'实'焉?然'名实'之'名'与'实名'之'名'又有何异?是无'名'之'实'与无'实'之'名'矣!"另一先生也大说一通,引起激烈争辩。我不得不承认自己老了,思维迟钝,已经难得明了如此深奥的义理。头脑阵阵发涨,我也只好离开了。

我在路上喃喃说:"他们在辩论,可见……"米米搀着我,为我擦去莫名的泪花,说:"先师,您得体谅大家了。时至今日,除了找一个皇帝,他们实在也想不出什么更好的办法了。"好像只是不经意的一句,却让我一怔。我再不移步,定定地看她。她叫着:"先师!我不该乱说;我再也不说了……"她慌得连连后退,竟顾不得搀我。

我却再未忘记这一句话。

想起大言院中的"名实"之争,似乎于混沌中晓悟了什么……无论是谁,眼下都"想不出更好的办法"。留给我的时间不多了,他们在我之后很快会寻到那个人的。我这些天一直回忆着甘子遇难前后那些可怕的经历。那时我一息尚存,他们却可以径自开政议、破陈规,险些将城邑引入歧途。也许我今天真的手无缚鸡之力了,真到了寻求和借助王冠之威的时刻了。仰望到处飘荡的阴阳旗,实在对其感到了厌恶——悬起它的那一天我就打定主意:总有一天要亲手把它抛到海里。这一天终于来到了。

一连三天躺在卧榻上,全身燥热,不停地饮水。除了脚气病在加倍折磨之外,其余尚能忍受。米米误以为我又到了危急时刻,几次去呼医师都被阻止。经过连续四天时眠时醒的折腾之后,全身轻松,如同一块顽石从背上刚刚滑落。第五天上,我让卫士去传淳于林将军。

整个城邑充斥着喜庆的喧哗,这隆重非常的节日才有的特异气息掺在空中,使人无可逃避。我不得不让米米严闭屋门,并垂下所有幔帐。可是那种气味仍要无所不在地涌入。米米也在兴奋之中,但她因为我的不快也只得压抑。满城都传出"先师"即将称"王",开国典礼正在紧张准备中。听说六坊三院极为激切,消息得到确认的当天彻夜不眠,各大门前边都扎起了彩带,悬起了特大灯笼。淳于林将军及十余位先生一起筹备大典。他们开始每日禀报,我让他们尽情弄去,一切决断事项皆不必禀报。我只与米米静处,大半时间卧于榻上。我想整个庆典该多么繁琐,且这班人中又无亲历类似场景人物,也真难为了他们。这必定是一次艰辛漫长的劳碌,但愿我不要在这期间不合时宜地死去。

米米偶尔将"乌阿"接来,三人同处在一起。"乌阿"每有一点时间就抚摸我的身体,总无法不为我的衰老感到惋惜和惊讶。她的小手抚摸我,大概想用青春的小熨斗抹平我苍老的皱褶。我对她和米米感谢的方式也只是在一天内三两次吻吻她们的额头。

可是后来我连这种可怜巴巴的礼物也不能奉送了,因为颈部又疼痛起来,而且伴以剧烈咳嗽。为不让外人打扰我们仅存的一点宁静,就用颤抖之手写下药方,让米米为我熬制止咳药水。一连服了几日煎药剧咳才勉强止住。但这场折腾已使我愈加精疲力竭,好长时间目光恍惚。接下去的几天,我几次把即将开始的盛典当成了正在准备的又一次婚礼,糊糊涂涂流下泪水,哀求米米和"乌阿":"我已经有过四次婚姻了,再也不要参加这样的仪式了,你们去告诉他们:饶了我吧!"

她们对我反复安慰。她们的温柔让我在来生也报答不完。我知道远离故土的女子除了用尽柔情,几乎没有任何办法来排遣自己的思乡之情和无依无靠的空寂感。她们一遍又一遍地托起我无力而刺疼的脖颈,像对待一个发育不良的婴儿一样,小心地擦去我的口水和泪痕,还有进餐时洒下的米汤。她们像看自己一件得意的刺绣似的,横竖端详我无神的眼睛、疏疏的眉毛、多皱的面孔以及花白的胡须。我闭上眼睛,真分不清两只纤手有何区别。但我嗅觉灵敏时,却能够准确无误地分辨:"乌阿"有一股檀木和艾草混合的气息;而米米则是雏菊与蜀葵的味道。当我分辨出来时,就叹息一般叫出她们的名字。她们白天吻我时总是小心谨慎,生怕磨损了我的毛孔似的;而一旦入夜,特别是夜半三更之时,我正好被脚气病折磨得痛不欲生,呻吟不已,她们就不顾一切亲吻我。她们那唇与舌带着令人惊恐的一丝粗野在我脸部搜索不止,直到最后让我在黑暗中老泪纵横——因为这时我竟想到了米米说过的一句话:他们实也想不出更好的办法了——她们此刻对于我、一个行将就木的人,也同样想不出比亲吻更好的办法了。

真是由衷地感谢她们,在她们双倍的温暖体恤以及无形的鼓励之下,我奇迹般地挺住,竟然在淳于林喜悦而激动的禀报中能够侧耳倾听。当然我仍卧榻上,一是体力不支,二是一个即将被扶上王位的老人已对这类禀报彻底乏味。淳于林将军告知:经过一班人全力忙碌,各种事项均已周备;宴会、典礼、贵宾、仪式、祭祀、阅兵、颂诗……几乎无所不包;另外,由大言院贡献的一座厅堂已改建成王宫,如今装扮得富丽堂皇,美轮美奂;届时将鸣放火炮六响,十二支铜管一齐欢奏;城邑外贵宾除那个最大的亲戚部族之外,还邀请了七八个小部族……我听后暗自惊喜,因为一些闻所未闻的礼仪事项、第一次听说的奇怪名堂,他们竟可以在二十多天内弄得一应俱全。这除了极高的办事效率之外,也实需渊博的知识;而据我所知,城邑内所有人等,均无这方面的奇异人才。出于好奇,我不得不问几句原委。淳于林将军的回答则简洁明了:

"先师,在我们彼岸来的这班人中,对这类事是不会有什么太难为的。"

淳于林最后告知大典之日,使我又是一阵惊讶。因为时间过于仓促了。我借口还要备下一些好的行头,想拖延几天;淳于林马上说:"先师不必过虑,一切已悉数弄好。王冠是纯金的,我掂了掂,比一张弓还要沉呢。衮服也做得考究,共三件,式样尺寸都再三琢磨,不会错的……"

我再无言。

三天之后就得放弃"先师"的称号了。这竟让人产生出特异的恐惧。

第三天夜,我再无法在榻上躺卧,对身边的"乌阿"和米米说:"扶我出去走走吧!这脚气病非把我提前打发了不可!"我在她二人的搀扶下往街巷走去。到处是浓烈的喜庆气氛,灯红得让人发腻。我让她们引我远一点,躲开这喧闹与红色。她们问到哪里去?我想了想,说就到沙岸上去吧!

我又伫立在甘子墓前了。这时我比以往更加清楚,在这些年里,我爱任何一个人都没有超过甘子。他是我暮年里真正的安慰,他是一切……海浪哗哗作响,不急不缓冲刷沙岸。星星繁密,然而无月。黛蓝的海水荡着星辰,多么神渺难测。我仰头看去,目光掠过一片苍茫。再往前,无尽的远途即是彼岸。那是我的故地,居住着杳无音信的亲戚。他们几千年后也难以遗忘我这个不肖子孙。

那时候他们会对我指指点点。他们议论起我来会说:看,一个在逃犯!或者说:看,一个羞羞答答做了皇帝的人!

面对这片茫海、比茫海更其难测的历史,我一个人能有什么办法?谁来见证和记录这一切呢?有些隐秘将随肉躯埋葬,永无回应永无诠释。谁知道呢?我在最不适宜于做新郎的时候却不止一次地完婚;在最厌恶皇帝的时候则戴上了王冠;今后大概还要在最不愿意死亡的时候死去!

看看吧,命运就是这样捉弄了一个老人。

"今个是几日了?"我像在询问夜海。

"先师,第三日了,明天一早就……"她们一块儿回我,声音小得如同鸥鸟悄语。

致不孝之子

尽管我对家里人、对你都隐瞒着什么,你们也知道我在这里待不了太久。那一天到来时,你不会吃惊,只会悲痛。悲痛就足够了。我已七十多岁,可以了。

原说你秋天回来,现在看不能了。也好,纸上谈吧。我有些憋气,当面谈断断续续反而容易遗忘。随想随记。我这一生、我与你、你今后,合在一起想。

作为一个失意的父亲,我想我培养了一个陌生的儿子。你很特别,很争气,太好了,好得不像我的儿子。

我曾经给你带来了少年的磨难,和许许多多的、长时间的羞愧。可是这些后来又成了你的资本。现在我老了,秋叶已落,难免感慨。你在大都市,终于远离了父亲的土,回头一想,会庆幸得欢喜。我像你这般大也不在土上,也从事体面的职业,小有名声。我的厄运有一多半是自己找来的。结果换来饥寒辛苦的大半辈子。我们全家因我而穷困,这是我的欠和恩。

……荒疏了文字,失去了文化,让你后来轻视。是因为辛苦的生活让我难以兼顾。你有个好脑子,刻苦,会成。你想让命离我更远,就拼力。走了,成了,越来越远,我不敢认你这个儿子了。

日夜回想许多,都关于你。很难过。我自知无力更改你什么了,还是记这些不废的废话给你,权做遗产。它会告诉你:我总算像个父亲那样,在最后日月里,认真想过你了。

简单一句话:你使我失望、痛心。有时很愤懑。想给你最后命个名,又找不到合适的字句。用个老旧易行的说法吧:你是个不孝之子。

"孝"字蒙了一层灰,还毕竟是个好字。不孝就不好,是对长辈不行义,等于无良知和叛卖。

我的指控在左邻右舍眼里极难成立。看来你已无可挑剔:嘘寒问暖,寄钱物,接我去住。你待我很好。

可我总是觉得你不孝。

这是个固执的印象,这时要真实记下,存个心情给你、给我。

你看到此不要以为人老迈了,心衰意迷,加上长期疏远文字,不知dog是狗之类……其实我并未糊涂。你之不孝,也包括对我逐年轻视。不关心我的想法,不看重我的意见,把我视为一个物质主义者,只用满足衣食之方代替一切,搪塞一切。

你不愿与我讨论人情世事。我偶有提示,你即滑过。这是对父亲的精神怠慢,形同欺辱。

你太匆忙,每天有无数学问要做,有那么多名流要过往,在学术上成了精。你读过的书、特别是外文书,比我当年多上十倍。看看你一边结领带一边用眼角瞟公文包,我很气愤。

你误以为这是老年人的孤寂以至嫉妒心理作祟。这回你错了。我虽走入老境,却已抵达安静,害怕打扰,只想留下更多自己的时间。干什么?用来忆想。忆想有快乐。

我的时间并不宽裕。我与一些老年人不同,很忙。人一生奔波,只为了心上的积累。我到了使用积累、自我犒赏的时候了。要不是因为你,我会活得更好。是你的不孝伤疼了我。

因为你是我的儿子,我必须牵挂你。我还爱你。絮叨即是父责。

在你这个百年不遇(至少在我们家是如此)的成功者眼里,倒霉的父亲一生没什么可自豪的。若有,也仅仅因为生了你这么个聪明儿子。错了,我自豪,但不是为你。忆想中自豪感多多涌来。

……不是我少年得志的"成就",也不是青年的辉煌。当然美誉不少,你母亲不失时机地爱上我:这一点最有助于我的幸福。还没有踏入中年我就走了下坡。尔后一路跌落,坠入深渊。去农场、隔离、蹲监,直到多年劳改。最后——遣返。

我感激她与我一起,并且一生忠诚。

忆想之中,自豪感就从下坡路上生出,越来越多;伴随它的有苦,有屈辱,有疼。可是都没能淹没自豪。

你懂事之后目睹过我的苦。我在泥里趴着做活,病中雨中雪中,都要做……大雪天被驱上街头扫雪,与其他"异类"一起。这一幕,多么令你羞辱。

我自知坎坷的由来。我对投向的煎熬可不能悔恨。因为在大多数时间里,我知道这是必然结果。也就是说,我是在一种自我把握之中受苦的。

当年,一开始,要摆脱这些,就得重找做人之路。这不能。

……那一天逼讯直到深夜。下半夜三点了,他们再一次让我签字做证……我拒绝了。这是个开端。你对这段历史已经听熟了。

类似场景不难遭逢,人人如此。

我做过的,很简单。不过是求个真实无愧,不做证而已。一点也不深奥。结果也就苦难临头,也就自豪。

看上去我败了,一贫如洗,殃及全家。实际上我胜了。我是险胜。胜者,活得像人而已。

我如今就为这一生的不断险胜而自豪。

儿子,你险胜过吗?

大约与年轻和磨损有关,我多多沉默。一起住时,我亦如此。这或可加剧你之误解,你认定父亲眼浊心钝,早无热情。有时提笔忘字,向隅出神,进而加重你之误解。你将父亲看成一个只需安度晚年、与世无争的人。他已无是非感,无激动,更没有你们过量吞服文明药者之敏感。是也,非也。

我提醒你想想父亲的过去、父亲为人的性质。质不变,其他亦不变。

你的交往、学术活动,言行内外,皆不避年迈的父亲。这是你的疏漏。我几次与你讨论,你总是不屑于多谈,瞒哄而过。这又是你的大疏漏。

你不知我正看着你呢,心里除了哀痛,更多怜悯。我的目光,是射向儿子的光,是充满惊讶的光,更是投向平民之子的光……

不,你不是平民之子。我再斟酌,要否认这个说法。因为更真实更准确点说,你应是来自最底层——平民之下者——的儿子。

接下来不由得深长思之:这样一个儿子又该生成什么模样?

自问中,我想抓住症结。

这样一个儿子,有什么权利,没有什么权利,与其他儿子又该有何区别,不可不想个分明。

你经历磨难甚多,看过磨难甚多,为了喘息、活,当年和亲人手足并用,挣扎到流血。你已不凡。后来呢,你当多多行善。远离恶行邪念,该是本能。

你生在地狱,所以尚不能称作"平民之子"。

"平民之子"即应自我苛刻:平民之子以下者呢?

你从地狱之隙挣出,对这个世界的奥妙污脏凶险,无所不知。再聪明曲折的书生,在你眼里也形同傻子。你把嘲笑收在心底。

这或许不错。不过无论如何,你也无由丢失纯谨。

……那天你与同伙吵得我难眠。细节不甚清楚,但我知道你们要做点什么。最后议定你来执笔。因为寻到了更有权势者或更有用者,你要进击自己的导师了。他视你如兄弟手足,且已百疾缠身。但你执意要做,硬了心肠。

接下去要寻个堂皇理由,再搬弄时髦的词儿,借以吓人的名义。其实都无济于事。

类似的关节、场合还有许多,不再一一。

总之,你太精明,人海中避害趋利,游刃自如。宦路仕途,文墨生涯,学术人生,陷坑累叠,你懂得不是太少而是太多。可叹小小年纪。

异常苦难之童年少年生活会教导出两类:一类更善,一类更凶。人若恐惧,就会一生屈从、苟且。人若挺拔,就会升华自身,不再畏惧。

你则过于惧怕,怕蹈父之覆辙。

覆辙不好。但不能因此而行亏,而加害他人。

那一夜我想得太过遥远。我想:仅此一分好处在诱惑,你就能对导师落井下石;如果几十倍大的利益拥来,你能否用不太痛苦之方杀死亲母? 我全身战栗,汗出如豆粒。

日常中,你的一些聪巧多具有如上性质。我注重性质的分析。

你因胆怯心虚,总要设法拢一伙一帮,寻找安全快意,并假设道德支持。也罢。无效无益。

挺拔之人、清洁爽气之人,从不如此。

我只见过群蝇而没见过群鹰。

你母亲在四十年前,即我遭返土上之前,有机会更有理由离去。慕她者不止一人,个个运气强我十倍。她很美丽。我劝她走罢,她说:"闭嘴。"

她先是等了我许多年。后来我们一起回了。这一场没头没尾的煎煮、超出想象的野蛮欺辱,两人都在一块儿受。

吃了半辈子薯干,玉米饼是精食点心。她像村里妇女一样用蓝布包头,扎上围裙,到沟里寻柴草。她学会了炖薯干。刚开始常常烧焦,我笑,她哭。她说自己真是个无用之人。

她在煤油灯下缝补。她多么美丽。更打动我的,是她的心性之美。

我想起她的去世就难忍悲恸。那病是生你时落下的,时好时坏。有多少辛劳愁苦等着他。你碰伤了手,她哭。你被同学打破了头,她哭。你因出身不能升学,她哭。

你不会忘记母亲那一头白发。

你只要回家晚一点,她都站在村头树下等。我等不及出去找人,老远先看见那白发在黑影里飘。

你可能要说,世上所有母亲都是这样。也许正是。不过我总觉得,其他母子是分开的,而你一直是母亲连着的命,是她接着长的命。当她设法把生命之汁一点一滴注到你身上后,她就死了。

我对下一代的恩情,不及她万分之一。

那个秋天,早晨,是十月末,老天反常地下了一场雪。她离开了我们。

你一直不解,我为什么不随你搬至城里。你厌恶这个屈辱不祥之地。我理解。不过我没有离去之念。

有土就活人。我活下来了,老伴入了土。我得守着有她的土。这地方让我舍弃知识,怄我磨我,几十年了,耐性和用心让我费解。我剩下的工夫不多了,就留下解它罢。我得守着有她的土。

你就得来回跑路。你做得像个孝子,大包小裹回乡探亲。街坊们站在那里瞅,分享荣耀。瞅与不瞅大不一样,乡亲的眼光比别处——世上任何一处的目光都沉。这重量你全部收下了。

你过去在地上爬、全身泥巴时,他们见过。什么都见过。这是归来人、体面人的一忌一喜。你的穿着各处、身份名声,他们也一一见过。你满足欣悦,心里也不能不傲。

……想起那个旱天,你不足十六,被打发去田里抗旱。人长得又瘦又小,这样的都去看水。可是他们偏要让你去扳辘轳。你连水斗都提不稳,央求也没用。是心里的犟劲儿帮了你,硬是做下去。从一大早做到半下午,你实在难挨,手一松,辘轳柄打破了头,血染了脖子。你还是挣着爬起。

你在那口半枯的井上苦做三天。第四天井筒酥泥塌了,人差点活活埋进。辘轳和水斗埋上了。领工的头儿骂你、踢你,还说你是什么人的子弟,故意破坏一口水井……围上的人没几个敢说句公道话,只看你糊在身上的血土。

人的残忍、不公至此,已无话可诉。那一夜我用盐水给你洗了伤口,熬一瓢薯面咸粥分食了,上炕睡觉。我想你妈许久。她离去难说不是福。可是余下者还得活。活吧。

那时你在田里、在学校,最怕听的几个字就是父亲之名,怕被斥为什么"子弟"。你常常打抖,像害冷。这证明着我的亏欠。我又证明着谁的亏欠……

无语无方,忍着熬着。寒冬一到人更苦,父子都去深翻队。沟底结冰,沟沿遮去你的头。你把冻土铲到沟畔,铁锨举到一半,土块就砸到头上。我给你做一双草靴,极大。我之拙手只会做这双草靴了。靴帮缝了生猪皮,防水。

每天天不亮爬起,去工地。你说不起了,再不起了,趴在炕上哭……还是穿上铁硬的生猪皮草靴,迎上顶头风走了。口袋里塞了干粮,是地瓜窝窝。

顶头风夹沙带雪,至今响我耳边。

儿子,也许这辈子再没那样的顶头风了。你那个冬天给吹得胆寒,就一生背过身去。

我说了,这些乡亲都见过。

你心底慢慢生出个结:混好了,回见江东父老。

这个结把你盘住,害你一生。

那天你提上公文包匆匆离去,想不到我会逐字推敲那几页纸。老花镜许久不戴了,为了心静。你把几页纸遗在桌上,想不起我。我说过,我失去了文化。可我并未失去其他。纸上的概念术语已不易懂。但一目了然者,是你过于偏嗜复杂烦琐,其实终究只为遮去一个简单:能否存一丝勇气?或可不卖良心?

我一生见识粗臭文字可谓多矣,不愿你再续作。直看得我手足俱冷。

你在家中、在朋友间津津乐道于某某人之赞扬。大可不必。你显小了。其实仅从心智而论,你也该存个警觉。对来自利益之人的提携,犹要疑惧。

昨天常让你羞愧难当。其实何必。它不过是命中一截。将其抽去,人生即中断。你难以割绝昨日,用力也是枉然。

我在阵阵喘息憋闷中苦苦想去的是,我已无望看到更远的去路,不知你之终点。我也不知你缘何走到时下一步。

知识既不害人,血脉又无劣痕,余下的全是困惑。空气中有一种元素腐蚀了我的儿子。肯定如此。它漫漫无边,无声无息,浸染始终,无坚不摧。

可是真正的人宁可贫困艰难至死,也要一如鹰隼,伸开双翅击打空气。

这些豪言殊为多余。仅有不可回告的隐语,用明白的声气传出。它是关于魂灵之隐语,隔代相悟也未可知……

人老了好比走近。走近了定数,也走近了谜底,人愈平静。想起有后人,有个接续,又复走远。焦虑就如此这般生出。

你长成这副模样我心不甘。

入夜,倾听自己粗重喘息,自知末路已至。

我梦见最多的还是你的母亲。醒来不胜伤感。她左边一绺发上有一支卷丹花,灿烂灼目。这是误记。她生前从不如此——许是在另一世界焕发欣悦,盼念与我相会。时候真也不早。

关于生母的记忆,你该有许多罢。她之温柔善良、美丽、忍耐,都达到个极数。我爱她,今日愈爱。我在日常苦寂中,相依相扶中,无意间被她进一步教导。这些都留在忆想里。我晚年的岁月只靠她温暖。

生母会给人不息之力。我那次去城里,所遗下的物品中有一件竖条衣裤,肩部襟上都有补丁,针脚密密。我是把它还你。想你不至扔掉。

你的妻子扔掉也等于你扔掉。她是个水性孩儿,随和、清澈,你要对得起这样天然的生命。

我私下还为这外姓孩儿难过呢。

我家对她有亏欠……她应随从更优良的人。

年轻时我常把美好一面显露给爱人。为了这深爱。久而久之,我在变好。这算个报答,她对我,我对她。不能忍的日子太久,可庆幸者唯有我与你母亲一起。

……居城时,我见你偶尔迁怒于妻。多半为世俗物利所急。她对你比其他贵重十倍。无疾即福,要善待家人。

你太机敏。这些年,你这样的青年多起来了。这是时代之不幸。我预言一下:只要人类还期望好好活下去,时代就最终不会属于你们。时代也会慢慢设法,伸出看不见的手。人们从前纵论经济,常说"第三只手"云云。世道人心,大概也有"第三只手"罢。

你给我钱物,让我"安度晚年"。老人,伤心几至绝望,如何"安度"……

……无非是个"有知识的蠢人"。卑微者之精明首先葬送自身,尔后污浊世界。时人敏捷许多,你精明人亦精明,一举一动尽收眼底。

我儿勿躁。笃定沉思。

要朴素真实地做人。要有耿直之美。

我想告诉你的是:真理这东西还是有的。

你活着感激谁?谁给了你生命并使之延长?追根究底,也不得不认定:真与善使人生,假与恶使人灭。孝,就是感念回报。古往今来,一切背弃真善的行为,都是不孝的行为。

诚然,如上的话并不能阻止你精明地笑或恼。

但我说过,我要在纸上记下来。

记下来留与你。你看了能长一分也好;扔掉,会知道我想些什么。

鱼 的 故 事

父亲也被叫到海上拉鱼了。他大概做梦都不曾想过会做这么有趣的工作。他那张被山风吹糙了的脸总是挂满愁苦,现在接受了这个工作,满面微笑。他一穿上发下的油布衣服,背起拉网用的带横棍的细绳,就兴冲冲的。

我也觉得有趣。我沿着父亲的足迹穿过大片草地和丛林,去海上看那些拉大网的人。

海上没有浪,几个人把小船摇进去。随着小船往海里驶,船上的人就抛下一张大网。水面上留下一串白色网漂。小船兜一个圈子靠岸。剩下的事儿就是拽住大网往上拖,费劲地拖。这就是"拉大网"。

网一动,渔老大就呼喊起来,嗓门吓死人。父亲,所有的人,都在他的呼喊中一齐用力。

天并不热,可是拉网的人连一点衣服都不穿。只有父亲下身绑了一件汗衫。

拉网人细绳搭到粗缆上,再把棍子横到屁股上,用绳扣拴住。老大喊号子,大家随号子嗨呀嗨呀叫,一边后退一边用力。

网里一定兜住了很多鱼,网有千斤重……

大网慢慢上来了,岸边的人全都狂呼起来。我这是第一次看到怎样从海里逮到这么多鱼,第一次看到这么多活蹦乱跳的鱼一齐离水,看到这一霎奇景。各种鱼都有,最大的有三尺多长,头颅简直像一头小猪。有一条鱼的眼睛睁得老大,转动着,一会儿盯盯这个,一会儿盯盯那个。我相信它懂事。

所有鱼都在海上老大的吆喝声中被网包抬起,倒在了不远的一片苇席上。席子旁早排好了长队,都是赶来买鱼的人。他们有的推车,有的担筐。鱼不值钱,买鱼的扔下一块钱就可以随便背鱼。

几个老头从鱼铺里钻出,手拿网兜,把喜欢的黄花鱼挑出来。

拉鱼的人可以松闲一会儿了。大家都赤身裸体,谁看谁都一样。父亲笑了。他和他们差不多。人人身上都是黑红色,是太阳把他们弄得差不多了。他们坐在一起喝鱼汤。鱼汤这样做:拣最肥的鱼当当剁成几大块,扔到锅里就煮,什么作料也不放,直接用海水煮。连盐也免了。

我们围看的几个孩子被熬汤的老头叫过去,每人舀给一大碗。我们端着碗跑开了。

拉网的人各自从角落里搬出一个酒瓶,一边吃鱼一边喝酒。大家都去敬海上老大。老大几乎尝遍了所有人的酒,一会儿就有些醉了,在海滩上蹒跚,唱起了难听的歌——越难听越有人为他叫好。父亲木着脸。

父亲没有酒。一个长络腮胡子的人从另一个人的手里夺下酒瓶让父亲喝一口。父亲看他一眼,接过酒瓶,先抿一口,然后一仰脖子喝一大口。他咳嗽,脸也红了。

后来我就常常看到父亲喝酒。他跟母亲要钱买酒,母亲不给就自己搞。他制了一个挺好的葫芦,弄到零酒就倒进去,然后用一个玉米芯塞住,夹在腋下。

父亲从海上回家时常常满脸酒气。母亲很忧虑。他满不在乎。我觉得父亲这时变得不那么讨厌了。我也喜欢酒了。酒能让一个人变。父亲常要捎回一些鱼。那是海上老大对拉网人的犒劳。拉网人每人都有一个大网包,那里面装了鱼和器具、甚至是衣服。他们真辛苦,每天要拉好多网。有时候半夜还要拉一网。那就要在海上过夜。

我也钻过他们的渔铺。那是一个深陷地下的土坑,上面用海草搭了架子,架子上胡乱扔了一些玉米秸和废旧渔网。到处腥臭熏人。拉网的人像鱼一样挤在一块儿,拼命打鼾。有的人晚上起来解溲,没地方下脚,就踩着人的屁股走。好多人一边打鼾一边叫,互相伸手狠拧。我不知叫的人里面有没有父亲。

早晨要拉"黎明网",这网最重要。这时也是海上老大最精神的时候。他像赶牲口一样把渔铺里的人全部嚎醒,催他们快些快些。

小船蒙了一层霜。撒网的人用衣袖把甲板上的霜擦去,然后蹦上小船。有的胡乱上船,霜立刻在脚板下融化。他们嘴里发出噗噗声,喝酒抵挡寒冷。不停地喝,等到船往回返时,每个人都醉了。醉汉手脚分外灵快,像跳舞一样摇橹,往水里唰啦唰啦扔网。奇怪的醉歌飘到岸上,岸上就大声叫

好。他们也不怕吓跑了鱼。鱼实在太多了

岸上的人穿着棉衣,光着屁股。拴网绳了,喊号子了,领头喊的人两手伸得像大猩猩一样长,一举一举大喊。海上老大就高兴这样。号子里常要掺杂一些坏词儿。父亲也跟上喊,额头冒着汗珠。

多少鱼啊。鱼多得让人骂起来了。

家里没有粮食吃。有时一个月吃不上一次玉米饼。玉米饼闪着金黄色,馋得人直流口水。母亲只吃糠窝窝,有时也让我们和她一块儿吃糠窝窝。父亲提回鱼来,一家人赶紧围上母亲飞快洗鱼,就用清水煮,放点盐。

吃鱼吃得嘴巴发酸,再好的鱼也比不上玉米饼啊。可是母亲说:"你们不做活,吃鱼就行。你爸要拼劲干活,让他吃玉米饼吧。"

父亲从来没推辞过。唯一的一块玉米饼被他三口两口吞下去。尽管肚子不饱,他也不愿端一碗鱼吃。

父亲在海上学会了做一种毒鱼。这种鱼身上全是蓝斑,肚子发黄。它样子就可怕。可是父亲学会了怎样对付它。这种鱼肉最鲜,可偏偏有毒,毒死的人数不完。母亲一见它就吓得叫起来,说我们无论如何也不能冒这个险。父亲把衣袖挽起,用一把小刀剖开鱼肚,然后分离出什么,把鱼头扔掉。用清水反复冲洗,又将鱼脊背上那两根白线抽掉,说:"没事了。"母亲喘着把鱼做好。

一种奇特的鲜味飘出。

真好吃。这才叫好吃。

父亲从酒葫芦里倒出一点酒,让我和母亲都尝了一小口。这天晚上愉快。碰巧父亲第二天用不着起早出海,不急睡。他还唱起了一首拉网的歌。母亲为他缝补衣衫。这晚上我胆子大了,伏到父亲背上。脊背热得像炕。

父亲唱过了,摇摇晃晃走到院里。我跟他走出。月亮真亮,没有多少星星,天瓦蓝瓦蓝。整个野地里听不到一点人声。这时我才想起:我们这座孤零零的小屋盖在了荒野上。丛林里,猫头鹰一声一声叫。对我们,它可不算坏鸟。父亲手按胸膛凝望远方。他准在想什么。

这晚上,我从他身上闻到了鱼腥味。

这一天父亲从海上回来,天还没黑,人喝得烂醉。他一头栽到了屋里,肩上的网兜空着。原来那网兜斜扣在肩上,就这么拖拉着回来了。母亲说:

"你顺着他的来路,去把鱼和衣服找回。"

我挎着筐子出去。出门不远就是一条小鱼。这条鱼还一动一动。每走几步都会发现一条鱼。它们都藏在草里。我能听到一种吱吱的声音。我也怪了,能听见鱼叫。它们藏在哪我都知道。茅草扒开,里面准有一条鱼在动。

我往前走,两脚在茅草里卷,鱼儿碰到我的脚就顺势往上一挑,在半空里把它捉住。只一会儿我就把父亲丢掉的鱼全捡回了。一件脏衣服也被我找到了。

父亲常把海上的欢乐带回,又差点全部抵销。这次父亲又捎回几条毒鱼,扔在地上就睡去了。母亲仿照父亲上次那样把鱼剖开,从头全做一遍。还是鲜气逼人。美吃一顿。

一个多钟头过去,我有点晕。真的晕了。接着我看见父亲全身抖动,手指像按在一根琴弦上,又颤又挪,嘴里吐出了白沫。母亲比我们好一点,脸也黄了。她抱紧我和父亲,说:"我不是故意。我不是。你知道我不是故意的——你信吧?"

父亲嘴唇变青。他咬着牙点头。

母亲让我看住他,要去请医生。

父亲摇着头。

这里离最近的村落也有几十里路,我们去哪儿请呢?母亲明白来不及了。这时我觉得手脚一阵抽疼,想站起,一挪步子就跌倒。我咬着牙爬几步。母亲摇晃过来,我们扶在一起。母亲说:"到外面采一点木槿叶,采一点解毒草。"

我往外连爬带跑。草地上全是一样的草棵,根本分辨不出有什么不同。这些草棵像是向我伸来,抚摸我。我低下头,它们就摸我的眼睛、头发。一会儿又像火焰一样烧我的脸。我叫了一声。妈妈跟来了,拍打我:"不要紧,不要紧,慢慢找。你睁大眼看。"

母亲已经采到了一株解毒草,她先嚼碎一些,吐在我嘴里。我们继续找。原野在眼前变成一片紫色,又变幻出更奇怪的颜色。整个原野都有一层紫幔,下面像有一万条蛇在拱动。它不停地抖、舞,升上来。一道紫幔升到我的腰部、颈部,眼看就要把我覆盖了。我沉在紫色布幔下边,挣着,两手去揪幔子边缘。我像溺水的人那样喊,手脚勒住了。我不能挣脱。我想起了妈妈,睁大眼找。四周一个人也没有。我喊,不知喊了多久,才听到一阵脚步声。

我躺在小茅屋里,旁边是父亲。母亲坐在那儿,旁边的碗里是捣成稀汁的解毒草。她说:"孩子,你说胡话……"

我觉得好了。

吃毒鱼后一个多月的晚上,外面起了大风。风很大,搅弄得整个荒滩不得安宁,各种大声使我害怕。我睡着了,接着就梦见一条小鱼。好俊的小鱼。它打扮得像一个小姑娘一样走进了茅屋。母亲把她抱到怀里,给她梳理透明的头发。真漂亮,除了有两个鱼鳍,到处和人一样。我扯着她的手在院里玩,一起逮蝉。母亲对她特别好,给她玉米饼吃;母亲让她住在屋里。

后来我才知道,母亲想让她做我的媳妇。我不好意思。不过,幸福啊。

她说她要走了,但是还会常来小屋。

我说:"你不要走了,你的家在哪里?"

"在大海里。"

我想起了,她是一条小美人鱼。看来平时人们传来传去的话一点也不假啊。

走前她告诉:她的爷爷、奶奶、哥哥、弟弟,所有的亲戚都给海上老大逮来了。他们死得惨。她让我求求岸上人,求求他们住手吧。如果他们做得到,她就可以嫁到岸上来。

我哀求母亲答应她的话,哀求母亲去找海上老大,和父亲一起。母亲答应了。

小鱼姑娘又来了。她哭着告诉我:他们还在捕鱼,海里那么多姐妹再也看不到了。她实在是没有办法了,所以刚才路过渔铺的时候,给好多睡觉的拉网人腿上胳膊上都扎了红头绳:"我把他们扎住了,他们就不能下海了。"

梦做到这儿就醒了。我觉得像失掉了一个真正的朋友,竟然哭了。

父亲睡得正香,被哭声惊醒,推我一下。母亲赶紧把我抱到怀里,问怎么了? 我就告诉了这个梦。母亲没有作声,看了父亲一眼,哄我睡下。

天亮后父亲要到海上去,母亲让他小心一点。她把我的梦告诉了他,说:"孩子梦见好多拉网人都给扎上了红头绳。"

父亲瞥了母亲一眼,走了。

后来我才知道:那天父亲把我的梦告诉了海上老大,老大只是一笑。

那天傍晚风息涛平,老大就让小船出海。想不到一场风暴突来,出海的五个人就在人们的眼皮底下跌进了狂浪。他们无一生还。

父亲跑回来嘴唇都紫了,双手抖着跟母亲讲了风暴。

母亲一句话也没说,只直眼盯着我。

这就是鱼的故事。我再也忘不掉,一直没忘。尽管许多人说那只是一次巧合……

割　烟

父亲试着种烟。这个地方黄烟有名。父亲想试一试。

他在四周围了山药架的地上种烟。架子等于是篱笆。种烟需要特异的技术,不过这对他不难。像开始种山药一样,像干别的一样,对他都不难。无论干什么,他超过一般人所需要的时间大约是一年。

他可不仅是能吃苦,不仅是舍得力气。他有别人没有的内力。父亲有内力。世上有些男人没有内力,我总觉得不像"父亲"。

我知道他这股劲儿是从哪里来的。他在露天采矿场上熬了十年。

烟棵长得又高又黑,长到齐腰高,可以藏人了。烟垄被一把小木铲拍得又光又亮。我钻到烟棵里玩,如果不小心碰折了烟叶,就得把它藏到土里。可是父亲能从断去的叶梗那儿看出什么:哪一片叶子除掉或留下,都记在心里。这真怪。怪得恨人。

父亲曾经对母亲说:种烟最难是割烟。割烟就是给烟棵除顶。由于除顶的时间和方法不同,长出的顶叶数量和质量就不同。每一株的顶叶烟只有三片,宝贵啊。

母亲在旁边看父亲割烟。他不知从哪找来一根细筷子粗的钢条,一边磨成了锥子形,另一边锻成小斜刀。真锋利。他交替使用它的两端,一眨眼把一棵烟割成。

父亲夜里汲水浇烟,我在烟垄那儿看水,烟垄涨满就呼喊一声。湿漉漉的夜晚,蚂蚱跳起来撞脸。蝈蝈在山药架下唱,我一学它们,它们就长时间不作声了。蝈蝈是又小又拗的动物,只愿独唱。我一个人待在沙土上想很多事情。那些夜晚啊,真适合想事情。

父亲在山药架旁还种了一些南瓜。南瓜泼辣,不怕荒草,什么都不怕。它们这辈子结出了多少又大又甜的瓜。它们的力气大得吓人,结这么多瓜当然需要力气。有些大瓜蛾在花上伸出一根长针,不停地旋。我逮住了它的"探针":竟可以延长许多,变成一根细绳。我捉住这细绳,看上去就像放风筝。不忍心,一松手让它飞走。

我们有一只狗,它和我同心同德。把它自己留在小茅屋它就叫个不停。它也想到烟田里玩。后来它不知怎么就挣脱了脖扣,顺着烟垄跑过来。我装着没看见,抄手闭眼。只一会儿湿漉漉暖烘烘的嘴巴就触在了脸上。它浑身乱拧,尾巴拍打我的膝盖。"虎儿你好生坐着。"它就在我身边坐下。我教训它一番。我愿偷偷教训它。一教训它就安静。虎儿忍了一会儿,一头扎进了周围的灌木丛。

一群鸟雀惊叫蹿起,后来又有其他野物发出惊叫。虎儿在灌木丛里闹腾一会儿,顶着一身花草香味奔出。它浑身沾满鬼针草,我一根一根择去。

虎儿总是抿那个锃亮的鼻头。我捧起它的脸。一张好看的脸。脸上的毛很洁净,一尘不染。是一张好看的花脸,眼皮是双的,睫毛浓黑;耳朵耷下,很松。它温和、乐观。由于年龄的关系,它还顽皮。我把它揽在身边。它的一颗心咚咚跳。我给虎儿号脉,真的在它前爪那儿找到了跳脉。跳得很快很快,不得了啊。

黄烟很快成熟了,最劳累的夜晚来了。

不是把烟叶一支一支剥下,而是要把烟棵齐根儿砍下,然后再收到一个地方,用刀子把烟叶连带一截烟骨剜下。时间必须抓紧,不能耽搁,因为烟叶怕闷。

我们每人都有一把刀子。母亲也像父亲一样,面对一块木头垫板割烟。

那些夜晚几乎不能睡觉。为了省油,全家合用一盏油灯。哧哧割烟。父亲总是起身去抱烟棵。烟秸在我们四周垛了很高。割啊割啊,实在疲倦了,抬头一看,东方露出鱼肚白。父亲说:睡觉。

我左手指有几个疤,是被割烟刀碰的。当时犯困,烟秸一滚,刀子就滑到了手指上。通红的血一流,母亲就发出尖叫。是她的叫声让我害怕。

虎儿在这个季节总是睡在烟田里,伴主人一块儿值勤。我晚上跟父亲睡搭起的草铺,铺外晾了烟叶。那些赶海的人路过这儿随手就捎上一些。我们一年的收获啊。赶海的人都是一些有大烟瘾的人,他们一个人一年可以抽掉一大口袋烟末。父亲说:这是他们在海滩上抵挡湿气的一个方法。

那些夜晚父亲总在铺前笼一堆火,不紧不慢烤一片烟叶。烟叶发出好闻的香味。我很难一个人睡去,坐在铺子里,看着父亲坐在火边的身影。就是那时候我看见他的头发白了一半,一双大脚赤裸着,上面是黑一块绿一块的颜色。他搓烟叶了,从衣服口袋里掏一片纸捻喇叭烟。他敢用手直接捏起一块发红的火炭对在烟上。吸第一口烟时闭眼,一只手拄地,伸开两腿。他舒坦了。

我裹着被子从铺子里跳出,父亲呵斥一声。我不退缩,他再不管。我蹲在火边烤烟叶,烤好了就递给他。

父亲一夜要抽多少烟。

有一个晚上我睡过去,醒来已是下半夜。一旁的被窝是空的,抬头一看,他还在火堆旁坐着。他的头上全是露水,身上披了一件老棉袄,虎儿就在对面。

下半夜,我们被虎儿的剧烈叫声惊醒。四周静悄悄没有一点声音。虎儿向晾烟的架子嚎,脊背的毛都竖起来。父亲取过一根长竹竿,伸到架子里面拨垂挂的烟叶。这样拨了一会儿,竹竿另一端有了分量。父亲的手抖着往外抽,好不容易才抽出来。原来竹竿的另一端被人握紧了,这时随着竹竿走出,嘻嘻笑。

父亲对在那人脸上看了看,赔笑。我也从火光里认出钻出来的人是"起儿"。

起儿三十多岁,早有了满脸皱纹。他穿了一件脏臭的灰衣服,头发上沾满草梗泥巴。他今夜大概是想偷点烟走。起儿常年在荒滩上游动,主要靠两种营生维持生活:一是串门时随手取走一点东西,什么都拿,小锄子、小铁钉耙,有时还拿走晒在绳子上的一条裤子,拿走就到集上卖。再就是他会阉割,身上常带一把小刀,如果有人需要阉猪,他就把这活做了,然后讨酒要钱。起儿做得熟了,沾了两手的血,走到哪里都不洗。

他今晚当然不干这个,两只手不红。

父亲请他坐在火边,请他抽烟。虎儿盯他。起儿一连抽了四五支烟,说:

"这狗早晚招惹事情。"

父亲点点头。

起儿又说:

"都是没阉的病。一阉,也就成了一条好狗。"

父亲点点头。

"你不阉,它跑出去闹事,咬了村里人,你这样的人也担待得起?"

父亲看一眼虎儿。

起儿说:"我抽一会儿烟,今夜咱就做了罢。"

父亲嘴角牵动一下,"这……"

起儿一拍膝盖。

父亲点点头。起儿又卷一支烟。他闭一只眼看虎儿。虎儿拼出力量挣那条锁链。我站到虎儿身边。

起儿说:"你看,不阉哪行!"

父亲垂下眼睛看着自己的两手。起儿让他回院去取两把锄,两眼像狼一样盯他。父亲往院里走了。我破开嗓子喊了一声。他没听。我央求起儿不要不要……起儿嘻嘻笑。

父亲拿来了两把锄头。起儿也吸完了烟。他从衣兜里掏了一会儿,并没有那个阉猪刀。这会儿他一抬头,看见父亲的上衣口袋装了一把割烟刀,就一把夺过,对在火苗上看了看:"也中。"

父亲把锄头交给我一把。这是要用两把锄钩绞住它的脖子。我大嚷。起儿就把锄头取到手里:"咱俩来吧。"

锄钩套到虎儿的脖子上。虎儿身子歪下了。它哭,没有大哭。它在忍。

起儿一手扶着锄柄,然后骗起左腿把锄柄夹住,闲出手扯起虎儿两条后腿。我跑到了黑影里。

虎儿有了长嘶。砰一声,锄钩断了。可是它没有逃开。那边是嗯嗯的用力声。

虎儿叫着。起儿大概在缝伤口。

我走过来。一眼看到虎儿腿拐了两下,围着拴它的那个柱子转圈,然后躺下舔伤口。

起儿把虎儿身上取下来的东西放进火里。烧了一会儿,拿在手里吹了吹,竟然吃起来。

父亲背过脸去。

起儿吃完了,又是抽烟。

露水真盛。不知离天亮还有多远。没有一点儿声音。突然起儿问了句:

"你家的猪阉了没有?"

"没有……"

起儿一拍膝盖:"那不一块儿!"

我大着声音:"我们的猪不阉!"

父亲也抬起头:"我想留做种猪……"

起儿摇摇头:"留种猪要上级批准的,你能留种猪?你这样的人也能留种猪?"

父亲不做声了。

起儿站起来,手提那个割烟刀往小院走去。父亲坐了片刻,跟上。

推开院门时母亲被惊醒了。父亲对她耳语几句。母亲没有作声,只是点起一盏桅灯,悬在了门框上。

起儿和父亲进了猪圈,把睡得正熟的小猪提起,又用绳子把它的四蹄捆了。起儿让把桅灯挪近一些,母亲把灯递给了父亲。

它嚎叫。

起儿提着灯,两手都是鲜血,割烟刀上也是。

起儿从猪圈里一蹦出就急急往外奔。他到了火边,把割下的东西投进火里……

吃完之后,他一直盯着父亲。他目不转睛。

我知道,他是跟父亲要钱。父亲咳了两声:

"我取钱去,我……"

父亲取来一些硬币。起儿在手里一个一个扒拉,从中拣出了一个一分的硬币扔给父亲:"该多少是多少。"说完将硬币溜进了兜里。

他打着响嗝,趿拉着鞋子走了。走了几步又回头,从架上取了几片烟叶……

虎儿一直闭着眼睛。

……

不久的一天,父亲不知用割烟刀干什么,一不小心,手给割了。他刀子使得熟极了,从没碰过手指。可是这次真惨,锋快的刀子一下捅进手掌,他啊啊叫两声,刀子掉在地上。我和母亲听到了一块儿跑去。父亲的脸蜡黄蜡黄。我看了一眼血手,吓得蒙了。一道大血口子,从手心到指根。浓血涌出。大口子像鱼嘴那样咧开。父亲用另一只手握住了手腕,可是血更多地向外流。母亲把布兜里的一个手巾撕破给父亲裹,又扯他的另一只手往前跑。

我们不顾一切,院门也没锁,一齐往前跑。

整个路上都洒了父亲的血。

……

接下去的日子父亲什么活也不能做。我觉得可怕极了,可唯有父亲没事人一样。他没有呻吟,更没有流泪。真不简单。我再次觉得父亲有内力。

停了没有几天,他竟然用闲着的一只手摆弄黄烟了。我不愿离开父亲,当他动手做活时,我就跑在前边。可是父亲还挂记着那把割烟刀——他那天把它掉在地上,慌乱中没有捡起。这会儿我们到处找,找不到了。

父亲的手整整过了两个多月才解了纱布。这中间他上了几次药。结了一个很大的疤,那五根手指要伸直时,它就阻止。东西抓不牢,是那个疤碍事。只有当他握起拳头的时候才好,那样什么毛病也没有了。

半年之后我们平整土地。父亲的铁锹插进地里,发出了当的一声。一锹土取出,父亲弯下腰去摸,一把掏出了那把割烟刀。

它已经锈了……

十多年后,剩了母亲一个人。她回城后还存有那把割烟刀。

有一天我收拾一些杂乱物品,打开了抽屉。我把一些过去的小东西集到一起。我打开一个座钟罩,一下发现了那把割烟刀。

它擦得锃亮,抹了油。

我双手捧起了它……

赶走灰喜鹊

失学了,一天到晚在荒原上游荡,像丢了魂。总要做点事情啊。不上学就要干点事情啊。

我常在一片葡萄园外边闲逛。这个园子可不算小,四周都围了栅栏。

我在园边走,不时往里看一眼。栅栏内,一个脸色发黑的人正提着裤子刹腰,看也不看我。他望望西北天咕哝:"你这小子成天瞎蹿,干脆到我这儿来吧。"

我以为他在逗人,没搭茬儿。这个人五十多岁,很老的样子,一说话就咳嗽:"咳,咳咳!你这小子,咳!我这里的活儿才简单,这么说吧,只要有副好嗓子就行。"

我听不明白,问:

"你让我干什么?"

"让你吆喝。"

"你逗谁?"

他走出栅栏,揪揪我的耳朵,坐在土埂上。他说自己叫"老梁",说着又咳:

"葡萄熟了,咳,灰喜鹊妈的……就来了。一颗葡萄啄一个洞,咳,只吸那么一点甜汁……葡萄就是这么完的。你见灰喜鹊来了,就给我赶跑。咳!咳!"

说着两个巴掌在嘴边围个喇叭:

"哎——嗨——哎——嗨——"

我乐了。"这么简单——一天多少钱?"

"我以前雇别人干过,八角——八角钱怎么样?"

我心里高兴,嘴上嫌少:"八角五分吧。"

"就是八角。"

他说完背着手就走。

我僵了一会儿,跟上了。

灰喜鹊晚上不来,所以我只有白天才干。天一亮我就在葡萄园里走来走去,喊。开始的时候我到处找灰喜鹊,一照面儿就扯嗓大喊。后来觉得这样真不轻松,也费眼,就简单些:每隔一段时间出来喊上两嗓子。

更多的时间是玩:吃葡萄,看螳螂怎样往葡萄架上爬,看小鸟怎样在葡萄叶间蹦跶。一般的鸟不伤葡萄,只吃虫子。益鸟。

我把灰喜鹊吓得扑棱棱满天乱窜。可怜的,再也吃不上葡萄了。它们的嘴巴真馋啊。它们太馋了。

天刚蒙蒙亮我就到园里来。灰喜鹊起得比我还早。我一大清早就亮开了嗓门。我刚刚十六岁,有一副脆生生的嗓子。我喊了一早晨,口渴了就吃一串葡萄。老梁和他们那一伙要等到太阳升起才钻出草铺子,一出来就甩下外衣,把葡萄笼搬来搬去的。他们干活头也不抬。他们这一下省心了,专门有人为他们轰鸟了。

有人问老梁:"把灰喜鹊用枪打了算了,省得轰了又来。"

老梁说:"不行。上边说了,咳,益鸟。它们只不过在葡萄熟的时候犯贱。再说枪子也伤葡萄啊。咳。"

太阳升到葡萄架上,阳光透过葡萄叶一束一束射到脸上。身上开始暖起来。园里充满了香气,香味直往鼻子里钻。各种鸟雀都叽叽喳喳唱歌了。它们可真能唱,乱唱。灰喜鹊就在葡萄园边的大树上栖着,一动不动。它们真精。有人说它们在心里打算盘,在那儿拨弄"小九九儿"。我能看见它们灰色闪亮的羽毛,看见圆圆的小头颅偶尔一转。它们在互相端量,在合计事儿。大概它们早晚也会知道:我只喊那么两嗓子,碍不着什么事的。

它们偶尔在树上一阵骚乱,从一棵树跳到另一棵树。那一齐展开的翅膀就像一片灰雾掠过树梢。它们眼瞅着这么红的葡萄,一嘟噜一嘟噜的,怎么能不馋?我也馋。我进园子之前常常馋得睡不着觉,何况是鸟儿。

想是这么想,还是没法儿让它们来一块儿吃葡萄。

老梁他们不停地忙。很怪,他们就不太吃葡萄。

当我起劲喊的时候,老梁就看我一眼。

我喊来喊去的样子多少有些让人发笑吧。有一次他走过来说:

"小子,你喊的时候要把腮帮子鼓大。"

我不解。

"这样,鼓大,劲儿就全在嘴上了。"

我觉得这可能不是好话,没有理睬。

"真的,你看着我。"

他双手拢住嘴巴,腮帮子鼓得老大,发出了响亮的"昂昂"声。那声音听起来又闷又沉,像牯牛。

"这声音传得才远。劲儿全在嘴巴上。你那样喊,劲儿用在这里哪——"他手戳喉头以下的地方,"咱俩一块儿喊上两天,你的嗓子哑了,我的嗓子还好好的呢。"

"那就让我哑。"

"八角钱呢。你靠嗓子吃饭,伙计。"

我心里一动,觉得老梁不错。

太阳把葡萄园映得一片暗红,一天的劳累就快结束了。黄昏时分灰喜鹊开始静下来。它们不来啄葡萄了。其实趁黑来啄谁也不管。我想那大概是因为它们眼神不济吧。它们飞到树林深处,几乎是贴着荒原飞的。太阳把最后一束光线收尽,我也踏着一片茅草往我们家的小屋走去。

夜晚的葡萄园不需要我。可是有时我在家待不下,要不由自主地走向它。我只想一个人到处走。

我顶着星星来到葡萄园。老远就听见老梁他们在笑。走进草铺,闻到一股浓浓的肉香味儿。老梁见了我,筷子敲着小瓷盆:

"你这小子最有口福,咳,来吃口野味儿。"

原来他们煮了一锅肉,几个人正围着喝酒。老梁让我喝了一口,我呛出了眼泪。老梁大笑。几个人你一口我一口,合用一个黄色粗瓷缸。当瓷缸转到我这儿时,我偏要呷一口。不知转了多少圈,瓷缸里的酒光了。我全身燥热,脸烧得慌。老梁说:

"脸红了。"

其实老梁自己也红了,连喘出的气都是酒味儿。

"怎么样,八角钱挣得容易吧?"

我没作声。老梁说:"有人不让打灰喜鹊。要不是这样,咳,就没你这差事了,美差。"

老梁摸着胡须:"其实呢,话又说回来,念书有什么用?你去念书,咳,八角钱就没了。白天在园里吆吆喝喝,晚上再跟我们喝酒,这多好。"他把旁边的枪抄起,瞄着,说:找个像样的夜晚,他要领我们抓特务去,那些家伙呀,都是海里来的!

"真有特务?"

"那东西可多啦,"老梁抚摸着枪托,"我这枪可是登了记的。它是武装哩。上级说那东西(特务)很多。到时候我要领上一伙人,咳,一左一右包抄上去。"

"他们从哪儿来?"

"从哪儿来?"老梁的嘴巴朝海上噘了噘,"水上来。那些家伙一人脚上绑一块胶皮,咳,扑哒扑哒就过来了。上级说只要是从海上来的东西,不用问,照准打就是——都是特务。"

"那么拉鱼的人呢?"

"拉鱼的人咱哪个不认识?听口音就行。咳,说话咕噜咕噜的,就是特务。咱当地人说话你还听不出来?再说他们脚上也没有黑胶皮呀!"

面前的老梁皱起眉头。

这个夜晚,离开老梁我没有马上回家,一个人在葡萄架里走了许久。葡萄遮住了星光,到处黑乎乎的。这夜真静。

脚下是凉沙。我坐下，背倚在葡萄架上，一串葡萄像冰一样垂在后脑那儿。转一下脸，葡萄穗儿就挨在了脸上。我抱住这串饱饱的葡萄，将它贴在眼睛和鼻子上；我嗅着，直到胸口那儿一阵阵灼热。

一直往前。出了葡萄园就是丛林和草地。夜晚的海潮声真大，还有远处传来的拉网号子。

我很少独自在夜间走这么远。都说林子里有狐狸，还有一些谁也叫不上名字的古怪东西。它们都能伤人。它们和人斗心眼儿也不是一年两年了。

但这个夜晚我想的只是另一种东西：特务。我此刻真想遇上那么一个人。我想看看他是什么模样——为什么要历尽辛苦，穿过层层海浪，脚绑黑胶皮到这片荒滩上来？这里究竟有什么在吸引他？他就不怕死吗？

我站在黑暗里，想得头疼。

我闭上眼睛，仰脸喊出了长长一声——

"哎——嗨——"

这突然放大的嗓门把我自己也吓了一跳。

回到家已是半夜。真想不到会着凉：黎明时分我的嗓子疼起来。倒霉，没法去园子里赶灰喜鹊了。

我两天没有到葡萄园。这天一见老梁他就讥讽说：

"真不中用。动动嘴巴就能累病呀？"

我像驱赶灰喜鹊那样迎着他喊了两嗓子。他赶紧捂上耳朵躲开了……

不久之后的一个晚上，老梁果真兑现诺言，领上我，还有那个高颧骨黄头发的人，一块儿去柳林里找"特务"了。

深夜,柳林里一点声音也没有。我们摸索着往前,全身发紧。老梁小声叮嘱:可千万不要弄出声音来啊。

月光朦朦胧胧。我们不时地蹲下,从树空里往前望。什么也看不见。可是老梁后来却看见前边有一个黑乎乎的巨影。他口吃一样说:

"……那是?"

"什么也……没有。"我想我看到的只是一棵笨模笨样的老树,树皮就要朽脱了。

他让我们蹲在原地,他自己凑得近一些。他一直往前摸去。后来,突然枪就响了。巨大的回响,满林子都是混乱,是嘎呀嘶叫。那个黄头发的人赶紧点亮了火把。

天哪,跑到跟前才知道,刚才看到的巨影原来是落了一树的大鸟儿,是灰喜鹊!这会儿它们惨极了,撒了一地的羽毛和血,叫着拧着……我蒙着,老梁说"快快",一边从腰上解下个口袋。地上有的鸟儿还在挣扎,老梁就拧它的脖子。

我那个晚上吃的原来是灰喜鹊!

我僵在那儿。地上的鸟儿都收拾进口袋了。他们揪我,我不动。老梁把我按蹲下,说:"待这儿别动,多停会儿,等它们落下稳了神儿,再……"

老梁大气也不出一声蹲下,伸手去衣兜里摸烟。那个黄毛小伙子像他一样闷着。

我身上的血涌着,腾一下站起。老梁又把我按下。我往上猛一跳,大喊了一声。我一声连一声喊:

"哎——嗨——哎——嗨——"

那声音可真大,林子里到处回响。灰喜鹊开始四处飞蹿。

我跑起来,一边跑一边喊。我不止一次跌倒,爬起来再跑。我不顾一切地喊啊……

老梁骂着追赶。我再一次跌倒时,他揪住了我,立刻捂紧我的嘴巴。我狠力挣脱。他的脏手像铁笼头一样罩在我的嘴上。

这只腥臭的手啊,我咯嘣一声咬了它一口。

"我的妈呀啊呀手……疼死我了……手完了……"

他蹲在地上拧动,抱着手剧抖。

我拔腿就跑。我没命地跑。他缓过劲儿肯定会用枪打我。

我磕磕绊绊往前,憋住一口气跑出了丛林。

一出林子月亮立刻大了。我大喘着,一低头才看到身上有血:许多血。摸了摸,没有伤。是他的血。

老天,刚才我下口可真狠……

月亮天里,丛林里一群群飞出灰喜鹊。老天,它们都随我出来了。我敢说从来没有看到这么多的灰喜鹊:呼呼掠过头顶,简直把月亮都挡住了……

利 口 酒

如果有一帮老和尚偷偷摸摸捣鼓出一种酒,并且能够得以流传,那么这种酒不会错的。和尚造酒是犯忌的。优秀的僧人当然不会去干。但这是另一回事。我想说的是人间一些珍品的源路有多么奇特。

我们游过了西德的北部和中部,来到了南部城市斯图加特。一个下午,我们去城外郊游。太阳很低了,这时才有人想起回城里去。但要赶回去吃饭显然已经晚了点,于是有人提议在城外的郊区酒馆里进餐。

这还是来德国后第一次进这样的饭馆。

整个店像一座乡间别墅,全部用粗大的原木钉成。屋顶大得很,看上去拙稚可爱。它在浓绿的草木簇拥之中与周围的一切相映成趣。美人蕉红得像火,野栗子树大冠如伞。木头屋子四周约几十米的地方,有一道削成方棱的木头栅栏。栅栏内有白色的金属椅子,有白木条凳。显然,这里面会是很有趣味的。

走进店门,大家都怔了一下。原来这里面十分华丽,简直一点儿不比维尔茨堡或汉诺威那些考究的酒馆差到哪里去——我们来斯图加特之前曾去过两个绝棒的酒馆,印象深刻。这个郊外的酒馆临近黄昏,灯火齐明,金属刀叉闪着光亮。枝形烛台上插满了蜡烛,桌子上的餐巾洁白如雪。墙壁上的装饰让人瞩目:一个野猪头,獠牙弯弯,小眼睛微微发红;鹿角尖尖,鹿的神情栩栩如生,如少女般温柔地注视着来客。这都是真实的动物做成的标本钉在了墙上的。还有壁画,画的内容当然是狩猎,猎人脚踏长筒皮靴,绑了裹腿,举着猎枪。一只棕熊中弹,腾空而起扑向猎人。不知为什么这些壁画都画得笨模笨样的,野物的神情多少有点像人。

这一切使你强烈地感到另一种生活的气息,即远远地离我们而去的山地狩猎、燃起篝火烤肉喝酒的那样一种情形。我们刚刚从山间小路上来,穿越了大片的丛林,再进这样的酒馆不是正合适吗?酒馆招待彬彬有礼,请客人入座,送盘碟刀叉,一整套动作连贯流畅,很像一种体态优美的舞蹈动作。但客人不会觉得有任何滑稽的意味,相反会从中感到源于职业的端庄和矜持。要点什么菜呢?菜单上标明了有烤土豆条、青豆等,有鱼——一种淡水鱼,样子像青鱼,产自城郊碧绿的小湖;有鹿肉、野猪肉、牛排、猪排等等。我要了一盘色拉、一份烤土豆条、一份鹿肉。喝什么酒呢?酒的品种可真多,我们几个人相视而笑。

小说家G是我们的老大哥。他个子不高,穿一件黑色披风,多少像个将军。他伸出右手说:"利口酒。"

我和另一位朋友也选择了利口酒。

原来这是一种无色液体,像崂山矿泉水那么明净,银晶晶的。只有小小一杯,我敢说那杯子比拇指大不了多少。旁边的朋友有的要当地啤酒,有的要葡萄酒,都是大杯子或半大的杯子,我们显然太不合算。我低头看看小小的杯子,见杯子的上半部有一道细细的红线,而杯中的酒刚刚达到红线那儿——也就是说,这种杯子虽然小如拇指,但却没有装满。

我端量了一会儿有趣的小杯子,与小说家G一同端起来。其实我们是用拇指和食指小心翼翼地将它捏起来的,送到嘴边,喝了很少一点。

"怎么样?"一边喝啤酒的人问。

我不能算是会喝酒的人。但我知道这一回喝到了一种古怪的酒。它的几滴液体在口中迅速漫开,使我感到满口里都是玫瑰花的味道。但轻轻咂一咂嘴,这种芬芳又若有若无地隐去了,有些微微的麻辣,并透出意味深长的甘甜。此刻的呼吸也充满了这种奇特的气味,令人精神一振。当我放下杯子的时候,这才感到舌尖冰凉,像刚刚溶化了几块薄冰。

这就是利口酒。我怎么告诉朋友它是什么滋味呢?我只能和G一起喊一句:"好!"

接下去的时间是我们捏住那个小杯子,快乐、谨慎、心神专注地把它喝完了。

一直陪同我们访问的当地一位记者、对南部风物极其熟悉的H介绍了利口酒。他说这种酒是很早以前,由一座修道院里的一帮修士们弄出来的。怎么弄出来的不知道,反正是给世上添了一种美好的东西。现在这里的利口酒有好多种了,但他最喜欢的还是修士们搞出来的这一种。

我仿佛看到了一群修士不动声色地在高墙大院内走着,转过一个夹道,进入一间地下室,搬出了一个硕大无比的酒坛。

大家全都兴致勃勃的。H先生竖起了拇指。

我仰脸看着屋顶天花板墙壁上的狩猎画,想象着很久以前这儿的独特风习,仿佛嗅到了山林中飘出的烤野猪肉的香味。那些好猎手也喝到了修士们的酒,你一盅我一盅,互相眨着眼睛。这样有劲道的酒显然猎人喝起来更合适一点,要比啤酒葡萄酒之类更对他们的胃口。

有人问H先生这种酒是什么酿成的。

H的回答有些含混,但我听明白它不是大麦和葡萄,也不是其他粮食和果子,而是玫瑰花瓣——究竟是否纯粹的鲜花瓣不得而知,但我确实听到了"玫瑰"二字。

天晓得修士们怎么冥想出这样的玄妙精微,竟然用娇羞艳丽的东西酿酒。我多少有些吃惊,我想起了小杯子上那道神秘的红线,那正是玫瑰的颜色。

这种酒在我眼里是无与伦比的,或许事实上也正是那样。因为它本身包含了美丽的传说、奇妙的想象,还有不可思议的工艺……我想这也除非是修士们来制造,否则是不可能的。

我知道中国的和尚、印度的僧侣,他们都有博大精深的著作,构成了东方文化中最瑰丽最深奥的部分。这显然都是静悟和冥想的精粹,是一度回避尘埃的结果。做大学问的人都是寂寞自得的,与世俗利害相去甚远。试想中国的一些书画珍品、诗文高论、健身秘术玄妙莫测,很多都出自和尚道人。

我知道物质经济与艺术神思的原理相悖也相通,它们有一点是相同的,那就是同源于一种生命的创造能力。创造力的消长荣衰,有时是非常奇怪的,它们往往在安静的时刻里慢慢滋生壮大,然后一举完成一件不朽的业绩。

小说家G微仰着身子离开座位,又伸出右手。他大约在最后一次赞扬利口酒。

这座郊区酒馆不会从我们的记忆中抹掉,因为它太有个性了。来西德后见过一些有个性的酒馆,印象都非常深刻。我觉得欧洲人返璞归真的愿望非常强烈,这大约与他们的经济发展现状有关系。走在这块土地上,你到处可见他们满怀深情的追忆的痕迹,而酒馆只是其中一例。

坐在酒馆里,进餐(物质营养)的同时,不由自主地经历一次精神的洗礼,显然是很棒的。他们要尽一切可能,寻找一切机会,让人们去重温一个过去了的时代。

记得在北部和中部城市,在闹市区,类似的酒馆也不少见。例如在恩格斯家乡附近,大约是美丽如画的中部城市乌珀塔尔,我们就见过一个别具丰采的酒馆。

那个酒馆从外部看是玻璃结构的现代化建筑,正门装饰得很洋气。可进去之后,你就会大吃一惊。因为它的内部空间非常之大,出乎意料,真正是别有洞天。整个空间又分成了不同风味、不同色调、不同内容的很多很多区间,你可以随自己的意愿和趣味去选择。比如既有举行鸡尾酒会的大厅,讲究、富丽;又有散发着原始气味的、装饰了各种野物标本的小宴会厅,还有东西方各种风格的、各自独立的一些小型餐馆。有的地方是一个怪石嶙峋的山洞,摸索着进了洞才豁然开朗,原来又是一小酒馆。泉声潺潺,水车的木轮当真在转动。一处又一处原木钉起的小屋,每一处里面都飘出酒香,响着叮咚的碰杯声。

这就是那个酒馆内部的情形。

我们一看就可以明白主人用心良苦。它提醒人们是从大自然中走出来的,那儿的一切仍然像是伸手就可以触摸,青藤缠绕,篝火嫣红,号角频频,狩猎的呐喊震动山谷。酒、野味、休憩的幸福,这一切都是勤劳和英勇开拓换来的。昨天刚刚逝去,人类还多么年轻。

记得每一次宴会都要摆上点燃的蜡烛。现在的电光源已经是五花八门,但唯有蜡烛的光焰在这里长明不熄。仅仅是仿古和怀旧吗?我想这和那装点成原始意味的餐馆一样,给人的感觉是复杂的。

比如在巴伐利亚州府,老市长在市政厅的地下室里招待我们——地下室的墙壁上就和斯图加特的郊区酒馆一样,画满了狩猎的彩色图案。而且这儿的天花板上画了几个很大的动物,画了持枪的猎人。这使我们这些刚刚从繁华的街道上走来的客人进入了一个全新的世界。这是老市长相中的地方。他在此款待遥远的东方客人。墙壁上的图画在我看来仍然是笨模笨样的,倒也特别淳朴自然,透出了绘制者虔敬宁静的心态。那次宴会间,好像是慕尼黑市的文化长官伸手指点着墙上的图画,解释了它的内容。

总之,这儿不断向我们显示过去了的那个时代。这个时代当然不仅仅属于欧洲的民族,同样也属于亚洲。茂密的丛林和那时候的一切风俗一块儿消失了,人们只好根据记忆去复制出来。每个时代都有属于它自己的东西,我们在追忆寻找的那一刻里,也就变得丰富和成熟了。

试问现在还可以产生利口酒吗？现在还有那样的修士吗？我听说西方的修士在旅游旺季开办旅馆接客,而东方的僧人也开起了小卖部,经营图书宝剑和无笔画之类。没有过去的修士了,也不会产生那样的利口酒了。谁要想在充满刺激的迪斯科舞曲里轻轻呷着利口酒,谁就要执拗地维护那样的一种风范,一种传统,一种可以为今人所用的美妙的成果。

那天,直到太阳完全沉没我们才离开那座乡间酒馆。车子向着通往斯图加特的城区开去,我们频频回首望着稀疏淡远的灯火。夜风里,不知为什么玫瑰花的香味十分浓郁。这使我们又一次念出那种酒的名字。

我们那次旅行知道了修士们也会酿酒。

并且知道了玫瑰花也可以酿酒。利口酒,利口酒。

默默挺立

从法兰克福乘车到波恩,心情异样地激动。车子在高速公路上飞速行驶,两旁不断出现森林、起伏的草地和麦田。偶尔有一块油菜花嵌在田野上,明亮耀眼。这里看不到一处裸露着的泥土,一切都在尽情地生长。林子里,早熟的各种果子已经泛红,鸟儿在树杈深处呼叫应答。一阵雨水冲刷着马路和林木,使这个世界纤尘不沾。我们的车子飞驰着,不断把人带入崭新的境界。

从飞机上俯视这片土地,给人印象最深的是绿色占去了绝大部分面积,而一座座城市和村庄只是夹在大片绿色的缝隙里。绿色在这里成为最主要的色调。我从哈尔滨飞往北京,看到的情况恰恰相反。这条飞行路线是较好的绿化地带,但给人的感觉是绿色只算点缀。欧洲这片土地得天独厚,气候湿润,雨水充足,任何种子都可以在最短的时间里鼓胀起来,伸展叶芽,疯狂地生长蔓延。于是山不见石,田不见土,连高大雄奇的建筑也给遮掩起来了。

这个国家面积不大,山水有限。但由于一切都被茂盛的植物遮盖了,绿树婆娑,就让人觉得奥妙无穷,意味深长,也分外含蓄。我们的司机H是一位顶呱呱的司机,可他的本来职业是一名记者。H先生沉默寡言,他见我们一路上十分高兴,也就一直微笑着。

一路上大家的眼睛一直注意看两旁的树木,贪婪地饱餐田野的秀丽风光。很多树种似曾相识,但又叫不上名字。有一种红叶树红得人心里一动一动,谁见了都要脱口喊一句:"哎呀,快看!"黄色的、浅绿的、紫红的,任何色彩镶在深绿色的丛林中,都会让人眼前一亮。H先生满意地微笑着。

我突然看到了一片棕红色的高大树木,像是一种奇异的松树。它们默默挺立在山坡上,一动不动的,别有一种风韵。我伸手指向窗外,说:"你们看!这种颜色的树……这么大一片!"大家一齐转脸去看。与此同时,H先生鼻子里哼了一声。我看见H先生的脸色略有阴沉。翻译同志告诉大家:H先生说那是死去的一片松树——它们是被酸雨慢慢淋死的。目前,这个国家的大片土地都面临着酸雨的威胁。你们还可以看到很多这样的树,很多。

我以前看过关于酸雨的报道,印象不深。它没有在头脑中化为形象的东西。而今天,我再也不会忘掉酸雨了。我知道了它有多么可怕。如果酸雨继续出现的话,那么整个大山不是要慢慢光秃吗?酸雨是死亡之水。

车子向前,我们接着又不断地发现一处处死去的松树。它们死去了,但并未倒下,只是树杈僵硬,默默地站立着。这种无言的站立,这种沉默……有一种可怕的东西传递出来。

如果想象一下它们当初仰脸向天迎接雨水的情景,会是很动人的。可酸雨首先使它们失明,然后是残酷的剥蚀。最后的时刻来到了,它们终于没有来得及与人们告别。实际上也无须告别。因为酸雨的创造者不是天空,不是上帝,而是人类自己。

我们到了波恩,又到汉堡,到大大小小的城市,到阿尔卑斯山下……到处都是一片浓绿。可见这个国家在环境保护方面用心良苦,这里到处有劳动的血汗,有长远的眼光,有一切尽心尽力的痕迹。非常重要的是,从这一切可以看出这个民族的宽容,对大自然其他生命的尊重。鲜花是生活中绝不可少、最为珍贵的。对一个人的敬重,莫过于向他(她)献一束鲜花。那么看吧,花店处处,芬芳四溢,橱窗、街心、山坡、阳台,到处都是用心培植和任其生发的鲜花。一株嫩芽、一棵小草,只要是绿的、有生机的,就会得到保护。一个人走在蓬蓬勃勃的树林和花草之间,会感到安宁和坦然。失去这一切,我想心灵深处一定更容易荒芜。在这儿,在欧洲的这片土地上,就是这样的郁郁葱葱,一片苍翠。

可也就是在这片土地上,我看到了一片片死去的高大树木。它们默默挺立。

它们告诉你绿荫遮蔽之下,还有另一个欧洲。

这儿物质丰富,工业发达,科技先进,很多人生活得又惬意又条理。可是人与自然的关系是世界上无数法则、无数关系之中最重要的一个,如果这方面出现了严重问题,其他所有方面的条理都显得微不足道了。如果人类文明与地球灾难一块儿发展和扩大,这种文明最终就会将世界引向死亡。也就是说,人们到了再一次调拨生活的罗盘的关键时刻了。你在这调拨中会进一步审视人类迄今为止的一切行为,重新权衡与大千世界密切相关的所有事物。你会认识到,对大自然的绿色生命仅仅是一般的爱还远远不够,仅仅是一般的保护也无济于事。

酸雨在世界的好多角落都降落过。但它只有降落在一片浓绿的土地上,降落在最懂得保护自然的现代人身上,才显出了真正的残酷无情。

我忘不了进入鲁尔区的情景。鲁尔区是联邦德国的工业发达地带,是发生经济奇迹的地方。可是当汽车驶入这里的高速公路,两边的森林从车窗旁飞速闪过时,你会感到一阵阵痛楚。一片又一片焦干的棕红色树木沉默在那儿,挺立着,无声无息。它们高大的身躯笔直伟岸,主干上伸向两侧的枝杈差不多都很对称。绿叶脱光了,成了一具多么完美的死亡标本。注视着鲁尔区的这些标本,任何人都会有一种悲壮的感觉。

核电站的巨型建筑矗立着;一些不知名的工业建筑群像山峦一样隆起。无数大烟囱插向云天;红红绿绿的各种线缆集成一大束,分别向四方蜿蜒。蒸汽喷向天空,很快漫成白云一样。雨水哗哗地浇下,鲁尔区的一切又在淋雨了。谁也不知道这是不是酸雨。雨中,大地一片寂静,连高速公路上的喧嚣也退远了。只有蜻蜓在雨丝中平稳地向前滑翔。

鲁尔区好大,森林的覆盖面也好大。我几次以为已经驶出了鲁尔区,但H先生总是摇头。快穿越鲁尔区吧。

H先生的眼睛注视着前方,从不看路边的景色。我一路上仔细端详着他,觉得他像一个老熟人。其实这是我认识的第一位欧洲朋友。他有一张看一眼就让人信任的面孔,这张面孔透露着坚毅和果决。我在想象着他、他的民族,想象着一个世纪以来东西方的一些重大变故和演化交流。一个民族有一个民族的总体性格,互相无法替代。人与人的隔膜和理解同样都是无限的。我眼中的H先生是质朴的,是把激情深深潜入内心的欧洲人。我相信他不用看也知道鲁尔区有一片又一片棕红色的大树矗立在绿野之中,他会怎么想呢?他正在思索什么呢?他的民族面对这一切,被轻轻拨动的是哪一根神经?起飞了的鲁尔区不会一直这样沉默吧!它也许首先肩负起人的一种庄严,表现出经济巨人的聪慧和气魄,力挽危澜,化险为夷。

但愿如此吧。

在遥远的地方,酸雨曾使一片片稼禾成为焦叶,山石上的植被洗光了,鸟雀飞向远方。我们面临着共同的焦虑,两片美丽的国土都洒上了死亡之水。但这些给人的启示又不会是相同的。每一片土地上抵挡灾难的方式都是不同的,有的有效,有的无效。不管怎么说,大自然已经在逼迫人类做出重要的反应。如果人们站在凄凉的田野上面容痴呆,麻木不仁,那么又将有苦涩的雨滴轻轻地洒上他们的额头。

鲁尔区即将穿越。大地明朗清爽,雨后的风从车窗吹进来。开阔的麦田波浪滚滚,金黄色的油菜花又在熠熠发光。森林闪在背后,大海就在前方,一块一块翡翠似的色块抛闪过去。一层层的林木在山岗上扩展开来,真正是无边无际。可这时,又一片焦死的棕红色大树出现了。

它们身躯高大,笔直笔直,默默挺立在山坡上。

山水情结

我的无尽的烦恼,难以言喻的匆忙,这一切会纠缠终生吗?它们来自哪里?来自生活本身,来自生命,来自一个无法变更的命运或一个莫名的规定?我怀疑,故而不愿服从。可是我又无从摆脱。

北望立交桥

这是一段难忘的回忆,它仍然是关于居所,关于我与一座城市相依相存的故事。

那时我在这座都市里第一次拥有了一个两居室新居。一开始有些兴奋,因为这是我得以安顿自己的空间,它平凡而又神奇地出现了。在熙熙攘攘的都市里,这是无数楼房中的一居,隐于其中,活于其中,消失和生长在其中。它在苍苍茫茫中找到了我,或者说是我找到了它。我的幸福无以言表,尽管它在五层楼的最高处,据说冬冷夏热,但一切在我看来都好得不能再好。

我对于新居所还没有任何体会,而只有关门对视的喜悦。我在粉刷一新的房间内走动,从这一间到那一间,嗅着相同的水泥和石灰的香味。

不知什么时候,我突然听到了轰隆隆的声音,它一阵阵爆发,中间还夹带了粗长的持续的震响。这声音可真是有力和持久啊,它不仅震动人的耳膜,还轰击着人的心脏。我四处寻找这声音的来源,一站到窗前立刻就明白了:北边不远处是一座立交桥,连绵不断的车流在桥上旋转,桥下边则是另一些车辆,还有一簇簇的人群。

我搬入新居的时间正是这座城市最好的季节:秋天。不冷不热的天气和崭新的居所合在一起,当有无法忽略的幸福。可恨的是我再也休息不好。当然是无处不在、无时不在的轰鸣赶走了睡眠。怎么办? 有人说任何事情都有一个适应期,也许很快会像过去一样,还给我一个新的安眠。后来的日子真的有过几个像样的睡眠,但我知道这不是适应与否的缘故,而实在是连续失眠造成的极度疲惫的结果。我开始想一些办法,比如用棉条塞封窗隙,再比如安装双层窗子。这些方法事倍功半,因为实在是声源宏巨,而且真正密封之后又带来了新的问题,即震动和共鸣的力量反而由此而增大。车辆在悬空的立交桥上加速时发出的轰响,它引起的楼体和窗子的共振,简直无可抵挡。

我走入了头涨目涩的日子。与此同时,我发现满屋都被黑色的细尘蒙住了,随时擦拭随时落下,源源不断。窗子已得到如此的封闭,黑尘还是钻挤进来,显然已经无法根治。由于这噪声和灰尘,门窗也就轻易不可打开,于是室内空气愈加恶劣。

我只想尽可能地逃离这个居所,并且永远不再返回,可这又是我唯一的居所。

立交桥建得丑陋而庞大,是粗鲁的水泥裸体。它在我眼里成了狰狞的怪物。它是凸起的一截城市的肠道剖面,正露出内部的蠕动和循环。它散发出难闻的气味,还有巨响。可是我不仅避不开这声音、这气味,还无法摆脱它刺目的形体,因为我不能对窗外的一切视而不见。渐渐我觉得它也在与我对视,并且时而狞笑。

仅仅一年多的时间里我就病了三次。

偶尔出一趟远门,让我暂得轻松;可每到了归来的日子,又开始恐惧那个日夜轰响的居所。回来了,无眠,脱发,绝望,一遍遍洗脸,抬头看发青的眼窝。

有谁愿意交换这个居所?你有一个安静的柴棚或者猪窝吗?那你愿意用它与我交换吗?是的,我将欣然前往,但你不准变卦。

帐　篷

我从养蜂人那里得到了启示,觉得可以从他们身上学到许多东西。有一段时间,不管在哪里,只要遇到养蜂人,我就要停下来耽搁一会儿,了解我所感兴趣的一切。他们的职业在一般人看来是辛苦的,到处游转,远途运输和奔波,夜宿野外,等等。可是他们的生活听来又极具色彩,如追赶花期,如倚山背水而眠,如走遍大地。

有一段时间我甚至想以某种方式,真的尝试去做一个养蜂人。之所以说要以"某种方式",那是因为身有公职,有一种固定的工作,并非可以一走了之。今天生活中的人,有几个可以随心所欲地选择,凭自己的一时兴起和阶段性的好恶去寻找一种日月呢?所以说变换日常生活要有章法,有途径,不得不去遵循"法度"。

如果以挂职的方式去一个蜂场里工作,这就有机会随放蜂人在大江南北流转了。但兴起而行,困难重重,尽管奔波考察了一番,结果还是没能成功。不过这期间我买了许多养蜂的专业书籍,于是得知了神奇的蜜蜂有多少本领、它们独特的习性,以及养蜂人的日常工作。还有一些花的常识,各种可供采蜜的花、它们的开放周期等等知识。

实际上,真正吸引我的不是其他,而是一顶顶帐篷下的生活。

它是流动的房屋,是随遇而安的家,是可以跟随肉身和灵魂一起移动的居所。它为我们遮风避雨,还与我们一起摆脱尘土、闹市、烦琐和嘈杂。人的一生都要恐惧上无片瓦、下无立锥之地的赤贫生活,需要安居之乐。可是居安即要思危,牵挂繁多,忧心不已。最主要的还有,人的移居成了大问题,就是说一个人不管愿意与否,必得长期在一个凝固的居所里呆守。

弄一顶帐篷,这一度成了我的理想。最好是大帆布帐篷,军用品,耐风雨且又宽畅。可是它太重了,非要几个人一起抬到一个地方扎盘不可。尽管如此我还是设法搞了一个。但由于种种原因,真正使用起来的机会并不是很多。首先是日常的屑琐缠住了我,使我不能安然离开,去入住可爱的居所。再就是这个居所一旦立起,就不能省却人的照料。想一想它在山上,在河畔,如果没人照管,会有怎样的麻烦。

后来我选了一个简易的轻便帐篷。这一下好了,它可以随意收取。可是它远远比不上以前的大帐篷,显得如此飘忽、逼仄,只是聊胜于无而已。在大风大雨之中,它根本就靠不住。更为烦恼的是,今天的野外生活,特别是一人独处,已经是令人惧怕的一件事了。我的极少的一点生活用具,如烧水的锅和杯子之类,不止一次丢失。

尽管如此,帐篷里的时光还是弥足珍贵。它生出了一种极为新鲜的、与四周丝丝相连的、又熟悉又陌生的东西,这与我们已经习惯的一切是那么不同。午夜,我遥视着一天星光时,恍若进入了某种梦境。是的,这是与生俱来的一个梦想,人一旦接通了这梦想,心底深处就会有一种难以言喻的激动和喜乐。干净利落的生活,被天籁围簇的生活,对于现代人来说可真是一种奢享啊。这其实也是极为简单的生活,可就为了追求这简单,我们却要付出极大的代价。

一座城市留在了身后,那里有诸多所谓的责任,正等待我们去履行。现代人当然不可以一走了之。

可是梦中的帐篷呢?它真的最终不再属于我们,或者说已经没有了失而复得的那一天?

我无法回答。

山　屋

我居住的这座都市,东西南三个方向都是丛丛高山,它们笼罩在雾气下的神秘诱惑我,甚至是召唤我。我每次走进大山深处时,心境都为之一变,有时甚至会为这样的情绪所惊喜,在心底自问一句:多么奇怪啊,仅仅是半天不到的时间就来到了这里,而此地完全是另一个世界啊。寂静的山谷,树的谛听和注视,还有鸟儿问答。山石裸露,云母、石英的闪光。黄昏时刻,一种低沉的山之咏叹开始了,它感动我们,我们却找不出它的源头。这是一种无所不在的、若有若无的声音。大山的早晨也有这种咏叹,但那又是另一种色调和意味。

山中绝少人烟,只偶尔看到几处遗下的小小山屋。它们如今完全被丢弃了,主人是谁又为何离去,这已经是个谜了。大约仅仅是几十年前,这些山屋还被人兴致勃勃地打造,而今打造者却弃它而去,再无踪影。人的兴致真是奇怪的东西,总是忽东忽西没有确定,变化无常。但我可以想象其中的原因:山下的城市变得越来越热闹了,山上的人于是再也待不住了。

小屋里的人不是和尚,他们是守山人、林场工人,或其他什么人。他们下山寻找新的日子,于是把原来的工作连同心情一块儿丢下了。我稍稍有些不解的是,难道现在的山上就不需要那些工作了?比如说大山不需守、林木不需护,连同其他一些山里的营生,在现代都可以一并省略?

不管怎么说,一个个挺好的小屋就这样被遗留山上,它们空空的,静静的,黑黝黝的。屋里有一种烟火气还隐约可闻,但这需要用心去嗅。我长时间在山中徘徊,寻访了许多山屋;也就在这样的时刻,我竟然私心大发。我在盘算一些事情。因为我发现这些小屋比最好的帐篷还要坚固,而且就扎在了帐篷应该扎的地方。这真是饕餮之徒眼中的美馐。我目不转睛看过了一个个山屋,心里正打谱在某一天搬进其中的一座。因为一个渐渐走近中年的男人有些惧怕了,他有时甚至觉得自己就是一只被尘嚣围追堵截的狼。逃离之心人皆有,有缘遁迹几人能?多么奢侈的思想和行为,多么繁华的简朴。

我和家人,又约上三两好友进山,挑选了一幢山屋认真打扫整理一番,又搬进一些吃物和用具。剩下的事情就是把手头的工作如数移来,就是享受另一种幸福。果然,这儿的山屋让我有了清新的思绪、活泼的想念、愉快的心情,更有了安定的志趣。奇怪的是深夜寂山并不使我害怕,听了猫头鹰的长号也安之若素。百鸟作歌,林兽和鸣,溪水在山侧回响。这样的时刻多么适合回忆,回忆青春年少时光,回忆无拘无束的日子。我正在开始的工作效率极高,仿佛不知疲倦,常常日夜劳作而不觉困顿,不愿停下。

偶尔有好友来访,他们总不忘捎来一些吃和用的东西。这样的白天或夜晚啊,是多么愉快的时刻,好像整个的友谊都变得簇新了。大家一块儿从拥挤中、从无边的烦琐中挣扎出来,这时大大地舒一口气。山下,凡是不好的消息都不愿提起,暂且让我们与他方隔绝。这里有树林山泉和鸟兽,有久违的一切,于是什么都不缺了。朋友当中的大多数没有长时间离城的条件,他们只好匆匆地来,恋恋不舍地去。我从他们的身影联想起自己,想这几十年的光阴,想那些消磨和耗损,想每一个人究竟会被什么拖累、拖累一生?这样直想到许久,想到头疼。

我有一个聪慧的朋友说过:人与物质的关系不是占有与被占有的关系,更不是役使和被役使的关系,而应该加以调整,调整为崭新的关系。究竟怎样调整?没有说。不过我深深理解这种渴望和想象。是的,人在物质世界中要获得一点点自由,大概离不开这种调整。人的烦恼在许多时候的确来自这种不正常的关系。可怕的、没有尽头的物质欲望把我们自己淹死了,可我们仍旧在一刻不停地往这浑浊的污潭中加水,一直弄到出现彻底的灭顶之灾。

我在山屋中愉快而真实地生活,高效率地劳动,日常生活用品却消耗甚少。我这会儿真的感受了美国梭罗的自得,也真的认为一个人并不需要那么多。同时我也进一步明白了,简朴的生活并不等于简陋的生活,更不等于难以为继的尴尬,不是无米之炊。简朴生活是一种自由,一种浪漫,一种心安理得和一种和谐自如。

两年的时间里,我前后换了两个山屋,几乎没有在城里长时间生活过。一切正常,收获甚丰。没有那么多电话电传和呼叫的催逼,没有因为争夺生存空间而招致的可怕倾轧,没有呛鼻的煤烟和汽车尾气,没有一天二十四小时的马达轰鸣。

这里没有了时髦信息网络消息快报慢报,没有了铺天盖地的报纸杂志,更没有红男绿女和荧屏把戏。我宁可做一个背时的无知之人,一个当代懵懂。可是我并没有因此而真正缺失什么,没有耽搁任何要紧的事情。相反,我提高了工作效率,把握了劳动时间,还赢得了双倍的安宁和健康。

三线老屋

现在的年轻人已经没有多少知道什么是"三线"了。我也难以准确地解释,只知道这是三十年前那段特殊时期的产物,是修在山地或偏远地区的一些重要工程,它们可能会应付一些不时之需,也许关系到未来的国计民生。几十年过去,时局形势以及思想都松弛下来,这些工程也就没有了用场,再加上管理和维护费用巨大,所以如今大都放弃不用,呈现半废状态。

然而那是多少人的血汗,并且是智慧的结晶、力量和意志的结晶。有些工程极其完美,至今让人叹为观止。还由于当年的选址都是荒远僻静之地,所以今天看往往免不了山清水秀。我在城东的山隙里就找到了这样一处不小规模的建筑,它在一个山谷中开垦整理出一处大大的院落,盖了一大排宽敞结实的房子,院子里还有三个大水池,其中的一个有标准的游泳池那么大。如今这一切都被一扇大铁门给锁在里面,当然是荒废不用,所以空地上已是丛林茂密,一片翁郁,合抱粗的梧桐和苦楝树、槐树、榆树不少于二十株。更壮观的是四周山坡上的大树,它们呈合围之势挤向这个山谷中的院落,看去就像齐心守护一个山里的珍奇一样。这里一片沉寂,只有几条铺得极为讲究的甬道在诉说当年的繁华。我一直搞不明白的是那几个奢侈的大水池,它们是真的泳池还是养鱼池、防火水池?都不像。

这是我在山里游荡时的发现。从此我不再忘记,并且时不时地就要转到那儿,从山坡,从大门,从不同的角度去看它。无论是择址还是建筑,它都是一个了不起的山中杰作。有一条弯曲的道路通向山外,现在大部都被葛藤覆盖,就像一场绿雪封了山路一样。这里可能已被遗忘,尽管它无论从哪个角度看都称得上是一笔了不起的财富。我当时就在心里想象,一个人如果得以在此安居,哪怕仅仅是短期的借住或一段时间的滞留,那都将是怎样的一份福气。当然,这又是一个现代人的梦想,它切近而又遥远,只是不近情理。

可是我开始把它挂在心上,常常为它的美丽惊叹,为它的闲置抱屈。是的,它这会儿只好在山中冷寂,因为它与灯红酒绿的现代城市显得太隔膜了。然而它毕竟近在咫尺,它真正安静的时间也许不会留下太多了,因为说不定什么时候有人就会把它记起,适时派上一个时髦的用场。我后来了解到它属于"三线"时期的一处工程,早在十几年前就放弃了,当年是一处特殊的电力设施,至今还归属电业系统。我多想躲到这个闲置的地方,如果如愿,将获得一段多么好的工作时间和工作环境。从此我的心里就有了一个放不下的念头。

我于是想努力争取一下。结果当然是颇费周折。令我大喜过望的是,半年之后真的成功入住了。

一番折腾开始了,劳累然而超出了一般的快乐。我与几位朋友动手整过了年久失修的屋顶,挖出了大小水池中的淤泥和腐殖,又把院内的甬道清理出来,再从荒地上开出两块菜园。从入住大院的第一天开始,我们就没有间断地迎接起林中的野物,它们是拖着长尾的大鸟,蹿来蹿去的野兔,还有站在一角注视的草獾。野鸽子的声音就在头顶的大榆树上响起,它们与远处山隙传来的啼鸣呼叫应答。

一切都收拾停当,有了被褥和炊具之类,有了越冬的火炉,有了书籍和笔墨纸张。这里旷敞得可以住得下一个连队,于是几乎每个星期天都有一些朋友来到这里,他们总是携来一些吃物。大家都说,如果能在这儿安安稳稳住上一年,那真是值得庆幸的事了。是的,对于一个来自闹市的人来说,这里真是过于奢侈了。

可当时怎么也想不到的是,我竟然能够在此一住两年多。于是即便在很久以后,我都为曾经拥有这样的一段幸运时光而心怀感激,并一直记住了这种赐予。

山中的夜晚对我说是不陌生的。然而这里空旷清寂得出奇,半夜时分总会有一声凄然长啼,让人分不清这是何方何兆。勤劳的野物整夜都在院里忙碌,它们掘土、寻索,从东到西,又从西到东地翻开一溜溜湿土。有时我睡不着,就在凌晨起来工作,遥对窗外的星星,陪伴屋外那些不眠的生灵。

菜地的南瓜和芹菜萝卜都长势喜人,水池里的鱼也肥胖欢腾。鸡群待在院角的一片沙地上,它们总是在阳光下做着惬意的沙浴,并时不时把蛋下在粗沙粒上。我和朋友们点种的花脸豇豆大获丰收,芝麻和芋头也繁茂可期。春夏的布谷鸟一整夜深情长啼,勾起人的阵阵怀想再也不能止息。下半夜两三点钟动手煮一碗方便面即是美餐,它突然冒出的香味往往会让窗外的一些生灵屏息静气许久。

这就是难忘的两年,大山的恩惠默不作声。不止一次有人询问:这么久你到底去了哪里?出国了?我幸福无言。是的,凡是巨大的幸福,它的结果往往会带来长时间的沉默。

波 斯 地 毯

因为要集中一段时间独自工作,所以需要找一个临时的安静地方。这实际上是很难的一件事。人总是被各种噪音团团围住,还有来自各个方向的呼叫催促,大概一个现代人最难最困窘的事情,就是没有一个办法躲藏喘息。就在我焦虑的时候,有人像及时雨宋江一样出现了。

他领我走啊走啊,直走到一个黑乎乎的地方。这里到处都是零乱破败的建筑,还有垃圾,我们得小心地下脚才行。来到了一处颓屋旁边,这儿有一幢陈旧的三层楼房,墙上的绛红色涂料已褪去一半。朋友指了一下,领我走进去。楼梯是木制的,上面的红漆已经脱落,每踩上去都要发出吱嘎声。原来这幢楼以及四周的房子原先是一处招待所,因为尚有一年左右就要拆迁,所以现在除了留下极少量的人照管外,基本上没有其他工作人员了。我们踏上的这一幢算是最好的房子了,据说其余的房间已经连拆带搬空荡荡的,不一定什么时候就会掉下一块砖一片瓦来。

有人过来与朋友说了几句话,互相点着头,然后就领我们进了二层的一间。打开厚厚的木门,屋里的脏乱吓了我们一跳。尘土约有二指厚,屋内仅有的一床一桌一橱全都给蒙起来,每迈一步,脚下都会留下一个清晰的鞋印。朋友用询问的眼神看看我,我说:很好。

就这样,我决定在这间屋子里住下来。经过了一阵清扫,总算看出了床和橱子的模样。桌子是老式的,四角还雕了花,铜色,老虎腿,抽屉上的拉手是很古的式样。我一下喜欢上了这个颇有来历的桌子。当进一步动手擦和扫时,脚下踩了什么软软的东西,一绊一绊的,但我并未在意。后来一切做得差不多了时,我开始动手整理地面。这儿像是积起了一百年的老灰,真难对付。我后悔没有让朋友留下来帮我。

擦了一个多小时之后我才发现,一直绊脚的原来是一块小地毯。它在桌子一边,约有一平米多一点,不太厚,花纹已被灰垢弄得不甚清晰了。

接下来的时间我都在设法弄干净这一块小地毯。我把它搬到了屋外。在阳光下清扫、扑打了半天,终于可以看清它那烦琐而美丽的图案了。原来这是一块波斯地毯。我像抱了一个新生的婴孩一样把它端上楼去,小心地放在原来的位置。不知为什么,就因为有了它,整个房间都变得庄重雅致多了,还显出了某种肃穆感。我的心情也有些改变了。

就为了这个不为人知的小小空间,我有许多天在高兴地忙碌。我用心打扮它,比如添置一个笔筒、一个插花瓶、一束鲜花等等。尽管房间外面还依旧尘封,这个属于我的小房间却已经是窗明几净了,还充溢着花香。一块色调沉着的、图案多少有些烦琐的小地毯铺在地上,不,是铺在红漆脱落的木地板上。

这里多么安静啊。我知道安静是万福之源,没有一个免受侵扰的空间,一切都将失去。我在这里静默,感激渐渐滋生出来。四周由于是即将被彻底放弃的旧房颓舍,所以终日有一种黄昏的色调和气氛。窗外不见一人。香椿树叶蒙了厚尘。麻雀小心翼翼地飞动,毫不费力地寻觅自己的一切。目光收束到房间之内,立刻觉得这是一个富足之所,它甚至都有些奢华了。这种奢华感有时会令我稍稍不安,但这种不安很快又变为一种欣悦和舒畅。

努力工作的欲望强烈起来。我像在这个非同一般的居所里藏匿一些宝物一样,终日忙碌不息。这种工作的热情和精力,都是许久不曾出现过的。

原来讲好的借用时间是半年,大约半年之后这片废墟也将消除了,就是说我的这间安怡静默的居所从此将永远地消失。但我相信居所也是有生命的,它难道会不留一丝痕迹地从这个世界上蒸发?半年时间到了,它还存在,并且没有人督促我搬离。我于是继续待下去。原定的工作已经完成,我在这儿住下去,等于是一种默默的守护,是与之两相依偎。剩下的时间里我们在无声地对话。我们在诉说不久即将来临的事情,那个命中注定的日子;还有,我们时下还能做点什么?

只有等待了。

又是半年过去,这幢暗红色的楼房终于拆除了。可是直到今天,我只要一闭上眼睛就会看到房间内的一切:雕花木桌、瓶里的鲜花,特别是那一块波斯地毯。

老农舍

在大城市生活的痛苦积累到一定程度,其中的幸福也会忽略不计。我们人类文明的最大失算,就包括无节制地制造大城市。而且我们已经无法摆脱自己动手画出的这种魔圈。城市的膨胀无休无止,其实也是痛苦的积累和叠加。我的朋友到了一个更大的城市去工作,一年之后我问他环境上最大的变化是什么、感触是什么? 他告诉我最大的变化是上班路上耗掉的时间太多:他需要两个半小时;爱人三个半小时;孩子两个小时。也就是说,以双程计,他们一家在路上白白消耗的时间就有十六小时。人生中每一天至少减去十六小时,这有多么可怕。在这十六个小时面前,所有的幸福大概都所剩无几和大打折扣了。在这种消耗之下,一个人如果不是因为迫不得已的原因,那么即便每天吃到人参炖鸭、处处繁花似锦,也必得迅速逃匿才好。

逃向哪里?逃向疏朗开阔之地,走向山清水秀之所。话是这样说,真要做到其实是极难的。人生负有难言的、各种各样的责任,而有些责任也必得在闹市里才能完成。问题是闹市里自有化繁为简之方、远离时髦之法。闹市里也并非全是跟从和追逐,不全是非要勒紧腰带显阔的尴尬。闹市自有闹市的安然度日之方。但假使机会来了,也仍然需要抓住不放才行。

就是因为这样的思绪盘在心头,所以有一天,当去一个半岛小城居住的机会一来,我立刻就整装而行了。

小城之美在于开敞和安静。可是我知道小城在商业时代也没有太久的安静可以享受了。凡是小城,她的模仿能力绝不可低估,所以用不了多久这里也会是染成的彩发满街,汽车把巷子死死堵上。还有,就是寂静之地必有蛮人,他们管理城市的办法就是粗野开发,用不了多长时间就会把一座好端端的城市弄个喧声遍地,人仰马翻。这一切几乎没有一个例外。一个曾经饱受其害的外地人眼睁睁看着一座可爱的小城怎样一天天毁掉,痛心疾首却毫无办法。

我当然正在走向这样的经历。可是我又将逃向何方?在小城徘徊的日子恰是我最悲伤的日子:忧己更是忧人,忧大地上所有的创造之物。难道我们的大小城市都难以逃脱那个可悲的命运?每想到这里我就有点心寒。我不像一些开明进步人士一样达观,因为他们一张口就是那句废话:我是乐观的!我对未来是充满信心的!是的,这样说不痛不痒,既使人愉快,又不必负任何责任。一个人的乖巧,从来都是从说吉祥话儿开始的。好好说有赏。

然而我后来即便在小城,也还是找了个郊外的农舍住下了。这是一个朋友留下来的,他空下来让我住。老式房子自有妙处,尽管看上去其貌不扬。土坯做的墙,大土炕,老门老窗,冬暖夏凉。这里春夏的风雨格外真实,因为没有过分高大的楼房阻挡,听声势就能想起童年的原野,想到那时的大自然怎样发威。冬天的雪在房子四周平展而遥远地铺开,连着农田,连着一行行的杨树。为了对付寒冬,小屋里生了小小的炉火,听着噜噜之声,竟然御寒有效。我在窗上贴了剪纸,坐在热乎乎的大炕上,清福自来。

这种感受是久违了。是的,只能又一次说如同梦境。

那些小城郊外的夜晚啊,同样是朋友,同样是一起吃吃饭喝喝茶,同样是论文谈艺风雅一番,也同样是偶尔迎来一些远客,可就因为是盘腿坐在大炕上,幸福竟然增加了数倍。这些场景至今难忘,历历在目。那些日子,那样的生活,多么平凡朴素,可它真是让人留恋,让人觉得这才是真正的人的生活。

东去的居所

我在接下来的年头里还是一路向东移动。因为东方湿润,四季分明。我越来越受不了自己居住了二十年的这座都市,它虽然给了我一座城市的庇护,可也留给我一些可怕的病症。我有时真不知道该诅咒还是该感激它,只知道这是一座与之厮守多年的城市。我如果对它出言不逊,必会招致一些后果。记得有一次我在一个场合随口说了几句这座城市的不足和遗憾,有一位平时羞涩的美女立刻大声说道:我看这是最好的一座城市!我去了许多城市,没有一个赶上这里!她这样一嚷,老天,我怎么说呢?反驳?系统地阐述自己的观点?当然大可不必。

但我还是要说,我们如果能稍稍聪明一点,爱惜一点,可能这座城市,也还有许多城市,一定会比现在更美更好;不,会美好得多。空气,树木,人行道,居住区,绿地;是的,还有公共图书馆和一些简单的体育设施;我们会想到许多早已忘记的人的需求。这是我们的基本生存条件。满目灰浑的破乱大城,你不嫌弃,那么你就在这里住上一辈子吧,你因此而患上的一切疾病,都需要你自己承受。那个时候,谁来听你的呻吟?

谁来听我的呻吟?没有。所以我才要一路向东,寻找我的绿地和白云蓝天。它在哪里?它真的就在东方吗?尽管怀疑,也还是在命运之手的引导下蜿蜒东行。就这样,我来到了半岛小城,在它的中间或周围一直住下来。这儿仅仅是人的喘息之城,心疼之城,希望之城,也是困惑之城。在这里,你有时间看到我们的城市是怎样一点点变大变坏,一点点失去光泽的。几乎所有的城市都在沿着类似的轨迹向前,鲜有例外。

一开始这里有多少柳树,一律的垂柳,像巨大的拂尘一样立在大街两旁。它们来自十多年前的一次聪明选择,不知当年哪个有决定权的人说一声"植柳",于是柳就有了。我记得一个诗人从遥远的海外来到这座小城,当时正逢初夏,诗人一踏上街道就大呼小叫:天哪,这一城的垂柳啊,我全世界跑了个遍也没有见到,真是绝了!这就是诗人的评价,也是我长久的骄傲。可是诗人说过这话还没有两年,小城人就动手砍伐柳树了,直砍得一棵不剩,理由是:听说别的树更好!

现在的小城没有柳树了,而有了各种"别的树":矮小,参差不齐,就像我们所看到的其他城市一样。

就在这个让人心疼的小城里,我找到了一个居所。它其貌不扬,夹在一片高高低低的楼房中间,在城区的一处高地上,据说许久以前这儿是老衙门所在地。不大的居所里有一炕一桌,一口大铁锅,一个小书架。当然没有暖气,这种东西当时只有城里的贵人才有。我在入冬前备好烧柴,一些炭,还有最好的引火草:松塔。这些松树球果多么完美,它们漂亮得简直让人不忍生火。冬天我把大炕的洞子里点了火,多半个屋子就热烘烘的了。而夏天的小城是不难过的,我的小屋里从来没有用过空调机。

小屋是老式木窗,虽然做工粗糙,密封不太好,但仍然适合贴上窗花。冬天,我每天早上看着窗上的冰凌花小心地攀过了窗花,心里有一种奇特的愉悦。它们让人想起童年,想起那个时候的霜雪雨露。真是奇怪啊,今天的这一切仍然还在,可是其中的诗意却被我们现代人驱赶了个干干净净。我在这样的早上尽可能多地懒在炕上一会儿,一边听着渐渐大起来的街声。无论天多冷,小屋四周最早响起的声音就是叫卖粽子的,他们来去不息,一拨走了一拨又来。因为人们起床的时间是不同的,所以热腾腾的粽子总是能够找到买主。一位朋友从外地来看我,一连几个早晨都是被卖粽子者喊起来的,他于是就感叹说:嚯咦!这里大概是全国最能吃粽子的地方吧!

有了这个居所,就使我在后来的日子里忍不住赞美起整个小城。这也使我想到,任何一个地方原本总有一些极美好的东西,它们总是被我们自身的愚蠢给覆盖了、弄伤了。对于大自然本身,我们人类肯定是有罪的。

我出差去外地时,时常想起的地方就是我在小城的小屋。无论是多么华丽的居所也不能使我的情感移动。这是一个极淳朴的地方,它像人一样有性格有精神,我既然在其中安身,那么它就会不自觉地影响了我。我一共在这个小屋里住了五年多,而这五年多是我工作最大、也是身心最健康的日子。我怎么能不感激这个居所?我每一次去外地游走,心中总是泛起一个形象,这就是我的小屋。它就像一个慈祥的老人那样站在路边,期待着游子,以至于每一次从远方归来,一走近它,我心里都有一种真实的感激,热乎乎的。

水 啊

在水边筑屋可能是人生的又一梦想。大都市的罪过之一就是远远地阻隔了人与水的亲近。尽管比较聪明的筑城人总是想方设法把水引入城区,但他们所能做的仅仅如此而已,绝大多数的城里人还是与水无缘。那些以水著称的城市,如果实地考察起来,会让人觉得那一点点水简直算不了什么,微不足道。水啊,自然的心灵,大地的眼睛,可以洗涤万物的清澈之源,就这样不见了。而人离开了水会是不幸的。

可能由于我出生在大水之滨,所以一离开了水就有一种焦躁不安,总害怕生活变得过于干枯。许多年里几乎是一路逐水而行,水在不知不觉间牵引着人生轨迹。行走在城乡之路,只要是眼前出现了一片大水,立刻有一种愉悦和亲近感。无论在哪里,只要看到一片水被污染了,心头立刻会泛起一种绝望感,这绝望会压得人透不过气来。人类的恐惧不安和肮脏,这一切都等待水来洗刷,可是人类却先自动手把水弄脏了。人的视野里如果能有一泓清水,就成了人生中最质朴最诗意的追求。

在小城南部山区,一个小村向阳一面是深深的大水潭,而且绝无污染,常年清澈。一个朋友就在那个小村的南端居住,他们家有一个两层平台式楼房,长年闲置,于是热情地邀我去住。这时恰好是我不得不搬离小城居所的日子,内心十分惆怅,所以这邀请就让我分外高兴。那是一个小小的山村,几乎所有的房子都是老式的,一律黑瓦青砖,开着几个小窗,远看像一群可爱的刺猬伏在大山脚下。朋友的两层平台式小楼是全村最高的建筑,我们登上二层就可以鸟瞰全村。从这里再看南边的水潭,简直近在咫尺,蔚蓝蔚蓝,水波不惊,山的倒影就在其中。

我把简单的用具搬来,然后就在这里住下。水潭是我的心情,它一直是那么清澈平静。几天后,全村的人都一点点熟悉过来，他们把一层好奇抹去，开始了对外来人的帮助。山村里才有的黑咸菜是萝卜做成的，油亮油亮的。还有一种山野菜做成的饼，泛出特别的香味。从水潭中钓的一种黄脊小鱼长约二寸，烤得酥香逼人，据说是一种长不大的特别美味。这些东西都是山里人一代代的强大滋补，是最让人信任的食物。

雨水过后，山里人约我一起去山坡上拣"香水牛"，就是长了两条长须的甲虫，肥肥胖胖的，在锅里煎一下就是一顿佳肴，如果再有一盅白酒，那就是寒湿之日的清福了。除了它，山里还有豆蛹、多子蚂蚱、知了猴、蘑菇……总之，美味多多，不胜枚举。这些吃物与山民的欢乐知足，还有健康自信的日常生活连在一起，让城里人费解而生羡。所有的这些东西都依赖于水，是湿漉漉的天地里才有的。雨停之后就是美妙的收获之时，找天然吃物，同时再备下白酒。我在全村最高处的那栋水泥房子里可以看到户户炊烟，如果是北风，还能清晰地嗅到全村烹饪的香味。

水潭太深了，村里人在夏天也很少下水游泳。潭水洁净无污，鱼在深处都看得清楚。只有靠近山麓才有苔草伸进水里，那儿据说就是大鱼的窝。这儿的水鸟总是单独行动，它们的模样在我眼里简直很少重复，每一次都是新的面孔，有的洁白，有的碧绿，有的长长的喙，有的高高的腿。水鸟在潭边踟蹰的样子优雅至极，它们仿佛没有更多的急切心情，仅以漫步为主，狩猎倒在其次。我每一次来潭边都钦羡水鸟，先是盯视一会儿，然后就像它们一样悠闲地走起来。

在南部山区水潭边的幸福仅仅持续了一年，后来就因为具体工作的变更而不得不搬回小城。可是我仍旧迷恋那里。有时半夜醒来，恍惚觉得南风正从潭上吹来，带来了水波的气息，夹杂着黄脊小鱼的呓语。可是很快就能听到街上驰过的夜车，于是披衣坐起，满心凄怅。这里即便是凌晨两三点钟也不再安宁，这与四五年前的情形已经完全不同。这就是一座小城的变迁，它也没有例外地走向了喧嚣，总有一天与那些大都市相差无几。

一个偶然的机会，我发现了小城近郊有一座中小型水库，而它的一边就是一个院落，内有灰色的水泥楼和几间平房，这就是水库管理所了。管理所当是几十年前的产物，如今这几幢建筑已十分陈旧，并且空下了三分之二的房间。主人寂寞，他们见我如此留恋这湖清水，立刻高兴起来，变得非常好客，说：这里的鱼真肥。我笑了，因为这并不重要，重要的是这儿有一片开阔的大水，有长满了半个堤岸的柳树和青杨。多么不可思议，这儿离城区仅仅五六公里，眼下竟然没有一个游人。主人欢迎我来这里完成自己的部分工作，这使我满心感激。

春夏秋冬四个季节的水畔皆有迷人之处。除了狂风大作之时，每一种天气几乎都在彰显这里的美。冰凌、雪、飘飞的细雨、春天的柳絮、深秋里的玫瑰，都在装扮这片大水。就因为它的抚慰，我又一次变得安定和满足，眼里的一切都变得簇新。这里就像南山的水潭一样，是又一处难得的安居之地。那么究竟是什么在妨碍我们的选择呢？

当然，眼前这美好的水畔只能让我留恋向往，而不能当成长久的居地。它吸引我，让我来来去去，乐此不疲，未能割舍。我向越来越多的朋友引见城郊这片亮水,介绍它奇迹般的沉寂。也就在这些日子里,我顺着水的流向一直向前,不止一次绕到了小城东郊的一条河边。我终于在河岸发现了一个小村,并在小村里找到了新的小屋。我在小屋安居下来。

我常常不无自豪地说:我是河畔人家啊。

这条长满了芦荻的河日夜不息地奔流,它赶路的声音直传到我的窗下枕边。这是那片大水对我的问候,是它捎来的讯息。我相信,即便是更远一些的那个水潭也与水库、与这条河相扯相连,它们是孪生兄弟。河水在大雨季节里咆哮,有时它会淹没河上的那座漫桥。我曾在夜晚长时间站立河边,看泛着白沫的水流冲荡而下,想象着远方的大海。

最大的水就是海,我终有一天会临海而居。这就是我在漆黑的夜晚想到的。苍茫无际的海,水天交接之处藏下了多少幻想,我会更多地停留岸边,去遥望邈远。

唯一的树

也算为生活所迫,后来我不得不在小城里一再变更住处。新的居所平淡无奇地处于一个新开发的居民小区里,即人们都熟悉的那种公寓。这个五层楼房共分五个单元,每个单元前的空地上都植有一株毛刺槐,它们在暮春开出紫红色的花,成为楼前弥足珍贵的点缀。这就是我们小区里的绿树红花。为了保护这五株小树,当初铺水泥空地时,泥瓦匠特意在树的四周用砖砌成一个方框形。可是当这座楼的人入住没有多久,五棵小树即被车撞倒了两棵。歪折的小花树不是被及时救护扶起,而是很快被某些主人从根上干掉了,问为什么?有人答:这些树碍事,来回倒车就得小心多了,太麻烦。

为了"方便",一个月之后剩下的三棵又有两棵被车轮碾伐了。也就是说,我们楼前仅仅剩下了一棵树,然而它就在我居住的这个单元的前面。这立刻让我悲酸中有了一种说不出的幸运感,当然也还有难平的愤怒。我不信一个人这样对待一棵稚弱的小树会有好的心地,也担心他们的车轮会碾压许多同样美好的生命。我在唯一的槐树前站了一会儿,发现它只比拇指粗一点,可是开出的花一束束压弯了纤枝,这花不知疲倦地一束未凋一束又开。它正努力地吐出芬芳,以此向这幢楼房的主人求诉:我会不误花期地全力开放,我会用尽仅有的一点力气,以微不足道的美来装扮这个小区,服务你们,只求你们饶恕我、放过我。

从此我多了一个心事,总是有意无意地向小树的方向观望,总要走到楼梯口去。只要看到唯一的树还在,就让我松一口气。它像是最后的一个象征和希望,它仍在滞留和坚持,倚在我们身旁。车声不绝,喇叭嘶叫,我看到小树浑身颤抖地躲闪。一天又一天过去了,它竟安然无恙。

一夜大风,早晨起来从楼梯口去看小树,发现它落了一地叶子;还有,它折了一根枝条。这是一根仅次于主干的粗枝,使整个树冠去掉了三分之一。我害怕这会造成一种可恶的提醒,就奔下楼去,在小树四周又加了几块护砖。

小区里没有一刻可以安静,从白天到入夜,再到凌晨。这里除了恼人的车辆,还有一拨连一拨的小贩进出叫卖,特别是南腔北调收购破烂者的高声大喊。让人奇怪的是物业管理部门根本不曾干涉这些嘶叫,更使人惊奇的是,一个还算簇新的小区里竟然有无穷无尽的破烂。说到入夜和凌晨的嘈杂,有时真算得上惊心动魄:一辆辆轿车都安装了防盗报警器,它们会突然在夜深人静时放肆长鸣,那是各种各样的嘶叫,警笛、救火车的号叫,不一而足。这猛然大吼的凄厉之声会让人从梦中惊醒,心脏一阵剧烈跳动,然后就是努力安静自己,设法入睡。可是只过了一瞬,又是再一次的突然嘶叫。不仅是这个小区,几乎所有的小区都有这种令人生惧的嘶叫。这不是人间的声音,这是地狱里才有的哀号。

据说半夜里响起的轿车警号,它的声声尖叫会使车主产生特别的愉悦,越是尖厉逼人越是令其自豪和兴奋。这种声音在提醒他那可怜巴巴的拥有。这就是第三世界的窃喜,是一种不可理喻的趣味。然而整个小区的人家百分之六十以上都有自己的小车,一辆辆车里铺了厚厚的地毯,有拉手纸巾,有空气清新剂,有垂挂起的一些小玩意儿,还有花花绿绿的软垫、儿童玩具等等,不一而足。仅仅从车内的物件看,还不知他们是多么高级的动物,拥有多么高级的趣味。其实就是这些人在偷着发狠,碾轧楼前小小的花树。

我们楼前唯一的毛刺槐如今已经五岁了。它长成了胳膊粗,枝叶繁茂。我盼它快快长大,当它长到碗口粗的时候,那些轿车再要欺负它,必将付出惨重的代价。

又是暮春,毛刺槐开出了空前绚丽的一束束花朵。这花招来的蜂蝶可真多。天气热起来,由夏而秋,它在不停地开放。

岛　主

小城北去十公里就是美丽的渤海湾。当我们穿越大片田野,看到了近海松林时,忍不住就要发出慨叹:多么好啊!多么漂亮的地方啊!同时心中也会生出阵阵困惑:当年筑城的人为什么不让城区更靠近大海一点?如果这样,那将是怎样漂亮的一座滨海城市啊。

这片无边的沙原,还有松林,都深深地吸引着我。

站在海岸眺望,可见远远近近的几个海岛。最近的一个似乎近在咫尺,简直伸手即可触摸。岛上林木葱茏,房屋鳞次栉比,西部是洁白的沙滩环绕,东部矗起黑色的礁岩。整个岛太美了,这样的地方大概只有神话中才有。一个小小的码头通向海岛,这里同时还是一个繁忙的渔港。

登岛之后会有另一番惊叹。这个岛早在几千年前已经有人居住,眼下已有居民三百余户,他们祖祖辈辈都是渔民。所有的岛屋都由青黑色的海岛石垒成,顶盖是棕色的海草,坡度很缓,看上去十分美观,远比岸上的民居要诗意得多。一条条巷子细窄,安静,偶尔出现的一条狗也不吠叫,只是看看生人,再抬头望望太阳,然后离开。一些海鸥在岸上飞舞,细嫩的叫声让人想起撒娇的孩子。岛上只有很少的一点可耕地,全部种上了蔬菜,被守岛的女人们侍弄得油汪汪的。

我一整天都在岛上走着,不愿停歇。因为这里的一切都让人感到新奇有趣,仿佛来到了某个仙境。这里首先是安静,是大海清新的气息。这个椭圆形的岛东西长、南北窄,最东端有高耸的礁岩,上面还建了一座高高的灯塔。细白的沙岸差不多环绕了整个海岛的四分之三,沙子洁白,颗粒均匀,在阳光下散出阵阵温热。有几只归来检修的船停靠岸边,吸引了一大群海鸥。从船上下来几个穿了闪闪发亮的胶皮衣裤的男人,他们每迈出一步就发出噻啦噻啦的声音,走在岸上就像外星人一样令人好奇。

一个现代人能够来到这样的海岛而不产生眷恋?我真想懒在这里,一直躺在沙滩上,让太阳把周身的寒冷全驱个干净。这一天,我直等到最末的一班船才离开。可是我的心留在了岛上。我最后形成的一个主意就是,我一定要设法在此更久地待下去。

我知道岛上的生活会有另一种寂寞,这也是它魅力之一部分。这是一个似曾相识的世界,不过它只在幻想之中。

离开海岛之后,很长的日子里我有些沉默。小城的朋友得知了我的心事就说:这是很简单的事情啊。我不信他的话,因为人世间所有的美好事物无一不是千辛万苦方能接近。我说自己想倾其所有定居岛上,我只需一处最普通的海草房子,我会把它当成至宝。当我说出这句话时,心里早就打定了主意,那就是愿用下半生做一个岛民。

朋友于是去了海岛,想为我寻一座海草屋。回来时朋友笑吟吟的,说:你去住就是了,随便住,但你不能拥有那里的房子,因为岛上的屋子是不能买卖的。我问:租用吗?他又摇头:不,岛主说用不着。

"岛主"就是那里的头儿,朋友不知通过什么关系找到了他。

我在朋友的陪伴下再次登岛,这次只为了拜见岛主。在一座海草屋中,一张粗木桌前坐了一个矮矮的中年汉子,大眼睛,胡茬黑旺,挽着裤脚。这就是岛主。他的模样让人拘谨,但听他哈哈一笑就马上放松了。他的大手在我的背上拍了一下,第一句话就是:怎么办吧,你来说。

我说了。岛主依然大笑,然后领我转了离海岸很近的几幢房子,里面都空着。据他说这都是岛上的公有闲房,正愁没人住呢,你来了正好。我说那就让我来住吧,我会好好爱惜它们。岛主说不用爱惜,这样的破房子咱有的是,你只要住下去就是,每天晚上陪我一起喝喝酒就行了。

离开岛主时我有了另一种忧愁:我不会喝酒。我把心中的忧虑对朋友说了,问他怎么办?朋友说:那你就喝水。他说岛主是真正的好人,急公好义,是全岛衷心拥戴之人。

就这样,我住在了一个梦中的岛上,特别是有了一个岛主做朋友。岛主酒量很大,像传说中的武士那样用阔口大碗喝酒。但他从来没有强迫我喝一口酒。

向 东 方

从那座大都市到东部山区,再到小城,我的路线是一直向东。最东部是大海,我脚踏的这片大陆最东端像是插进大海深处的一个犄角。大概我走到犄角上的那一天,就会自然而然地说一声:停吧。现在还不行,我还在向东移动,一路上,我的身体留在一个个居所里,它们等于是我东行的驿站。我的心一刻未停地向着东方。

那里也并非是草木葱茏之地,但那毕竟是半岛之端,是海雾缭绕之地,是陆上人遥望之地。这是一种本能的移动和向往。以前的海岛之行,更有后来的岛上生活,都极大地润湿了我的身心,使我几乎不再犹豫地拒绝干燥的都市。什么是都市?是喧声,是不见头尾的车辆,是一连两个小时的街头堵塞,是城区上空永远有一层棕色或紫色镶边的气体包裹,是医院里的人满为患,是叠放的蝈蝈笼一样的居室,是小商贩占据的人行道,是翁郁的深宅大院与遍地垃圾的居民区的强烈对比,是愈加稠密穿梭的各色势利人等。

离开挚友,想望心切,背向半岛,疼痛揪扯。人在两难中苍老和失去,失去岁月与青春。

我用了近二十年的时间寻找一个居所;不,我整整花掉了上半生来安顿自己。我深知身躯在大地,心灵在身躯,一个人实际上一直在寻找的,仅仅是心灵的居所。

从海岛上归来要穿越一片海滩和树林,这主要是松林和槐林。开阔的沙滩,无边的草地和灌木,扑腾翻飞的鸟雀和各种四蹄动物。这里至少看上去是一个吉祥之地,是较少被野蛮人围剿的自然发育之地。从地图上看,这里就接近那个"犄角"的顶尖了,是一片大陆的东方之东。我在此呼吸的是大海的气息,看到的是清新的露珠,抚摸的是刚刚绽放的铃兰,倾听的是四周杜鹃的鸣唱。多么好啊,不过要快:快来亲近快来看护,要告别也需赶快,因为它在这样一个时代,要消亡和丧失殆尽也许只在转眼之间。

这片让我不能遗忘的林地和沙原,是我长时间的想念和希望。我几乎不能把它放在离心灵稍稍远一点的地方。于是我把许多时间都花在它的身上了,尽管它离我居住的地方很远,我还是每周都去一次。它的一枝一叶都让我引以为知己,认作亲朋。林子里的动物开始熟悉我了,不止一次有喜鹊在近处迎接呼叫,我相信这是它的一种问候。还有黄鼬和狐狸的款款脚步,其转脸顾盼的从容,都让人感受到整片林子的友好之谊。

这使我不由得思考:人类在大自然中犯下的罪孽,主要就是因为长了一颗冰冷的心。这颗心所连接的手,一染了物欲就会变成铁爪,然后死死抓住不再放弃,最后一起沉入无底的深渊。

海风和林风交汇吹拂,让我的脸明朗,让我的眼清澈,让我的心舒缓。当然,我深知在今天,这种享用真是太过奢侈了。这种奢侈由一人独享不仅过分,而且必会在某一瞬间丢失。我现在想象的,是怎样让更多的人来这里,来东方,来一起做起人世间最有意义的事情。我凭借的不再是一己之力,找到的也不再是一己之安,而是一个可以指望的明天。这种实现,也不仅是纸上的文章,而应该是大地上的矗立。

我由期待到想象,渐渐走向了筹划。我将不再离开这片林与海。

域外作家小记

我们这一代作者有机会接触这么多外国作家作品,当然是很大的福分。读得多了,会不断地鉴别和比较,对其中的一部分,就留下了难以磨灭的印象。这些印象大多是很早以前的,再说它有多大价值?它会准确吗?我深知把这些写给你是十分冒险的,不过我也知道,一个写作者如果过分怀疑自己的悟力,也只得放弃写作了。

索尔·贝娄①

他的书在中国出版较多。我最喜欢的有《洪堡的礼物》和《赫索格》。我一直感到奇怪的是,当代作者很少议论这位了不起的作家。我几乎没有读过比他更幽默更机智的作家了——他用这一切稍稍遮掩着心底深切的悲凉和怜悯。

---

① 索尔·贝娄(1915—2005),美国作家。生于加拿大,父母是俄国的犹太人。代表作为长篇小说《赫索格》《洪堡的礼物》。1976年获诺贝尔文学奖。

他的这方面的巨大才能,使得其他专事调侃、用嘲弄的笔风描叙当代生活的作家顿失光彩。他让人想到这方面的其他作家都是轻量级的。

人性中最曲折最隐秘的部分也难以逃脱他的眼睛。这是一双万里挑一的眼睛——穿透力、视角、目光的性质……一切方面都是那样卓越。

他的著作给人丰富华丽的感觉。这绝不仅仅是形式问题,而是它所包含的内容给人的感想和联想。

他的思维常常到达最为偏僻的一些角落,令人叹为观止。他最好的几本书都让人觉得细致坚密,容量极大,几乎可以无数次地重读而不致烦腻。

《更多的人死于心碎》是他最近的一本书,幽默和机智似乎一如既往。不过细读下来,还是可以隐隐地感到活力降低了,它没有了鼎盛期的那种巨大的蓬勃的生命力。

贝娄的作品由于仅仅止于悲凉的心情、无望的冷嘲,缺少某种坚定性,所以也稍稍缺少了一种"伟大感"。

米兰·昆德拉[①]

他的书短时间内在中国几乎全印出来了,而且在西方也红得又透又快,是个奇迹。他不是一个通俗作家,可是书的印数有时像通俗作家一样大。

---

① 米兰·昆德拉(1929—),捷克作家。当过工人、爵士乐手,后致力于文学和电影。1975年移居法国。代表作为《生命中不能承受之轻》,20世纪80年代以来在国际文坛上有重要影响。

我认为他的几本书中,最好的是《玩笑》。其次是《生命中不能承受之轻》。后一本书把他的拿手好戏推到了一个高峰。其余的只是在重复和演变,像后来的《不朽》,已经写得相当吃力。尽管作者依旧做出一副悠闲的、从容不迫的解说和镂刻的姿态,但捉襟见肘和敷衍的感觉仍较明显。它使人想到一个人在用力挤下几滴水。

最令人称道的当是《玩笑》——几大块结结实实,真实有力,弥散出无法言喻的美。它是作者情感世界中最成熟最稳定的一次倾诉。《生命中不能承受之轻》虽不如它那么有力、内向和扎实,但仍然写得才华横溢。这是典型的欧洲作家的杰作,它不会出现在东方作家手中。它是逻辑的、分析的。而东方作家绝不会以分析见长。

米兰·昆德拉是一个信得过的、极有特色的作家。这又一次证明了:无论一个作家有多么深刻的思想、多么曲折的表达,只要总体上看属于特色感很强的作家,就仍然具有和接近某种通俗性;社会读书界在接受一个特色作家时,远比接受一个苍然浑厚的作家容易。

略　萨[①]

他在中国当代的命运有点像米兰·昆德拉,属于最幸运

[①] 略萨(1936—　),秘鲁作家。曾先后在巴黎、伦敦、巴塞罗那等地侨居。16岁开始文学创作,26岁发表《城市与狗》,一举成名。代表作为《绿房子》《胡莉娅姨妈和作家》等。他被视为拉美现代文学代表之一。2010年获诺贝尔文学奖。

的几位外国作家之一。同样幸运的还有马尔克斯。

略萨最好的书是《绿房子》和《胡莉娅姨妈和作家》。他自己最喜欢《世界末日之战》，可能因为它写得最用力。作家写这本书的心情不一般，稍稍严整一些、庄重一些，像一切创作大作品的作家一样。不过《世界末日之战》还不算典型的大作品，尽管它也有那样的色调、规模和主题。略萨是不正经的，一正经就影响了才华的发挥。

前两部书就是他的人格和才华、艺术趣味诸因素结合得最好的作品了，综合看效果好得多。一个作家在漫长的写作生涯中难得表现出略萨那样的放松感和随意性，而且始终保持一种技术上的实验兴趣。虽然有些实验并非是高难度的，但探索的热情一直鼓胀着。这种热情同时也在激发他巨大的创造力。

《绿房子》像作者的其他作品一样，结构上颇费心思。但它们给人和谐一致的感觉，并不芜杂。《胡莉娅姨妈和作家》也是这样。如果作者在写作、在全篇的实现过程中心弦稍一松懈，再机巧的结构也不会带来好的效果。真正的艺术品总是生命激情的一次释放，当然会排斥一切技巧性的东西——除非是激情的火焰将其他阻碍全部熔化。

我印象中的其他几部书就没有这两部书好。有时候略萨给人太随意太松弛的感觉，还多少有些草率——我是指作为一个作家在写作时并没有特别的、深深的感动。

厄普代克①

他的作品译过来的主要有《兔子》系列,有《成双成对》等。与这些作品相类似的主题在欧美作家中并不罕见。他的凸出当然只能靠自己对美国一个局部的独特把握,靠一己的才华。他写出了具体,因而也绝不重复。

将他与索尔·贝娄做一比较最合适不过。他们所表现的历史时期不尽相同,但也相差不远。主人公的属性也差不太多。而且他与贝娄的艺术趣味相去并不遥远,比如说不如海明威和福克纳、伍尔夫与曼斯菲尔德离得那么远。比较中我们会发现,厄普代克写得太松了,阅读中给人的艺术刺激没有贝娄频繁和深刻。包含的东西少了一些,似乎不够紧密。

还有,它们经不住重复阅读,这也是他与贝娄的区别。

海 明 威②

他最让我羡慕的作品有一部长篇《丧钟为谁而鸣》、一部

---

① 厄普代克(1932—2009),美国作家。1954年毕业于哈佛大学。代表作为《兔子,跑吧》《兔子回来了》《半人半马》等长篇小说。他的短篇小说也独具一格。

② 海明威(1899—1961),美国作家。早期以"迷惘的一代"的代表著称。风格独特,文体简洁,在世界文坛很有影响。代表作为《丧钟为谁而鸣》《永别了,武器》《老人与海》等。1954年获诺贝尔文学奖。1961年7月2日开枪自杀。

中篇《老人与海》，再就是十几个短篇。西方有不少评论者将《永别了，武器》作为他的长篇代表作。

在那部写西班牙战争中一次炸桥行动的长篇中，他一切过人的技能都得到了尽情发挥，给人炉火纯青的感觉。整部书写得一点也不吃力，作者始终掌握着艺术上的主动权，自信而又坚定。这部书有强大的张力，像作家其他的成功作品一样，很收敛，却有着巨大的内力从中生出。

《老人与海》何等单纯。这是一个壮心不已的艺术家在创作生命接近终点时的最后一次突围。它大概凝聚了作家一生中的全部经验——艺术和人生方面的经验。它像一首长诗、一曲长歌，在读者心头引起了深深的共鸣。

他的短篇不像其他作家写得那么即兴和轻松，所以每一篇都很沉，包含了无尽的内容。

所有人都说他的语言是简约的，是电报式；他经营出很多的"艺术空白"，这是显而易见的。但我同时又觉得他写了很多自己过分感兴趣、一般读者却不一定感兴趣的场景和意思——这时的海明威很饶舌。我们之所以可以忍受，是因为他的强烈的"海明威式的热情"感染了我们。他常常是自我感觉非常良好的——在生活中、在写作中。这也显得单纯可爱。

他所处的那个时代，古典主义的影响还是颇大的，所以他仍然借用了一种强大的余韵。这也是海明威在现代主义实验中多得一分的缘故。他远比后来的某些现代派作家庄重和大气。他富于冒险，可是也非常精明，无论在日常生活中还是在艺术创作中。

他身上有很多油彩,这也帮助了他声名远扬。比起他的实际成就,他的名声也许显得太大了些。

福克纳[①]

福克纳的作品数量比海明威多,质量大约也均衡稳定——除了明显的、故意的敷衍之外,作为一个作家,他看起来并不特别凸显某一篇某一部,虽然也有特别好的,像《喧哗与骚动》《我弥留之际》和《熊》等。

写作对于他而言,更像是不可缺少的日常劳作,可以长时间地坚持下来。他的作品很内在,因而也更能经受时间的挥发。他很孤独,所以他从写作中汲取的快乐是至为重要的。这也是一切真正的艺术家的共同特征。为了抵挡人生的永恒的烦恼,他在一个角落里咀嚼、倾诉,喃喃之声后来惊动了世界。

作为一个人,他没有像海明威一样留下那么多耸人听闻的故事,但却创造了一个更为复杂的世界。他有趣,沉默,含蓄,比海明威在世时打扰的人少。

[①] 福克纳(1897—1962),美国作家,是一位庄园主的儿子。初期写作得到作家舍伍德·安德森的帮助。代表作为《喧哗与骚动》。他擅用意识流和时序颠倒、象征隐喻等手法,对世界文坛有较大影响。1949年获诺贝尔文学奖。

尤瑟纳尔①

她有点像男性作家,作品中洋溢着另一种气息。她的作品可不仅仅具有细腻柔婉等女性作家的特征,而是充满了洒脱爽快感。几乎不存在什么心理方面的障碍,笔锋锐利畅达。正像她对话集的名字(《开阔的眼界》)一样,她的视野太辽阔了,关心的事物繁杂而丰富。

有一些女性作家是重要的,她们常常以自己纯洁的或极为特殊的创作而使人赞叹,让人难以忘记。有的甚至非常勇敢,比如勇闯禁区——人性的政治的宗教的历史的。但其中的多数大致上仍然可爱而单薄。尤瑟纳尔却不仅仅如此。给人这种感觉的大概不是创作的数量问题,也不是创作的风格问题,而更多的是视野,是文笔的力度。

她销量最大的是长篇小说《哈德里安回忆录》。但我们从中并未看出有多少讨好读者的地方。同样是取得了巨大成功的《苦炼》,也显示了作家非同一般的严谨态度、丰富的知识和分析的能力。

她的境界、关怀的事物,都超出了我们经验中的女性作家。

---

① 尤瑟纳尔(1903—1987),法国作家。16岁即以长诗《幻想国》获得泰戈尔好评。第二次世界大战后移居美国。1980年当选为法兰西学院建院340年间第一位女院士。代表作为《哈德里安回忆录》《苦炼》等。

屠格涅夫①

他在中国的影响一度超过了陀思妥耶夫斯基。他作品的气质符合大多数中国人——特别是上一茬中国人——的欣赏口味。难以掩饰的俄罗斯贵族气、典雅绚丽的文笔,这一切都让有教养和渴望有教养的读者感到受用。要读好书就得找屠格涅夫那一类的书,人们似乎达成了这种共识。他不如托尔斯泰厚重和伟大,可是也因为没有那么强烈的哲学意味和宗教气息而更易接受。

他多情而善良,但只会被人民喜爱而不可能化为人民的一员。他的艺术是有良心的贵族的艺术。他的巨大才华会令一代又一代人钦羡不已,无论有多少人随着风气的转移而轻率褒贬,他的艺术价值是不会改变的。他所表现的美是真实的、不变的。

对他的误解、某种偏激的损伤是会经常发生的,这也是贵族气的艺术家最容易遇到的。连曼斯菲尔德这样杰出的人物都忍不住叹息,说屠格涅夫"多么虚伪!多么造作"!——没有一点吗?有那么一点,但只是一点点而已。

真正的人民作家、被苦难浸过并专注于表现苦难、深深地理解苦难的作家,才会彻底抛弃和消除那"一点点造作"。

---

① 屠格涅夫(1818—1883),俄国作家。生于贵族家庭,目睹母亲虐待农奴,深恨农奴制。早期作品《猎人笔记》获得广泛影响,后写有多部中长篇小说,如《木木》《前夜》《父与子》等,均产生广泛影响,在世界文坛享有很高声望。

对于屠格涅夫而言,他一辈子也洗不尽"铅华"。不过这也好。

他的《白净草原》《歌手》等短篇写得棒极了,真是浑然天成。它们有不灭的美,在这种美面前,一个诚实的人总会感动的,会发出无条件的赞美,无论他信仰什么、有什么不同的审美倾向。

他的长篇不如短篇,而他的后期作品又不如前期。《猎人笔记》也许是最真实有力、最能代表作家艺术成就的作品?

陀思妥耶夫斯基①

像托尔斯泰一样,他是文学世界中难以超越的高峰。一个真正的巨人最好能像他一样,那么真挚、纯洁、深邃,又是那么充满了矛盾、犹疑和晦涩。他太不幸了,一生中度过了不少拮据期和病疼期。可是这些都没能阻止他成为一位大师,而且还援助了他。这真是奇迹。与托尔斯泰和屠格涅夫、普希金一起,他成为对中国影响最大的四位俄罗斯作家之一。这个备受煎熬的灵魂影响了那么多的心灵,他的博大和慈爱与偏执和冷酷一样显著触目。

小市民不会喜欢他。他的作品不是为一些肤浅而无聊的人写的。他有时也并非不想写消遣的作品,只是他的一颗

---

① 陀思妥耶夫斯基(1821—1881),俄国作家。生于医生之家。父亲因虐待农奴,被农奴打死。初期翻译巴尔扎克的小说,后创作了许多杰出作品,如《被欺凌与被侮辱的》《死屋手记》《罪与罚》《卡拉玛佐夫兄弟》等,对世界文坛有重大影响,被视为"现代派"的鼻祖。

心太沉了,从这颗心中产生出的一切终于无法消遣。

与托尔斯泰一样,他在《卡拉玛佐夫兄弟》等作品中有那么多直接的诉说和辩解,直接面对着灵魂问题,剖示使人战栗。在这种真正的人的激动面前,我们不由得要一再地感到自己的渺小、平庸和微不足道。

列夫·托尔斯泰①

我始终相信,他是赢得作家的尊敬最多的一个作家。没有一个人敢于用轻薄的口吻谈论他,没有一个当代艺术家不去仰视他。他的天才、难以企及的技巧,比较起他的伟大人格,似乎都是可以略而不谈的因素了。没有人敢于断言自己比他更爱人、爱劳动者,比他更为仇恨贫困和苦痛、蒙昧。

他的作品多得不可胜数,又由于都是从那颗扑扑跳动的伟大心灵中滋生出来的,所以一旦让我们从中加以比较和鉴别时,就不由得使人分外胆怯,涌起阵阵袭来的羞愧。它们都由生命之丝紧紧相连,不可分割,不可剥离,真正成为一个博大的整体。于是他的一部长篇巨制和一篇短文同样伟大。

我们在现代作家的机智和领悟面前发出惊叹时,最好忘

---

① 列夫·托尔斯泰(1828—1910),俄国作家、社会活动家。他先以文学扬名天下,其代表作《战争与和平》《安娜·卡列尼娜》被视为不朽之作,对世界文坛影响巨大。后热心于平民教育和社会进步事业,强调道德的完善,提出"不以恶抗恶"的托尔斯泰主义,被奉为道德的楷模、民族精神的领袖。晚年作品《复活》是一部反映其精神轨迹的杰作。

掉托尔斯泰。因为一想到他,现代作家的那些光华就要受到不可思议的损失。在他面前,聪明和睿智都显得不太必要,也似乎有些多余了。

他是"伟大"的代名词。

他多么偏激,可是他多么真诚。在这种大写的人的真实面前,我们第一次想到了伟大的作家原来都是超越了自己的艺术的。而那些创造了现代艺术的辉煌的作家们,总是被自己的艺术所淹没,这同样是一种不幸。

兰　波①

他让人想到一种奇迹。天才和艺术的成熟,它的展现,总需要起码的时间和过程。而兰波似乎把这一切都省略掉了。读他十几岁的诗作,人人都会对天才产生一种深刻的神秘感。遥遥感知着那个奇特的、也许几百年才会出现一个的灵魂,想象着人生的全部奥秘和美好——人的无穷无尽的创造能力——无法不陷于深深的感动。

他的作品很少,译过来的又是一部分。我们怎样领略这个早熟的诗人?魏尔伦曾经这样描绘这个了不起的少年:"这个人是高大魁梧的,几乎是运动员般的敏捷矫健,脸像被放逐的天使那样,完全是椭圆形的,一头乱蓬蓬的栗色头发,

---

① 兰波(1854—1891),法国诗人。由于父母不和,自幼抑郁寡欢。16岁起常外出流浪,与著名诗人魏尔伦交往亲密,后发生冲突,被魏尔伦打伤。1876年参加荷兰殖民武装到爪哇服役,后曾参加贩卖军火。其诗作现存140首左右,主要为16至19岁所作。

眼睛则属于那种令人不安的浅蓝色。"

像很多真正的天才人物一样，难以言喻的强大生命力使其狂躁不安，在大地上来回奔走，毫不怜惜地折腾着自己。他做过好多种职业，经商、当兵，最后又早早夭折。我特别搞不明白一个诗人是怎样经商的，因为我恐惧今天的商人。

普鲁斯特①

在现代艺术的代表性作家中，难得使用"伟大"这个词汇。是说不清的禁忌阻止了我们，使我们从不轻易地说他们当中谁是"伟大的"。但我们可以经常地说他们是绝妙的、天才的，等等。可是面对着普鲁斯特，我们却常常要表现出某种慷慨。

普鲁斯特的《追忆逝水年华》，大概可以说成前无古人后无来者的书。几乎看不到借鉴，也看不到模仿——所有的模仿都不会成功。再也找不到比他更为自信从容、旁若无人的精神巨人了。他只在自己的世界中遨游，这差不多就是一个生命的全部意义。在中外古今的作家中，谁具有如此的极端色彩？

---

① 普鲁斯特（1871—1922），法国作家。自幼患哮喘病，终生为病魔所苦，并因此而死。36岁起因病不再外出，闭门写作。代表作为《追忆逝水年华》，构思写作长达16年，其中后3部是作者去世后出版的。该书被奉为现代派的经典，改变了对小说的传统观念，革新了小说的题材和写作技巧，超越时空概念的潜意识成为小说的中心。

这不仅是一种实验,不,这完全不是实验——他将自己仅有一次的生命如数地押在了一部长长的著作上、一场无声无响的劳作上。他没有渴望与这种劳作精神相去甚远的酬谢和犒赏,无论它来自哪个方向,他都全无兴趣。

就是这种罕见之至的纯粹性,才使一部长卷具有某种无从想象的洁净和丰富华丽感。

作为一个生命,他那种独特的、细致入微的感知是任何人都无法重复、都要叹为观止的。我们常常在普鲁斯特惊人的发现和描叙面前感叹:人哪,像他这样敏感多情,才不枉为一个人!

我们不知何时失去了这些——一个人至为宝贵的东西,它们永远地失去了……

叶 芝[①]

我想象着他的内心世界、特别是他的情感生活,还有他作为一个艺术家的日常状态。文字的栅栏不断地阻碍我走近,我只能透过那些缝隙去注视他衰老的身影。我看到的是一个永远不会忘记的生动面庞,他的开阔的微凸的额头。

他反对抽象的说教,而主张从感性生活的深处汲取艺术形象。他超人的想象力、真挚动人的渴求,都一再地打动我。他作为一个诗人的全部生活,那么真实而内在。他曾在

[①] 叶芝(1865—1939),爱尔兰诗人、剧作家。生于一个画师家庭。代表作有抒情诗《白鸟》《世界的玫瑰》《盘旋的楼梯》《拜占庭》、诗剧《心愿之乡》《胡里痕的凯瑟琳》等。1923年获诺贝尔文学奖。

长达十五年的时间里追求爱慕着一个女人,她就是毕生献身于民族自治运动的爱尔兰女活动家毛特·岗。叶芝的这些诗句令人热泪潸潸:"为那无望的热爱宽恕我吧／我虽已年过四十九岁／却无儿无女,两手空空,仅有书一本……"

仅仅是这几句简单的吟唱,就可以打开我们全部的想象,让我们去翘首遥望。

哈　代①

今天看,他那些长篇小说所描述的故事都不太新鲜了。可以想象在当时也不见得会是什么传奇。可是它们却有一股神秘的力量不能消失,即便经过了遥远的传递也还是存在。的确,极少有一个作家会像哈代一样常读常新,经得起一代又一代人的咀嚼。那些看似陈旧的、被多次讲述过的故事,竟能在刚刚成长起来的一茬读者中找到知音;它可以不断变幻,闪耀出新的光彩。

有一种作品会随着时间的延续而生长,这一类作品总是极少的。一般而言,时过境迁,作家当年的感动会变得老旧,至多是有一些古董气让人留恋。它们不可能继续向外生长,长出新的东西。它甚至不具有弹性,在外力的作用下也不会增加长度和宽度。

---

① 哈代(1840—1928),英国诗人、小说家。其父是石匠,一生住在农村,爱好音乐,对哈代有重要影响。哈代26岁开始文学创作,代表作为《德伯家的苔丝》《无名的裘德》。他在英国文学史上占有重要地位。

而哈代以《苔丝》为代表的长篇小说既有迷人的古典气,又会随着时光而新生。我想象它的奥秘——可能仅仅因为他是一个感悟力特别并且十分强大的人。他能让笔下的一丝一缕都根植于土地,从中一点一点长出,而且让其永远都不离开那块不大的原土。这样风雨飘摇之后,一个个季节度过,新的一茬收获还会重新来临。我想他在当时绝不追求时新,而是自主性特别强的一个作家,坚持从脚踏的土地上发现永恒的诗意。大地的斑斓被他重现了,这种色彩浓烈充盈,永远不会被岁月冲淡。面对这样的巨幅画卷,我不由得想起密茨凯维支的诗句:"好一片田野,/五谷为之着色!……"

毛 姆①

他的作品很好读——但好读的却不是他最好的作品。他很理解大众读者,尽可能写得机巧,这自然损伤了自己的艺术。他如果不这样做呢?以他的才力会成为第一流的艺术家吗?

《月亮和六便士》是雅俗共赏的书,却并不让艺术家过分地挑剔。在这本书中,他对艺术家和他们的劳作有透彻的理解,这种理解本身就让人感动。

但是真正令人刮目相看的,大概还是他更长的一部书:《人性的枷锁》。他写这部书时不太渴望世俗意义上的成功,

---

① 毛姆(1874—1965),英国小说家、戏剧家。自幼父母相继去世。曾学医,后创作剧本,获得较大反响。代表作为长篇小说《人性的枷锁》和《月亮和六便士》,短篇小说也颇具特色。

而是想好好地写写自己。他很少在过去的写作中表现过如此的淳朴、如此的沉着。当然也显得琐细、冗长,特别是用今天的眼光看。但只要捺住性子读完就会发现,它是庄重沉稳的、有深度的。这部书越往后越好。它写得太长了,艺术上多少有些平庸气。好像老牛拉车,尽管缓慢,但毕竟负载的东西很多。

比起以前那些机灵的短篇,他的一两部好长篇使其稍稍超越了自己。

萨 特①

他一直主张介入和干预,贴近现实,所以一度很对中国作家的口味。不过比起一般作家来,他还是一个哲学家,活得更真实,有一副称得上天才的不凡的头脑。大概一个作家有了这样的本钱,然后再力主干预生活,就显得更可信更有价值,会焕发出新的光彩。

他的戏剧比小说更为成功,我想这是因为他作为一个外向的艺术家和社会活动家,戏剧这种形式更合适一些,更容易直接面对广大民众。他们是他特殊需要的。

他有极高的艺术才能吗?这往往令人怀疑。他是一个

---

① 萨特(1905—1980),法国作家、哲学家。幼年丧父。二战中他应征入伍,曾被德军俘虏,获释后参加地下抵抗运动。他是法国战后重要文学流派存在主义的倡导者。代表作为小说《恶心》、剧本《群蝇》等。1964年瑞典文学院决定授予他诺贝尔文学奖,被他谢绝。

综合体:艺术的、哲学的、社会学的,诸方面的综合。他最突出的方面或许不是才华,而是敏感与聪慧,是介入社会生活的巨大勇气和激情,是一份真实有力的人生。

这就构成了他的艺术品格,使其提升到了一个新的层面上。

萨特比任何作家哲学家都更具有"当代性"。理解他离不开那个时代,他是与时代紧紧结合和互助的思想艺术巨人。我们也许难以独立考察他的学术和艺术成就,因为这种独立剖析会弄伤了他的思想和艺术肌体。他是那个季节里茂长的一棵枝叶浓密的大树,旁边还长有差不多的另一株树:波伏娃,即被他称为"河狸"的非凡女人。

加西亚·马尔克斯①

在短时间内风靡了中国,他的确是迷人的,新时期十年中的影响超过了所有外国作家。他经营那个世界的独特性令人梦牵魂绕。他最让人着迷的作品除了一些中短篇,就是《百年孤独》和《霍乱时期的爱情》。后一部书是获得诺贝尔奖之后的创作,这就让人感到奇怪:他在那个大奖之后仍然能够沉下心来写出一部真正的杰作。这种现象几乎是罕见的。

---

① 加西亚·马尔克斯(1928—2014),哥伦比亚作家。生于医生家庭。代表作为《百年孤独》《家长的没落》《霍乱时期的爱情》等。以魔幻现实主义手法著称,20世纪80年代以来在世界文坛有重大影响。1982年获诺贝尔文学奖。

一个作家的所有好作品、真正有魔力的作品往往都是在刻苦奋斗中、在压抑的气氛中写出来的。一旦缺少了这种环境,一个人就失去了力量。而在马尔克斯那儿,这个神话被打破了。这是他特别令人钦佩的方面之一。

他的作品太迷人、太有趣。他感动人的,并非是某种人格的力量,而是他的心灵。他是伟大的匠人,但不是伟大的诗人。始终站在他前方那座山巅上的,大概是托尔斯泰一族。

他是一个非常非常奇怪的生命。这种人在一个民族里是绝不会出现太多的。他古怪的程度完全比得上美国的贝娄,虽然他们之间差异甚大。

阿斯图里亚斯①

我读过的《总统先生》和其他一些中短篇,都没有特别惊讶的感觉。但《玉米人》一书却能彻底征服读者。书的前三分之一写得特别好,从《查洛·戈多伊上校》一章完成之后,就松弛了。前三分之一有难以抵御的磁力,牢牢地将人吸住。

我们一般这样认为:一部书有一半写松了,失了心力,那么整部书都不会是优秀的。可是到了《玉米人》这儿就不适用了。因为这是一部奇书,因为它的前三分之一写得太好了,简直如有神助。

---

① 阿斯图里亚斯(1899—1974),危地马拉作家。父亲是一位法官,母亲是小学教员。两次被迫侨居、流亡国外,多次担任外交官。代表作为《总统先生》《玉米人》。1967年获诺贝尔文学奖。

我们可以想象那片怪异的土地以及它孕育出的一种文化。尽管这一切都是陌生的,可是由于作家把这些传递得准确逼真,我们把握起来有时真是得心应手。在我所读过的众多的拉美小说中,《玉米人》前三分之一的篇幅给予的,已经超过了其他拉美作品的总和。

我觉得阿斯图里亚斯是正宗的拉美作家。

他有点像东方作家,只以神遇而不以目视,伸手一抓全是事物的精髓,完全靠土地气脉的推动来行文走笔。当他稍稍偏离了这种感觉时,就只有依靠一开始形成的那种推力的惯性了——于是我们就看到了松弛的、维持下来的三分之二。这当然是可惜的。

博尔赫斯①

这是教导小说家的人,而不能用来指导诗人。他是一本大书,但不是一个足踏大地的行吟者。他热衷于迷宫,在穿行中获得了极大的乐趣。他是依靠读书、修养和知识获得成功的一个范例。他总是出色地操作,并在其间掩藏了小小的激动。

---

① 博尔赫斯(1899—1986),阿根廷诗人、小说家。生于一个有英国血统的书香门第。童年受英国家庭教师教育,读了大量欧美文学名著。一战后随家移居欧洲,就读于剑桥大学。1921年回阿根廷,在图书馆工作,同时进行文学创作。1941年出版短篇小说集《交叉小径的花园》,以其超现实主义的表现手法赢得世界声誉。曾任国立图书馆馆长。

他常常使一些匠人望而生畏。他关心人的状况,也关心人的灵魂,但比起他的操作和实验来说,那种兴趣毕竟小多了。

他的作品让人想起庄重的深棕色,甚至是稍有恐怖感的黑色。一种檀香木的气味从中散发出来,使人在迷茫中滋生奇特的尊重,小心翼翼地走入其间。

读他的作品很磨性子,很累。愉悦只在长长的苦涩之后,像饮一种老茶。

阿克萨科夫①

这位俄罗斯的老作家开始写作时很老了,又写一些老式地主生活,所以是十分老旧的。但是读他的《家庭纪事》却会兴味盎然。他根据目击和记忆,准确地写出往昔,极少夸张和虚构。他运用的艺术手法,在今天看几乎没动什么脑筋。也就是这些老方法使他在当时和今后都获得了成功。这又一次证明了形式本身的确是第二位的。他丝毫也不具备实验意义,但却让人着迷。

俄罗斯大地的辽阔,与土地相依为命的农民、乡村风情、激烈的不可调和的冲突,都被异常有力地勾画出来。我们甚至想象不出一个作家舍弃了这副笔墨会获得成功。

由此我们会联想,一个作家如果不是特别有内容,那么

---

① 阿克萨科夫(1791—1859),俄国作家。生于贵族家庭,曾任书刊检查官。代表作为《家庭纪事》《巴格罗夫孙子的童年》,均具有自传和回忆录性质。

他哪怕稍稍疏远了形式本身的探索,也就失去了很多的价值;但如果他是一个经历和经验丰富到了极点的人,"怎么写"的问题就不那么紧迫了。

紫 式 部①

《源氏物语》的中国读者有多少?谁也不知道。它好像待在一个文学的壁龛中,只让人礼拜而不必研读。它属于早已退出了时新的老年人,属于注重体面的上一茬读书人。其实它一旦回到青年读者手中,他们就会大受裨益。

它的奇异的质地、叙说的节奏、非凡的才情、华丽的色彩,一切都让人惊诧。这是日本很久以前的一块紫玉,闪着古典的光泽。它其中写到的一些出身高贵的男女,接触之后就要交换一二首诗——中国古诗或日本俳句。这种令人入迷的生活,与现代社会的生存状态反差何其巨大,因而也相映成趣。

它很容易使我们想到《红楼梦》和《三国演义》,但绝想不到《水浒》《西游》。像贾宝玉林妹妹那样缠绵,却更像三国争斗那样的氛围。宫廷生活总是特别吸引人,如果一个记录者对那一切烂熟于心,同时又不厌其烦地讲叙,局外人就会看重这些故事。这样自然而然产生的韵致和情趣色调,就必定

---

① 紫式部(约978—1015),日本古代女作家。出身书香门第,自幼随父学汉诗,尤爱白居易的诗。曾在宫廷中任职。代表作长篇小说《源氏物语》是日本古典文学的高峰,内容庞杂,行文典雅,笔意缠绵,表现出鲜明的日本民族气质。

不同凡响。局外人无论有多么高深的修养、多么大的才能，也难以写出那一类作品。

这是一部很益于养生的书。读着这样的文字，可以使心情很快平和下来，不再浮躁。我们得以面对一个拉近了的古代，对比人类千年不变的一些因素，比如亲情暖意、爱与被爱等，来理解人类生活中的真实和美好、它的永久的意义。

这样的书永远值得读。它的意趣连绵无尽，会永世长存。它的柔情爱意、安稳如一的风度，会轻而易举地战胜令人眼花缭乱的现代艺术。也许我过分偏爱古老的东方艺术了。

亚 马 多[①]

他是一位能干的职业写作者，把一切感兴趣的东西都化为了文字，构成了一个非常庞大的阵容。他的《加布里埃拉》说明他有职业写作者那样的热情和精力、非同常人的巨大制作能力，却并不安于一般的制作。他的这部代表性作品写得诗情荡漾，散发着"丁香花"的气息。有他这样随意的心态，再加上过人的才华，才会写出一部声情并茂、内在结构非常严谨的长篇小说。

整个故事像流动的活水，时而汪成水潭，时而冲刷而下，发出清脆的回响。作家并不珍惜笔墨，舍得使用文字，浪费中又有节俭。他很不同于惜墨如金的另一个拉美作家马尔

---

① 亚马多（1912—2001），巴西作家。19岁发表处女作。因参加巴西共产党活动数度入狱、流亡国外。代表作为《加布里埃拉》。

克斯,倒有点像洒脱的略萨。他们的长处很相似,弱点也相似。我仿佛看到他在使用一支粗长大笔,而不是那种纤巧的绣花针。他写作是很痛快的,大概很少有迟滞不前的状态。

他的思路和文字都十分流畅,读者接受起来也很方便。可是这样畅达的水流始终没有淹掉精细的思维、巧妙的运筹。这就使他能从根本上区别于那些过分通俗的作家,也区别于那些比较平庸的作家。

如果全部地、仔仔细细地阅读亚马多的作品,大概也有点划不来。

乔 伊 斯①

他是作家当中走得最远、不允许重复的艺术家。他像普鲁斯特一样写得魅心魅意、特别专注,也一样孤注一掷。一个东方作家好好研修乔伊斯,就会发现西方作家在从另一个角度、以另一种方式走进了深刻的分析。他的那些所谓意识流动、潜意识的连缀,与东方人运用感觉含混而传神地抓住本质的方式仍然区别甚大。

乔伊斯是一个很讲理性和科学的作家,所以东方作家从相反的角度理解他并学习他,就难得要领。乔伊斯烦琐而不神秘,而东方作家的艺术,比如中国、印度和日本的艺术,有

---

① 乔伊斯(1882—1941),爱尔兰作家。曾多年在意大利等国旅居,以教授英语为主。1920年定居巴黎,专事写作。代表作为《青年艺术家的肖像》《尤利西斯》,广泛运用意识流手法,被称为现代派小说的先驱。晚年失明后,创作又一部力作《为芬尼根守灵》。

时神秘到超出了分析的范畴。我理解中的乔伊斯,不认为他是不可分析的。所以那些愈来愈多的西方研究者才可以兴味盎然——失去了分析的基础,他们就无从下手。

中国作家或研究者如果运用西方习惯了的武器来对待中国艺术,比如说对待《红楼梦》,一定会走入肤浅。"红学"是品的学问,而不是什么供人考据和解剖的实验。考与剖不是主要的。而对待《尤利西斯》就可以。

他这样的作家不会多也不必多。这点有些像劳伦斯和博尔赫斯。

卡 夫 卡①

他的作品不多。但我们从文学史上却难以找到像他这样完整的、简洁的作家。他对现代主义的不可替代的贡献,使不少人把他归于了大师级——这肯定会让固执的东方作家感到茫然。因为我们这儿,"大师"是一个高耸伟岸的概念,有着相当固定的标准和色彩。

其实在卡夫卡这儿,是否"大师"已经不那么重要了,因为他从一开始就完全无视"大师"们的传统。这真是少见的一类生命的感悟,那么新奇又那么淳朴——我们常常发现新

---

① 卡夫卡(1883—1924),奥地利作家。生于犹太家庭,父亲是百货商人。一生写了3部长篇,均未完成,还有多部中短篇小说,均极精彩。生前发表作品极少,遗嘱朋友焚毁所有作品,但朋友反而整理出版了他的所有著作,其中《城堡》《变形记》《地洞》等对后世文学有重大影响。他被视为现代派小说的先驱。

奇的东西往往是不那么淳朴的,所以有时那些独特性是要大打折扣的。而卡夫卡能够真实地生活在他的想象中,想象激动了他也指导了他。他在想象中获得和汲取了现实世界中绝无仅有的一份健康。

他的想象从那只有名的大甲虫(《变形记》)开始,被千万人议论开去。那一次想象的结果是显豁凸露的,所以不求甚解的大众读者也可以振振有词谈个不休。在我看来,最能代表他的特异思维的,倒不一定是那一篇和那一类。比如他的另外的文字,长篇,或者是那封写给爸爸的著名的长信,就重要得多。

卡夫卡的一切,主要是内容而非形式。一些从形式上入手借鉴的,必然得个皮毛。他是一个不灭的、特别的灵魂。这个灵魂永远训诫和启示着人类。

艾特玛托夫①

他是这些年在中国影响最大的苏联作家。他的那些好作品会长久地让中国读者记住,而在其他作家那儿,要做到这一点却很难。我特别重视的是他的《白轮船》之前的作品。那些中短篇使作者耗去了心力,使用了更真实的情感。它们看不出得意的作家惯有的一丝飘忽感和聪明机智,而是沉下来的心跳之声。这些作品中显现的人的自尊会让人记住。

---

① 艾特玛托夫(1928—2008),苏联吉尔吉斯作家。1937年父亲被突然镇压,他随母返回故乡,从一名干部子弟变为山乡少年。他的中篇小说《查密莉雅》《白轮船》等获得广泛声誉,长篇小说《一日长于百年》开创了新的写作方式。

哪怕是写红苹果的一篇恋爱故事,短短的,读过也难以忘怀。故事与主题之类看来并不那么重要,重要的是字里行间留下的痕迹。它如果是质朴的、援助弱者的,那么它起码会是好的。如果除此之外还有同样多的挚爱、不屈的声音,就会令人倍加珍视。

他后来的作品写得并不草率,像《断头台》等。他忙着加入世界性的、很重大的一些讨论,比如环境、专制与人性、宗教……这些都让人看重——但可惜的是字里行间的某些痕迹在消失。那是一份压抑的人生刻画下来的,只有它散发出的能量才不可思议。这是神秘之所在,一旦失去了,再高的技巧和开阔的视野之类都无法弥补。

在这方面,任何作家都没有例外。有些中国当代作家曾写出了简洁而真挚感人的、生气勃勃的作品;可是后来当他(她)影响更大了,生存状况得到根本改善之后,那些沉沉的真挚的东西就像热气下的冰一样化掉了。他们无论写怎样的悲剧、怎样低沉的调子,也都无济于事。不感人了——不深深地打动人了。

阿斯塔菲耶夫①

他主要引人注目的是《鱼王》。这其实是一部中短篇集——作者以长篇的形式出版,就显得冗长芜杂了一些。这

---

① 阿斯塔菲耶夫(1924—2001),苏联作家。生于农民之家,童年曾四处流浪,卫国战争中受重伤。27岁开始写作,代表作为《牧童与牧女》《鱼王》等。

是一部极少见的好作品之一,曾是新时期里对中国作家构成了较大影响力的一本书。

整部书像一曲长长的吟唱。长久的、在夜色中不能消失的叹息、对悲剧结局深深的恐惧和探究,都使人感到这是一部杰作。它的主题指向绝不新奇新鲜,中外作家都写过不少类似的东西。但问题是它的色调、它难以淹没的音韵。俄罗斯文学的伟大传统强有力地援助了它,它继续了它的余音,让其在冻土带上久久环绕。

这是社会主义国家所能产生的最好的诗篇了,他的诗章留有当代深刻明晰的印记,摩擦也是枉然。这样的诗意底气充盈,不像某些好看的泡沫,只浮在水流之上。

聂 鲁 达①

他始终是热情灼人的一位歌手,越到后来,他越是懂得把热情倾泻到民众中。民众和政治都支持了他,但民众并不等于政治。这期间或多或少的虚荣在损害他,因为他过分地相信了诗与民众的关系。那种关系可以写成诗,但它并不结实。他着重地谈到西班牙战士为印他的诗集,在战地上自制纸浆,原料包括带血的戎装和敌人的旗帜……虽然这是一种"真实",但也太具体了。

---

① 聂鲁达(1904—1973),智利诗人。早年丧母,父亲是铁路工人。曾任大使,并当选为国会议员,加入智利共产党,后因政局之变,流亡国外6年。成名作为《二十首情诗和一支绝望的歌》,代表作为《诗歌总集》。1971年获诺贝尔文学奖。

马尔克斯把他比喻成一个点石成金的神,我当然同意。尽管这样,点石而成的金,与直接开采出来的金还是有所不同。我更喜欢后者。比如《二十首情诗和一首绝望的歌》,是他名声大振的第一首长诗,也是一生的杰作。它是开采的金子,是不朽的。多少人反复诵读而热泪盈眶,它激动了不同肤色不同时代的人。它的魔力甚至经过了东方人的翻译也不会失掉。后来的聂鲁达有了魔法,他常常把石块点成金子,所以有时不免疲惫,落下一些半金半石的东西。

我相信他投入政治和民众的热情同样是巨大的生命力化成的。但是这种热情有时化为诗,有时没有。

他那么豪放——诗人式的豪放。多少人只学到了他的豪放,而没有学到他的天才。这有点像海明威,多少人学到了他的狂放粗鲁豪饮爱欲,却没有学到他的诚恳和献身精神。

劳 伦 斯①

他写性的奥秘的小说,首先给人一种洁净和纯粹感。他书生气很重,像个科学工作者一样严肃地实验。他沉入其中,专注到一般人望而生畏的地步。他是因为相信自己的劳动而获得成功的一个范例,当然还有他的天才。他在一条荒

---

① 劳伦斯(1885—1930),英国作家。生于矿工家庭,当过屠户会计、厂商雇员、小学教师,曾在国外漂泊十多年。代表作为《虹》《查太莱夫人的情人》等。后一部作品他在去世前重病中三易其稿写成,其中写性爱的章节引起争议。

芜的小径上倾注了极大的兴趣。

这就影响了世界上的很多作家,特别是可以写性的新时期后的中国作家。不过他做的事情,与他的纯粹和他的才能都非常匹配,这一点别人要重复也很难。他专注的方面,与小市民的兴趣是背道而驰的。

普 希 金①

他有点像中国唐朝的李白,更像个仙人,而不像我们所熟悉的现实中的一代又一代人。这种神奇感,来自他的无数超乎常规和经验的天才创造。可李白是古人,很久很遥远,而普希金只是沙皇时期的一位诗人。

他这样的诗人有谁能够稍稍接近呢?拜伦吗?拜伦也风流倜傥,才华横溢。普希金的诗总有最奇妙的发现——当我们被这种发现的辐射所击中时,总是浑身一战,久久凝视篇章。

他下笔如有神助,一泻千里也毫无疏失。这样的诗人仿佛不是"天才加刻苦"这样惯常的公式所能概括的,而像是苍穹中一块闪亮的金石落在了人间。

---

① 普希金(1799—1837),俄国诗人,俄国近代文学的奠基者和俄罗斯文学语言的创建者。生于贵族家庭。学生时代就诗名远扬,其抒情诗风靡一时。其代表作叙事诗《茨冈》《叶甫盖尼·奥涅金》被视为世界文学的经典之作。他的小说、戏剧、文论、散文作品也具有很高水平。死于决斗。

高 尔 基①

没有一个苏俄作家像他那样荣耀,在中国落地生根。他一度成为天才和革命的代名词。后来中国作家、特别是当代作家才敢于正面凝视他。他不久以前是不可能被挑剔的,但后来又被急躁的年轻人过分地挑剔了。

其实无论如何他还是一位大师。他让人熟悉了俄国的流浪汉小说,正像以前熟悉美国的马克·吐温一样。高尔基的流浪汉小说写得无与伦比。他很早的那些短篇多么坚实有力,差不多篇篇掷地有声。

到后来,他忙于记下心中的一切,事无巨细地记,篇幅也越来越长。那些纯粹的诗开始离开了笔端。像一切作家一样,他有时对新生事物也表现出过分的、并不成熟的热情。这既使他变得更为重要和更为勇敢,也使他的精神、他的创造力受到了考验和损害。

我读他那些文论和小说戏剧,常常涌起深深的崇敬之情。他是跨越两个时代的大师——做这样的大师可真难,不仅更需要才华,而且更需要人格的力度。

---

① 高尔基(1868—1936),俄国作家。早年丧父,11岁即离家谋生,做过各种苦工,参加政治活动。完全靠自学写作,24岁发表作品,30岁即成为欧洲驰名作家。后参与俄国共产党的活动,成为苏联文学的代表人物。主要作品为《童年》等三部回忆录、《母亲》《克里木·萨姆金的一生》等,中短篇小说、戏剧创作也十分杰出,享有世界声誉。

泰戈尔①

像中国一位画家为他作那幅肖像给人的感觉一样,他的作品也是仙风道骨。精灵一般的老人,天生多情也天生富贵。他的神奇联想让西方人惊诧,而且有人模仿也成功了。

他真是印度一位老智者、老歌手。他心中的一切都化为了歌;他眼前的一切都供他吟诵。时光之水流过他的心头,再一次流出就成了芬芳的液体。

时代风云变幻不停,艺术的偶像也挪来动去。可是没有谁想更动泰戈尔的位置——他身上有一种难以测知的神力在护佑他,就像印度的瑜伽功法一样。那种古老文明国度的精华雨露滋养了一位身穿红袍的白须老人,老人永远神采奕奕。

契诃夫②

托尔斯泰赞叹他为"完美的人"。他的艺术也少见地完

---

① 泰戈尔(1861—1941),印度诗人、作家、艺术家、社会活动家。父亲是哲学家和宗教改革者,大哥是诗人、哲学家,五哥是音乐家、剧作家,姐姐是小说家。泰戈尔以诗闻名,一生发表大量诗作,因诗集《吉檀迦利》获1913年诺贝尔文学奖,但他的短篇小说及长篇小说也十分著名,他还热心于办教育,并创作了1500多幅画,谱写了大量歌曲。

② 契诃夫(1860—1904),俄国小说家、戏剧家。祖父是赎身农奴,父亲曾开杂货铺,后破产。契诃夫很早就独立谋生,一边当家庭教师一边求学,毕业于医学系,行医。以短篇小说著称于世,追求崇高理想,关心社会进步,其作品影响世界文坛。剧作亦影响深远。

美。短篇小说的规范杰作,在他这儿得到了确立。他的艺术像他这个人一样洁净、纯粹。即便是创作历史更漫长、成就更大的人,在他的严谨和忠诚面前都会感到羞愧。一个几乎不受时风影响、永远被人喜爱的作家,也许就需要像他一样,从里往外地真实和完美。任何时候都不要失去优雅的风度,永远保持和流露着最良好的教养。

除了文学创作之外,他还有一份同样具有强烈道德感的职业,那就是治病救人的医生。

我相信在艺术手法不断翻新的今天或以后,在越来越浮躁的现代人之中,那些读者仍然会找到他,并发出由衷的赞叹。比起他同时代的某些现代主义作家,他似乎没有什么烦琐冗长。于是一个既不喜欢现代艺术又对老式创作手法有些厌烦的读者,就会去读契诃夫。

歌　德①

他是西方引以为荣的文学家和思想家,一度人们还把他看成了重要的科学家。有人把他与荷马相提并论,将他比作莎士比亚。他离我们要近得多,因而就不可避免地产生争议。人们习惯上总是愿意承认更遥远更陌生的事物,比如东方人承认西方人,中国人承认外国人,今天的人承认古代的人。

---

① 歌德(1749—1832),德国诗人,同时研究自然科学,参与政治活动,在世界文坛占有重要地位。代表作为诗剧《浮士德》,被视为欧洲四大文学名著之一。另外,他还以各种体裁写了大量文学作品,比如《歌德自传》、著名的小说《少年维特之烦恼》等。

他有着许多伟大人物才有的耐心和自制力,并不轻易转移自己认为重要的那些兴趣。比如说他能长时期坚持自然科学方面的观察实验,花费六十年的时光写作《浮士德》。在文学的灿烂星空中,他是一颗恒星。

任何时世里都有一些老派的保守人物,他们一般都是些年长的人。他们的看法有时足以对年轻一代构成刺激,引起一片急躁的否定。可是他们的声音中往往掺有非常重要的提醒,含有真理性。这些人物也大致是经历了狂热和激进的青年时代,那时他们的热情曾像火焰一样烧灼。像歌德就是恰当的一例。

他的生命力何等旺盛,这不仅表现在他的长寿上,而且还表现在他不倦的创作中。从《少年维特之烦恼》到《浮士德》的最后完成,经历了多少时代风云,他却依然在为心中的激动而吟唱。那个因爱而死去活来的少年,到了七十多岁的高龄,也仍然为爱浑身滚烫,两手抖动——这才是令人羡慕的生命。

马雅可夫斯基①

他很像后来的聂鲁达,似乎能随意地把什么都变成诗。他善于把句子排成美丽的图案,既可看又可读。他在特定时

---

① 马雅可夫斯基(1893—1930),俄国诗人。父亲是林务官。15岁加入共产党。曾学绘画。19岁开始写诗,追求新奇的语言。25岁后改变诗风,写了大量革命诗篇,传颂一时。代表作为《穿裤子的云》《列宁》等,并创作了剧本《臭虫》《澡堂》。1930年4月14日自杀。

刻里的一些冲动,处于其他时空中的人是难以理解的。他的那些冲动是真实的、美的、深刻的,所以仍然能够传得遥远而不失其音色。一提到阶梯,中国读者立刻会想到他,同时也想到苏联,想起"老大哥"时代。

他太偏激了,去世时只有三四十岁,作为一个永远年轻的诗人形象保留下来——这样的诗人在过去和现在都有。他们的偏激像旋风一样强劲,没有多少人都够适应。每个时代都会娇惯这种偏激,特别是开始——只是到了后来人们才往往对这种偏激表现出过分的严厉。他们渐渐忽略了它的纯洁和可爱——孩子般的可爱。这样一直要等到更远的将来,有人才开始怀念那些可爱的人,怀念他们存在时的光景。

他最好的诗是前期的,而不是新作迭出的后期。随着令人惊讶的巨大热情的涌动,他不停地歌颂和鞭挞新的事物和新的时代,当然主要是高声礼赞——人们从中渐渐听出了一种尖厉的声音。

雨 果①

关于这位伟大的作家谈论得足够多了,可是在新时期中却越来越少地提到他。他是一位飞翔的天才,当大多数人还

---

① 雨果(1802—1885),法国作家。父亲是拿破仑部下的将军。雨果一生创作了大量诗歌、剧本、小说,被公认为浪漫主义运动的领袖。他热情投身革命运动,关心社会进步,曾流亡国外19年。其代表作为《悲惨世界》《巴黎圣母院》《九三年》。死后法国为其举行国葬。

在地上行走的时候,他已在高空翱翔。只要谈起他,很少有人会使用不恭的口气。他在一个时代里,因为身影过于巨大,几乎挡住了所有的视线。

他的那些不朽的篇章映照出一条波澜壮阔的生命河流。在逝去的上一个世纪中,没有几个诗人能够伴他行走。

他独自登上了阿尔卑斯山巅,于是只能让人遥遥地仰望,而难以亲近了。越是经历了漫长的时光,后辈作家们越是有着这样的感觉。在他的轰然不绝的回响中,我们有点无可奈何和不知所措。他的艺术是强者的艺术,虽然他的作品充满了人道主义精神。他遵循的是老式的浪漫主义传统,现代艺术的后来者极少从中得到他们所需要的灵感。当我们站在二十世纪末的土地上,试图屏息静气地倾听那位大师内心深处的某种隐秘之声时,突然发觉那个比宇宙还要开阔的胸襟有些空旷,太辽远也太博大——除非我们有着超人的听力,不然就是一片模糊。

巴尔扎克①

他写了很多精力充沛的书,使用了锋利的解剖刀。关于

---

① 巴尔扎克(1799—1850),法国作家。很小就被送到乡村寄养,童年生活十分痛苦。20岁决定专职写作,发表多部作品,但毫无反响,后改行从事出版、印刷工作,均以亏损告终。29岁时重新投身写作,此后不到20年间,创作了91部小说,其代表作《高老头》仅写了三天三夜。后来他把自己的作品统一于《人间喜剧》名下,勾画出整个法国场景。他在世界文坛占有重要地位。

那个时代的人心与金钱的奥秘,他烂熟于心。至今没有人在这些方面能够超越他。但在今天的很多艺术家眼里,也许他有点过分地关心钱了。

就因为这种关心,使他的作品失去了很多色彩,显得有些单调。没有一个相同量级的现实主义作家会像他那样一再地重复自己,会像他那样老旧得如此之快。

也许关心政治经济学和社会学的人会兴味盎然地阅读他的书,但二十世纪以来的作家们大约不会把更多的时间花费在上面。

我们面对他的全部著作,常常渴望找到更多的诗意。可惜他对这些并不在意。像写人与狮子的奇特关系的《沙漠里的爱情》一类,在他的创作中占的比重太小了。

阿勃拉莫夫①

他的四卷本《普里亚斯林一家》大获成功,其中最让我感动的只是第一部。后面几部可能作者没有守住心力,只有情节在发展,已经没有崭新的情绪生成。

一个作家能够写出那样的一本书,也就应当无有愧疚了。对于土地的真切感悟、对于母亲的一片忠诚,让我久久难忘。人的顽强、人性的美好与残酷、大自然的绚丽与酷烈,都表达得淋漓尽致。我因为这部书而记住了一位苏联作家

---

① 阿勃拉莫夫(1920—1983),苏联作家、评论家。主要作品有长篇三部曲《普里亚斯林一家》,该作曾获1975年度苏联国家奖金。另有短篇小说集《木马》、中篇小说《阿里卡》等。

的名字,认为他是能够举起一部巨著的人。

令人奇怪的是,无论在中国还是在外国,那些仿佛早已写出了什么了不起的著作的人,却从来也没有真正重要的作品问世。他们的名声是非常可疑的。

茨 威 格①

他的作品太吸引人、太漂亮也太巧妙,好得让人嫉妒。他的小说都可以被读者牢牢记住,都有极为用心的设计,但绝不是市面上的读物。"雅俗共赏"的评价对于他是真正适用的。

他描写一个恋爱中的女人、一个赌徒的手,都是绝妙的。那种独到的观察和天才的表达,达到了使人怦然心动的地步。

我们觉得他有大师的力量,但没有那样的色调和特质。比如说他还不够苍浑和博大,比如说他没有一生专注地表达某种思想,没有形成自己的哲学。但我们可以走近他、喜欢他、学习他,在很多方面奉他为楷模。

他能把引人入胜的故事写得很典雅。他并不想让自己的作品在气质上接近平民,但大众读者却非常喜欢它们。

---

① 茨威格(1881—1942),奥地利作家。生于犹太工厂主家庭。23岁任报社编辑,曾游历世界。早年从事文学翻译,1919年后埋头于创作。二战中流亡英国,后到达巴西。其主要成就在传记文学和小说方面。代表作为《焦躁的心》《象棋的故事》《一个女子一生中的二十四小时》等。1942年2月23日与妻子一起自杀。

莱蒙托夫①

他的诗和小说都达到了一个高峰,虽然写作生涯比较短暂。他与普希金、拜伦、裴多菲、叶赛宁和雪莱有些相似,即同样具有超人的才情又同样地不幸。他逝去得太早了。他留下的光彩四射的篇章永远照耀着世人,将有一代又一代人享用它的甘美。

我反复咀嚼他的作品。像《当代英雄》中那个盲童和走私女人的故事,谁读了都会留在心中一辈子。

像他一类奇怪的生命常引人作各种想象:他是怎么吸取各种知识以形成自己的技巧?生活究竟用什么方式恩惠了他?还有,在任何一个时代里,难道都隐藏下了类似的非凡人物吗?为什么他的杰出诗章可以永葆青翠欲滴的新鲜感?

马克·吐温②

海明威把他誉为"美国文学之父",这不仅说明美国的历

---

① 莱蒙托夫(1814—1841),俄国诗人。父亲是退役军官。14岁开始写诗,19岁已写出了大部分代表诗作,如《一八三一年六月十一日》等。普希金决斗而死后,他写了《诗人之死》,因此被流放。他的代表作为长篇小说《当代英雄》、长诗《童僧》《恶魔》。1841年7月27日在决斗中被害。他被公认为普希金的继承者,对俄国文学有重大影响。

② 马克·吐温(1835—1910),美国作家。父亲是乡村律师和店主。吐温曾做过排字工人、舵手。以写幽默作品著称。代表作为《汤姆·索亚历险记》和《哈克贝利·费恩历险记》,后者被誉为"美国文学的起源"。

史短暂,还标明了他的伟大的难以超越的地位。在阅读中我们一再地感到他那些著作流露着一种特别的芬芳。它们的美是更自然也是更永久的。

民间文学给一位作家的滋养起到了某种至为关键的作用。并非随便一个作家就能得到这种滋养——哪怕他来自民间。有的作家有一种奇怪的排斥力,使其难以吸收他很容易接触的一些民间营养。

马克·吐温的魅力很大程度上倚仗了民间文学的力量。这种不可战胜的力量使一个作家永不褪色,同时又构成了众多作家的源头。他讲的关于密西西比的故事,哈克贝利·费恩的故事,并没有什么现代作家感兴趣的色彩,可是由于葆有一种原生的美,也就没有任何人能够小视。

他的书即便流传到很远的地方,人们也不会因为陌生而拒绝它。一片土地与另一片土地沟通起来是非常方便的。而仅仅依靠书本推导复制的东西,有时干燥晦涩得丝毫不可亲近。

西　蒙①

这位法国新小说派的代表性作家,对于正在热衷于试验的中国作家当然是重要的。我承认阅读他非常吃力,但仍能

---

① 西蒙(1913—2005),法国作家。曾从名师学画。二战参加骑兵团作战,被俘后逃脱。战后他回故乡,一边经营葡萄种植园,一边从事写作。作品多以战争为题材,写作中受福克纳、加缪影响很深。代表作为《佛兰德公路》。

够捕捉到他的弦内弦外之音。如果我没有误解的话,他当具有很高的技巧和修养,而且是一个耐得住性子的人。他有极大的勇气。

另一位作家,也是新小说派的重要人物——萨洛特——从形式上看就好读得多。西蒙的形式太重要了,他是艺术把艺术家逼到绝路之后,奋力挣扎的一位好汉。我们未来的文学史家也许将用充满同情和怜悯的眼光看着他。

他因为自己的求索而损失的东西很多,有些损失又是致命的。他有时不得不损失掉内容。

波　特①

她写得很少,可是从事文学的时间又很长。她一生只写了一部长篇、二十个短篇和不足十部中篇。可是她写下的每一部每一篇都不容忽视。她忠于自己的艺术,非常看重自己的感悟。我们总是为她的严谨,为她对艺术深深的投入和巨大的、非凡的艺术成就而充满敬意。

从过去到现在,我们觉得像她一样让人敬重的艺术家并不是特别多。她专注于每一篇每一部,尽力把它写得完美,写得合乎自己苛刻的要求。为此她甚至牺牲了自己的幸福。《灰色马,灰色的骑手》《老人》《绳》等小说,都让人对其超绝的技巧感到钦佩。

---

① 波特(1890—1980),美国女作家。16岁从修女学校出走,当过记者、演员、歌手、编辑、教员,后专门从事写作。30岁始发表作品。以中短篇小说著称,唯一的长篇小说是《愚人船》,创作跨度20多年。

她是海明威那个时代里又一位不朽的小说家,这个时期给人留下了最深刻印象的还有福克纳等。

川端康成①

他是我们东方的一位旁若无人的探索者,十分懂得用什么办法去征服西方人。他的《古都》《雪国》《千只鹤》及《伊豆的舞女》等一批作品,都引人入迷。它们像岛国上的真丝织品,细细的,人们唯恐用力接触时会损伤了它。他强烈地显示着维护着自己很得意的那一切,缓慢地咀嚼享用,并不怕别人议论。他知道生命的奥秘——自己的和别人的。

比起那些强悍的男人,他显得有点手无缚鸡之力。可是由于他敏感而细腻地猜悟着、把玩着,直逼人性的深处,尽情地在日本文化的海洋中邀游,所以没人觉得他是一个弱者。他另有一种强大,这就是他借助的文化的力量、他瘦小的身躯中包含的自信力。

不过他毕竟只局限在那样的一种境界中,先是清美——正是这种清美使他不朽——接上就有点腻了。

---

① 川端康成(1899—1972),日本作家。自幼失去父母。22岁发表小说即引起文坛重视。以短篇小说《伊豆的舞女》成名。在艺术上,他受现代派影响,在思想上,又深受佛教禅宗和虚无主义影响。代表作为《雪国》《千只鹤》《古都》。1968年获诺贝尔文学奖。1972年自杀。

伍尔夫①

她有点像离自己很近的女作家曼斯菲尔德,诞生在一个折磨人的时代里,心比天高。她目睹了经济萧条、战乱,特别是被现实主义大师们搞到了尽头的艺术。

只有她那么争强好胜、同时又有一副奇特头脑的人才会搞出那样一批实验品。它们是《达罗卫夫人》和《到灯塔去》等小说。这是给力求上进的艺术学徒和有闲的成功者看的,并不奢望送给整个社会。但它们却成了那个世纪艺术家交出的一份值得珍惜的礼物。

她探索着这个世界,同时也入迷地探索着自己头脑中的秘密。这种交织一起的艰难而寂寞的工作耗损了她的神经。她不断地追寻一种绝对的真实和完美,并且在一条至为偏僻的小路上开拓。她把自己的全部都祭了艺术。

杰克·伦敦②

除了一段短暂而又巨大的成功之外,他一直都在挣扎,

---

① 伍尔夫(1880—1941),英国女作家。生于文学世家。早年写书评,与许多作家如亨利·詹姆斯、艾略特交往密切。她的主要成就是小说创作,擅用意识流手法,代表作为《到灯塔去》《海浪》《达罗卫夫人》等。1941年3月28日自杀。

② 杰克·伦敦(1876—1916),美国作家。父亲是破产农民。从幼年起就卖报、卸货,14岁进工厂当童工,15岁干非法捕捞买卖,后当水手,还曾冒险淘金。他完全靠自学写作,获得世界声誉。代表作为《荒野的呼唤》《马丁·伊登》《热爱生命》等。1916年11月22日自杀。

从未屈服。贫困使他成为一个独特的人,他懂得一个生存在下层的人要用什么去获得自尊,要付出怎样的力气。也许从来没有一个作家能把人的拼搏写得那么生动逼真。他的作品是关于弱者的说明和强者的炫示,是傲立于世的宣言。

他最杰出的作品是一些短篇,再加上《荒野的呼唤》。《雪虎》在前一个写狗的中篇的高度上稍稍跌落了一下,多少失去了一点神秘莫测的力量。

他特别令人敬佩之处还在于,所有作品——无论是成名前还是成名后——都看不出作者曾为自己的出身而羞愧。他坚定地代表着自己的出身,有着从不打算遮掩的自豪与傲慢、仇视与抵触。这些特质,既不是出身于中产阶级的海明威和福克纳所具备的,也不是那些以贫困为耻辱的另一些倒霉汉敢表达的。

欧·亨 利①

他对不少短篇小说作家产生了长久的影响,也的确写出了为数不少的好作品,当然是短篇。他有匠人的耐性,同时又具有诗人的情怀。他的作品是技巧十足的,却又因为自己真切的激动而避免了另一种浮浅。他与大多数技巧型的作家不同,他能深深地感动。

无论如何,他只是一个机智的、非常聪慧的大文人。

---

① 欧·亨利(1862—1910),美国短篇小说家。父亲是医生。亨利曾做过多种工作,后涉嫌被捕,在狱中开始写作,出狱后专职写作。共创作短篇300多篇,轰动一时,如《麦琪的礼物》《警察与赞美诗》等,被公认为短篇名手。

汉姆生①

他像哈代一样执着一样厚重,凭着对那片土地的感激打动了一代又一代的读者;他的魅力同样不会随着风气的变换而失掉。《大地的成长》是按照古老秩序排列构筑的,也是展示一种古老的情感。人们会在一些最基本的发现上长久地驻留,从中找到一些未曾变更过的感念。这就是永恒的诗意。

随着时间的推移,他的作品像他着力描述的土地一样,不断有新的东西滋长出来。他确立的一切:情感、故事、人物,比其他那些机智灵巧的作家要持久得多。

任何时候,那些擅长于讲叙老故事和"平淡"故事的人,都往往蕴藏着强大的力量。

艾略特②

他在众多的诗人中总是独占一份光荣。他的超人的气

---

① 汉姆生(1859—1952),挪威作家。生于贫苦农民家庭,15岁起独立谋生。曾两度流落美国。他提倡心理文学,代表作为《牧羊神》《大地的成长》等。1920年获诺贝尔文学奖。因拥护纳粹1945年被捕,后因病获释。

② 艾略特(1888—1965),英国诗人、批评家。出生于美国。先祖是英国人,祖父创办华盛顿大学,后任校长。母亲是诗人。1914年起定居英国。代表作为《荒原》,是他的成名作,被誉为现代派诗歌的里程碑,还有《四个四重奏》,被认为是他创作的顶峰。1948年获诺贝尔文学奖。

魄、瑰丽斑驳的想象、芜杂而和谐的意绪,都让一代代人视为神奇并诠释不尽。他像一个独行大侠一样,风卷残云般地从大地上掠过,让后来人望而生畏。

重复他是非常危险的,也是不可能的。他写出了大气磅礴的《荒原》,又写出了《四个四重奏》。他的劳作和实现的结果向我们昭示了一个人到底能够做些什么,并让我们更加忠于理想。

怀　特①

他是澳洲的多产作家。他之前我们极少注意那块土地上的诗人。他那些大部头的书里,故事应有尽有,而且写得极为放肆。比如《风暴眼》等书,作者并不顾虑什么,甚至也不担心篇幅太长。结果它们真的有了这些倾向。

怀特很倔强,越是后来越显示了这样的性格。那些好的艺术家,在经历了一切之后,剩下的最后一件珍宝就是倔强。而那些没出息的所谓艺术家,只能越来越乖巧、越来越懂事。

---

① 怀特(1912—1990),澳大利亚小说家、剧作家。生于英国,二战中曾就职于情报部门。1948年回澳大利亚定居。其成名作是小说《人类之树》,代表作为《风暴眼》。1973年获诺贝尔文学奖。

索 因 卡①

使我难忘的是他的剧本《森林舞蹈》。他的戏剧比他的小说《痴心与浊水》等更好。它以令人惊奇的丰富多彩、深深植根于民族沃土的非凡气质征服了我们。我因此感到,艺术家要倾听土地的声音必须屏息静气——当然对于读者也是这样。

许多单薄的作品主要就是没有传递出土地的声音。土地没有卑贱的,而感受土地的心灵却有卑劣和高贵之分。索因卡在那个戏剧中充分表达了他对一片陆地的敬重和面对生母般的情感。

他的作品如此频繁地出现鬼魂之类而不使人厌烦。这很奇怪。鬼魂的参与其实是一种假设和言喻,这在古今中外的作品中、特别是在拉美作家手中反复摩擦过,已经提不起人的胃口。索因卡却成功地找到了一条鬼魂来往的通道,所以它们出现得再多、再疯狂,都显得自然贴切。

---

① 索因卡(1934—),尼日利亚剧作家、诗人、小说家。在英国攻读文学,毕业后在伦敦皇家剧院从事戏剧工作,1960年回国。他把西方戏剧艺术与非洲传统音乐、舞蹈等结合在一起。后期作品表现手法荒诞。代表作为剧本《路》和长篇小说《痴心与浊水》。1986年获诺贝尔文学奖。

托马斯·曼①

这是一个使很多天才黯然失色的伟大作家。他在令人难以想象的青年时代就写出了皇皇巨著:《布登勃洛克一家》。后来这部书成了一些家族小说的楷模,是那个时候传下来的真正的经典。比起它来,那些现代主义的经典就显得太牵强、太寒酸了。它具有经典作品才有的庄重感和相应的规模、超人一等的气质。

更令人惊讶的是他后来一连串的杰作。一个强大的生命有着怎样的创造力、不倦的热情,在他身上得到了最充分的表现。

他甚至写出了《死于威尼斯》这样的作品,这进一步说明了他是一个超越时代的作家。作品中特异的品质与思维、无比纯粹的艺术格调,都能引发别人无穷的想象。

所有的现代主义作家几乎都有隔膜的痛苦、寂寞的孤单,以及由于历史的短浅和某种缺乏根柢造成的担心,总之都有着程度不同的苦恼——如果能够更多地听到上一个时代大师们的回声,那将会使他们感到特别的幸福。而《死于威尼斯》一篇正好满足了他们的期望。

---

① 托马斯·曼(1875—1955),德国作家。父亲为巨商,母亲有葡萄牙血统。26岁发表《布登勃洛克一家》,一举成名,被视为世界文学中的经典之作。二战前因反对纳粹,被迫流亡国外,1938年迁居美国。晚年移居瑞士。其代表作还有《魔山》。1929年获诺贝尔文学奖。

米斯特拉尔①

那些专注于某一种题材和主题的作家,极少获得她这样的地位和荣誉。她差不多一生只歌颂爱、爱情。人人都触摸得到的那个大主题在她这儿变得很实在又很新鲜。它甚至在一开始是非常具体的,这种具体性带来了单纯的美,并使她一直坚持到底,她于是获得了极大的成功。

一个作家在捕捉那些真实而具体的诗意时,并非是十分容易的。因为他们很快就会变质,成为很抽象很色彩化的东西。于是作家有可能因此而变得庸常。

米斯特拉尔难能可贵的,是她一直执着于看到感到哀过痛过也痴过的这种情感,一生不再忘怀。这种执着本身就是最好的诗。这种情感的性质属于人类亘古不变的那一部分,最受人尊重和厚待。

二十世纪末最缺乏的就是这种情感。反映到艺术上,就是这种艺术家的绝迹。现在开始的是一场更复杂更含混、更无所适从的痛苦。

---

① 米斯特拉尔(1889—1957),智利女诗人。早年独立谋生。14岁开始发表诗作。后从事教育工作,曾任中学校长。还曾任智利驻国外领事。代表作为诗集《有刺的树》。1945年获诺贝尔文学奖。

斯坦贝克①

现实主义创作在他那里接近了尾声。我们可以在他身边发现一大批杰出的现代艺术实践者,如帕索斯、海明威和斯泰因等。他们及所处的时代不可能不影响斯坦培克这样的实力派作家。我最喜欢的作品是他的《托蒂亚盆地》(一译《煎饼坪》)和《罐头厂街》。他的产生了极大反响的长篇《愤怒的葡萄》写得结实有力,沉郁凝重,囊括了广阔的社会生活场景,有扎扎实实和极其有趣的人物,有无可取代和没法忽视的当代性。这一切都使人不得不极大地重视。它特别像一部正剧,这也是让人看重的原因。

但前两个中篇深刻的幽默感、自然天成的流畅、对人性宛若无意的有力揭示,都最好地表现了他的才能和艺术倾向。他的其他作品很难达到这样的高度。这也使他稍稍脱离了现实主义,有了别一种色彩。

他是始终可信的、严谨的作家。即便到了《伊甸之东》和《烦恼的冬天》这样的阶段,也仍然保持着那种严肃工整;即便是写《战地随笔》这样的短章,也仍然充满了绝妙的思维。

---

① 斯坦贝克(1902—1968),美国作家。生于工厂主家庭。成年后修过路,丈量过田亩,捕过鱼。代表作为长篇小说《愤怒的葡萄》及中篇小说《托蒂亚盆地》《罐头厂街》《珍珠》等。1962年获诺贝尔文学奖。

舍伍德·安德森①

他在中国读者中最有影响的是《小城畸人》。这是一部互有连接的短篇小说集。它可以反复阅读,意味深长。这样精致而博远的作品,在文坛上从来少见。它甚至使人想到,一个作家一生只要写出一部这样的书,也就足以流传、足以无悔了。

时间的浪头大概难以淹没这本薄薄的书。

作为一个真正的艺术家,他从不放纵自己的情感。他似乎只对充分把握了的事物感兴趣,并对其再三品咂。他对人的探索达到了入迷的程度,始终专注于某种悟想。这些作品所表现出的洞察力,表达上的准确性,都让人吃惊。比起他的两个学生兼朋友——海明威和福克纳来,他显得节俭多了、谨慎多了,城府更深。《小城畸人》可以作为文学的教科书。而某些巨著却难以担当这样的重任。

---

① 舍伍德·安德森(1876—1941),美国作家。最著名的是他的短篇小说。代表作品为《小城畸人》(另译《俄亥俄州瓦恩思堡镇》)。其他作品还有《兄弟之死》《讲故事者的故事》等。海明威和福克纳都受过他的影响。

羞涩和温柔

不知道人们心目中的作家该有怎样的气质、怎样的形象。因为关于他们的一些想象包含了某种很浪漫的成分,是一种理想主义。我也有过类似的想象和期待。我期望作家们无比纯洁,英俊而且挺拔。他不应该有品质方面的大毛病,只有一点点属于个性化了的东西。他站立在人群中应该让凡眼一下就辨认出来,虽然他衣着朴素。

实际中的情形倒是另外一回事。我认识的、了解的作家不尽是那样或完全不是那样。这让我失望了吗?开始有点,后来就习惯了。有人会通达地说一句,说作家是一种职业,这个职业中必然也包括了形形色色的人。这个说法好像是成立的,但也有不好解释的地方。比如从大家都理解的"职业"的角度去看待作家,就可以商榷。

不是职业,又是什么?

源于生命和心灵的一种创造活动,一种沉思和神游,深入到一个辉煌绚丽的想象世界中去的,仅仅是一种职业吗?不,当然不够。作家是一个崇高的称号,它始终都具有超行当超职业的意味。

既然这样,那么作家们——我指那些真正的作家——就一定会有某些共通的特质,会有一种特别的印记,不管这一切存在于他身体的哪一部分。

我看到的作家有沉默的也有开朗的,有的风流倜傥,有的甚至有些猥琐。不过他们的内心世界呢?他们蕴藏起来的那一部分呢?让我们窥视一下吧。我渐渐发现了一部分人的没有来由的羞涩。尽管岁月中的一切似乎已经从外部把这些改变了、磨光了,我还是感到了那种时时流露的羞涩。由于羞涩,又促进了一个人的自尊。

另外,我还发现了温柔。不管一个人的阳刚之气多么足,他都有类似女性的温柔心地。他在以自己的薄薄身躯温暖着什么。这当然是一种爱心演化出来的,是一种天性。这种温柔有时是以相反的形式表现出来的,不过敏锐的人仍会察觉。他偶尔的暴躁与他一个时期的特别心境有关,你倒很难忘记了他的柔软心肠,他的宽容和体贴外物的悲凉心情。

这只是一种观察和体验,可能偏执得很。不过我的确看到它是存在的,因为我没有看到有什么例外的艺术家。一个艺术家甚至在脱离这些特征的同时,也在悄悄脱离他的艺术生涯。这难道还不让人深深地惊讶吗?

如果生硬地、粗暴地对待周围这个世界,就不是作家的方式。他总试图找到一种达成谅解的途径,时刻想寻找友谊。他总是感到自己孤立无援,所以他有常人难以理解的一片热情。他太热情了,总有点过分。有人不止一次告诉我,说那里有一个大作家,真大,他总是冷峻地思索着,总是在突然间指出一个真理。我总是怀疑。我觉得那是一种表演。

谁不思索？咱就不思索吗？不过你的思索不要老让别人看出来才好。他离开了一个真实的人的质朴，那种行为就近乎粗暴。这哪里还像一个艺术家？

我认识一个作家，他又黑又瘦，不善言辞，动不动就脸红。可是他的文章真好极了，犀利，一针见血。有个上年纪的好朋友去看过他，背后断言说：他可能有些才华，不过不"横溢"。当然我的这位老朋友错了。那个人的确是一个才华横溢的人。我的朋友犯的是以貌取人的错误，走进了俗见。因为社会生活中有些相当固定的见解，这些见解对人的制约特别大。可惜这些见解虽然十有八九是错误的或肤浅的，但你很难挣脱它。我听过那位作家的讲演，也是在大学里。那时他的反应就敏锐了，妙语如珠，因为他进入了一个艺术境界，已经真的激动了。

我的学生时期充满了对于艺术及艺术家的误解。这大大妨碍了我的进步。等我明白过来之后，一切都晚了。我不知道内向性往往是所有艺术的特质，而是往相反的方向去理解。好的艺术家，一般都是内向的。不内向的，总是个别的，总是一个人的某个时刻。我当时的心沉不下去，幻想又多又乱，好高骛远。我还远远没有学会从劳动的角度去看问题。

一个劳动者也可以是一个好的作家。他具有真正的劳动者的精神和气质：干起活来任劳任怨，一声不吭，力求把手中的活儿干好、干得别具一格。劳动是要花费力气的，是不能偷懒的，要从一点一滴做起，并且忍受长长的孤寂。你从其中获得的快乐别人不知道，你只有自己默默咀嚼一遍。那些浪漫气十足的艺术家也要经历这些劳动的全过程——他的艺术是浪漫的,可他的劳动一点也不浪漫,他的汗水从来都不少流。

艺术可以让人热血沸腾,可以使人狂热,可是制造这种艺术的人看起来倒比较冷静。他或许抽着烟斗,用一个黑乎乎的茶杯喝茶,捏紧笔杆一画一画写下去,半天才填满一篇格子。

一个人不是无缘无故地选择了艺术。当然,他有先天的素质,俗话说他有这个天才。不过你考察起一个人的经历,发现他们往往曲折,本身就像是一部书。生活常常把他们逼进困境,让他尴尬异常。这样的生活慢慢煎熬他,把他弄成一个特别自尊、特别能忍受、特别怯懦又特别勇敢的矛盾体。看起来,他反应迟钝,有时老长时间说不出一句切中要害的、一语中的的话来。其实这只是一方面。这是表示他的联想能力强,一瞬间想起了很多与眼前的题目有关的事物,他需要在头脑深处飞快地选择和权衡。这差不多成了习惯。所以从外部看上去,就有点像反应迟钝。而那些反应敏捷的人,往往只有一副简单的头脑,蛇走一条线,不会联想,不够丰富,遇到一个问号,答案脱口而出。他是一个机敏的人,也是一个机械的人。

考察一个人究竟怎样渐渐趋于内向是特别有意思的。有的原因很简单,还有些好笑。但不管怎样,也还是值得研究。这其中当然有遗传的因素,不过也有其他的原因。

我发现一个人在逆境中可以变得沉默寡言,可以变得深邃。外界的不可抗拒的压力使他不断地向内收缩，结果把一切都缩到了内心世界中去。而一般人就不是这样，他可以放松地将其溢在外表。一般人是无所顾忌的，一张口就是明白通畅的语言，像他的经历一样直爽。另外一种人就不是了，他要时刻准备应付挑剔和斥责——即便这些挑剔和斥责不存在了的时候，他仍要提防。这成了一种习惯。他哪怕说出的是明白无误的真理，也觉得会随时受到有力的诘难而不断地张望。好像他是个涉世不深的少年，像个少年一样怕羞，小心翼翼。他一点也不像个经多见广的人。

内向的人有时不善于做一呼百应的工作。他特别适合放到一个独立完成工作的岗位上，特别适合做个自由职业者。当然，他的世界同样是阔大的，不过不在外部，而只限定在内部。

你看，这一切特征不是正好属于一个艺术家吗？所以我说我一开始不理解艺术，主要是因为我不理解艺术家。

也有超出这种现象的，那就是一个人在经过长久的修养、漫长的生活之路以后，也可以极有力地克服掉一些心理障碍，回到一般人的外部状态。他可以强力地抑制掉一些不利于他面向外部生活的部分，坚强起来洒脱起来。如果到了这一阶段，那就要重新去看了。你会发现遇到了生活中一个真正的超人，一个强有力的人物，他可能是一个社会活动家，一个群众公认的领袖和智者。

不过即便在这个时候，你如果细心观察，仍可以看到他的强硬外表遮掩下的一丝羞怯，看到他的悲天悯人的心怀。没办法，他走进了一个世界，一生都努力走出来，结果一生也做不到。这就是艺术的魔力,是血统也是命。你必须从客观世界强加给一个人的屈辱和不幸、从人类生活当中的不公平去开始理解一个人。那会是最有用的、最实在的……

理解了作者再去理解作品,那就容易多了。你到最后总会弄明白,一部作品为什么可以写成这样而不写成那样,你会弄明白它的晦涩和烦琐来自哪里。一般讲一个作家的全部作品,包括他的书信和论文,所有的文字,都表现出惊人的一致性。他的作品构筑成一个无比宏大的世界,你走进去,才会发现它有无限的曲折。那是他的思想和情感挡起的屏障。他充满了自身矛盾,他的一致性之中恰恰也表现了这种矛盾。

读作品一目十行,那等于白费工夫。因为你想捕捉一个人思维的痕迹,进入他的想象的空间,所以不可能那么轻松。它甚至一开始让你觉得不知所云,觉得烦腻。这些文字往往不是明快晓畅的,而是处处表现了一种小心翼翼的回避,使你一次次地糊涂起来。

他会多情地谈论他所感到的、看到的一切,所以他不可能一掠而过地跳进你所需要的情节。他对所有事物都细心地观察过了、揣摩过了,情感介入很深。他的叙述细致入微。这与一般的不简洁不凝练毫不相干。你初读它会感到不能忍受,但总会忍受下来。

他因为要回避很多东西,所以你在阅读中常常觉得不能尽兴。其中当然也包含了禁忌。他不乐于谈论事物的有些方面,起码是不愿以别人惯用的口吻和方式。作品中一再地表现出一种吞吞吐吐、欲言又止的意味,这就是回避的结果。这种回避的价值,就是展示了一个人的内心世界,体现了一种独特的性格魅力。他的拘谨是显而易见的,他丝毫也不打算遮掩这一点。他的全部作品,不论哪一章哪一节有多么泼辣,总体上看也还是像作家本人一样。这里面没有矫情,没有牵强附会,而是一个真实有力的生命的自然而然。

有些作品写得明朗而空洞,一层力量都如数地浮在了表面,有的甚至有些声嘶力竭。这样的作品不让人喜欢。因为它无论如何构不成一个艺术世界,不具有那种内向性。这是很多作品的共同特点。至于那些情节作品、故意催人泪下的作品,都常常会是粗疏的。因为它们没有隐隐的不安和娓娓道来的叙说意味,没有一种艺术的幽然色彩。

这种作品的气质恰恰与我们所理解的艺术家的气质相异。如果我们确立了一个大致的原则,我们就不会满足那种作品。带着这种有色眼镜去看作品也许是危险的、粗暴的、不近人情的,但你纵观文学史,纵观人类艺术史,就不能不承认它大致还是有益的准确的,近乎一个常识。

有一次我读了一部作品,第一遍喜欢一点,回味了一会儿才觉得有些扫兴。再读第二遍,简直有些讨厌它。我觉得它太自以为是、太肯定、太武断,什么都被它简化了疏漏了——我由这本书又自然而然地想到了作者本人,那个我素不相识的异国人。我想他是一个骄傲的人、自大的人,一个愿意先入为主的人。而他又有一定的才华,有艺术的修养,能把这些相对粗浅的东西运用艺术技能连贯起来。所以这部作品一开始也容易打动人,好接触。因为它的外壳太薄。

读作品必然想到作者。每部作品的背后都有一个面孔。

我看到,现在有才能的人太多了,而真正运用才能做出成功事业的人倒越来越少了。这好像是矛盾的。其实这又合乎情理。看上去的才能都是浮在表面的,而真正的才能总是沉在深层的。所以看上去有才能的人越来越多,就不是好兆头。

一个人只要记住了一些书本理论,并且又毫无遮拦地说出来,看上去就有条理、有才华。书本理论比起你脚踏的土壤,再复杂也是简单的。一个人被沉重的生活折腾过来折腾过去,他就不会是一个善于背诵书本的人。他的疑虑重重让你感到厌烦,但你得承认他有深度也有力量。

我认识一个博学的人。他在青年时期出口成章——人家都这样对我说。他在人多的场合具有极大的演讲能力,而且声音洪亮。可是他现在却没有多少言词,吞吞吐吐。总之,他是个相当拙讷的人,他甚至有点不好意思。我如果不是听人讲过他的历史,还会以为他从来就这样呢!看来他这些年背向着外部世界,大踏步地前进了。他进入的内心世界越广大,他看上去也就越笨拙和迟钝了。当然,他是一个作家,他的作品我十分喜欢。我亲眼见过他多么脆弱地生活着,他的脆弱与极大的名声有些不相称……他真的脆弱吗?你稍稍深入研究一下,就会发现他具有真正的勇敢。你怎么理解他?他的柔软的性情、小心翼翼的举止,这一切都是怎么变成的?他经历了什么可怕的事情?这都需要从头问起。有一点是可以肯定的,他是一个好人,一个不折不扣的好人。他热爱小动物,与植物也互通心语,显而易见,他将老成一个可爱的善良的老人。

相反,一些没有做出什么贡献、小有得手的人,在生活中倒处处表现得刚勇泼辣,好像什么都不在话下,喘气都是硬的。不用说,这是有知之前的无知,是不足为训的。生活有可能接下去教会他们什么,也许永远也教不会了。因为你还得想到人本来就该是各种各样的,想到人性中不屈从于教化和诱导的那一部分。

比较起来,这种人更少一些同情心,很难商量事情。他们装成了信心十足的样子,很少怀疑自己,生硬而且冷漠。他们欣赏指挥士兵的将军,幻想着所向披靡的机会。有时他们真的让人感到是果决而有才华的人。可惜你观察下去,就会发现他们的真面目:一个毫无创造能力的、循规蹈矩的平庸的人。那一切只是一种外部色彩,是伪装。他们远不是真切质朴的人,不愿意面对真实的客观世界——一个人对于一个世界总是微不足道的,人的迷惘和恐惧有时是必然的、不由自主的。

一个人有了复杂的阅历,才会更多地认识世界,而认识了世界,才会真正地看到自己的渺小。他怀着弱小的孤立无援的真实无误的感觉走向未来的生活,是完全正常的。所以他懂得了生命之间互相维护的重要,对一草一木、对一切的动物,都充满了爱怜之心。他常常把深深的情感寄托到周围的事物上,为一株艳丽的花、一棵挺拔的树而激动。多么好,多么值得珍惜,因为这是生命,是这个世界上最宝贵也最容易摧折的东西。他觉得自己也需要关怀和维护。他知道一个人的力量是微不足道的,所以想团结所有的人、所有的生命。

他仇视那些粗暴和残忍的东西。他知道什么是敌人,什么给人以屈辱。他自觉地站在了一个立场上。假使世界上所有的人都妥协了,只剩下了一个,那么这个人就会是他。他经历过,他爱过,他深深地知道要做些什么。只有这时候你才能看到他的满脸冷峻,看到激烈的情绪使其双手颤抖。可是谁也别想让他盲目跟从。他像一个孤儿来到了人间,衣衫上扑满了秋风。

你可以看到很多没有选择艺术的艺术家。而真正的艺术家,只一眼你就可以看到那个显眼的徽章。那就是他的多情和善良、他的内在的恬静和热烈。尽管他很可能在捡拾羊粪,放牧牛羊,可他品质上是一个诗人。他没有一行一行写下诗句,可他却带领着一群一群洁白的小羊。小羊围着他,与之紧紧相依。你跟随他走遍草原,他可以给你讲一个催人泪下的关于母亲和儿子的故事。他的脸被风吹糙了,可那也遮不住腼腆。他为什么害羞?一个过惯了辛苦、接触过无数生人的老汉为什么还要不好意思?这一类人何曾相识!

我不知见过多少这样的人。我从来都把他们视为艺术家的同类。

反过来,你也可以发现很多根本不是什么诗人的人,安然地在白纸上涂来涂去。他们精明得很,很懂得利害关系,一心想着乞来的荣誉。他们有同情心吗?是一副软心肠吗?他们真的为大自然激动过吗?他们曾经产生过怜悯吗?我永远表示怀疑。因为做不成其他事情才来涂纸,这是最无聊的。而诗人首先是个好的劳动者,他可以去做一切方式的劳动而不至厌恶。艺术家必然是勤劳的人,他生活的中心内容只有一个劳动。而那些伪艺术家一旦获得了什么,就再也不愿过多地流汗水了。他觉得劳动是下等人的事情,是耻辱。他根本不理解劳动才是永恒的诗意。

你大概经常遇到被繁重的劳动弄得十分瘦削的人,他们已经没有工夫说俏皮话了。这些人头上蒙着灰尘,皮肤粗黑,由于常年埋在一种事情里而显得缺少见识。他们没有时间东跑西串,听不到什么新奇的事情。他们干起活来十分专注,尤其不是夸夸其谈的人。说起关于劳动的事情,才有些经验之谈,但用语极其朴实。他们说得缓慢而琐碎,甚至不够条理。不过你慢慢倾听下去,总会听出真正的道理。

好像他们已被这种劳动弄得迟钝了似的。其实他们是沿着一个方向走得太远,已经不能四下里张望了。你只要沿着他前进的方向去询问,就会发现他是这个世界上最博学的人。他的心都用在一处,他的目光都聚在一方,看上去也就有些愚蠢。当然这是地地道道的误解,因为劳动者没有愚蠢的。

任何劳动都联结着一个广阔的世界,一个人如果可以深刻地阐述一种劳动,那么他就阐述了整个世界。与此相反的是,有些人总想分析和描述整个世界,到头来却没有准确地道出一种事物。这真是让人警醒的事情。

那些活络机灵的眼睛和光亮的面庞,都是没经历长久劳动的缘故。那不是天生丽质。可是在现实生活中,人们很容易就被一种表面现象所迷惑。人们就像误解一般的劳动者一样,一次又一次地去误解艺术家。他们不理解艺术,其实首先是从不理解艺术家开始的。那些把自己的一生贡献给文学的作家们,他们正是因为长久地沉迷于一种劳动而变得少言寡语。这里虽然也不排斥另一类型的作家,但实际上的另一种类型又在哪里?他们又怎么会始终地开朗活泼、面无愧色呢?这个谜由谁来解呢?他们是心安理得的艺术家吗?是在自己的世界里痴迷忘返的艺术家吗?我不知道。

我太熟悉在艺术之途上走了一辈子,到后来慢慢衰老也慢慢沉静下来的可敬的老人了。他们后来已经十分坦然与和善了,真正地与世无争。他们的骨节僵硬的手还是让人感到温暖和柔软,还是那么善于安抚别人。他们没有进入尾声的怨艾和急躁,而是微笑着看待一切。这就是一个成熟的、真正的、纯洁的艺术家的结局。这难道不是像镜子一样清晰地映照着一个人生吗?这是不能掺假的。

我想,这个老人在特别年轻的时候失去了欢蹦跳跃的机会和权利,以至于深深地伤害了他。后来他成熟了,一种性格开始稳定也开始完美,生活的奥秘向他不断展示,他已经不必像个孩子那样把喜怒哀乐挂在脸上了。至于到了晚年,他早已把心中积存的各种压抑尽情地宣泄了,早已痛痛快快地驰骋过了,这时候带来的是身心的放松,是无私无欲的怡然心境。

至此我们可以对比一下不同的人接近生命终点的情景。这会非常有意思。种种差异是特别明显的。或微笑地迎接,或力不从心。有的嫉妒,有的宽容。有的愈加狂躁,有的趋于平静。一个勤劳的人知道一生能做些什么、已经做成了什么,尽了自己的职分,于是也就感到了安慰。与此相反的是掠夺和索取,是蒙骗和乞求,他最后绝对不会安宁。私欲越多越不容易满足,必然不会善罢甘休。

我们研究一个作家,过去很少从劳动的角度去进行。其实日复一日的、不间断的劳动的确可以改变一个人的秉性。只要这种劳动不是强加于人的,不是超负荷高强度的,那么它就可以使人健康。真正健康的人总是淳朴的。他给人的感觉是持重、谨慎,很能容忍。这一切特征难道不是一个好的作家也应该具备的吗?

童年对人的一生影响很大。那时候外部世界对他的刺激,常常在心灵里留下永不磨灭的痕迹。差不多所有成功的艺术家,都在童年有过曲折的经历,很早就走入了充满磨难的人生之途。这一切让他咀嚼不完。无论他将来发生了什么,无论这一段经历在他全部的生活中占据多么微小的比例,总也难以忘怀。童年真正塑造了一个人的灵魂,染上了永不褪脱的颜色。

你能从中外艺术家中举出无数例子,在此完全可以省略了。不过你不可忘记那些例子,而要从中不断思索,多少体味一下一个人在那种境况下的感觉。一个人如果念念不忘那种感觉,就会设法去安慰所有的人——他有个不大不小的误解,认为所有人都是值得爱抚和照料的。当然他也很快醒悟过来,知道不需要这样,可那种误解是深深连在童年的根上,所以他一时也摆脱不掉。

昨天的呵斥还记忆犹新,他再也不会去粗暴地对待别人,不会损伤一个无辜的人。他特别容易将心比心,推己及人,懂得体贴那些陌生的人。他动不动就会想到过去,想到他曾经耳闻目睹的场景。他往往长久地、不由自主地处于思索的状态。所以放声言说的时间也就相对减少。一旦把自己想过的东西说出来,他会觉得不及想过的广度和深度的十分之一。于是他为自己的表达能力而深感愧疚。久而久之,他倒不愿意轻易将所思所想表述出来,因为这往往歪曲和误解了自己。自尊心越来越强,任何歪曲都不能容忍。但生活总需要他公开一些什么,总需要他的表达,于是他就一再地呈现出一种羞涩不安的情状。他自觉地分担了很多人的责任,以至于属于人类的共同弱点和不幸,都可以引起他的自责。这种种奇怪的迹象,都可以从童年找到根据。所有这样的人,都具有艺术家的特质,无论他从事什么。

当然,也许有人虽有上述特征,却没有那样的童年。我想,那一切特征只是外部世界对一个人的童年构成刺激,反射到内部世界才形成的。也许看上去一个人的童年经历平平常常,但他自己却有永生不忘的感触。比如那些不为人知的细枝末节,比如仅仅是一个场景甚或不经意的一瞥,都有可能造成长久的后果。这些也许十分偶然地发生了,但对于有的人却极其重要。它不一定从哪一方面刺中了他,他自己清清楚楚地记住他受伤了。接下去是对伤口的悉心照料,或欣喜或恐惧或耿耿于怀。所以,我们不能仅仅从外部去查看一个人的经历。

有人天生就易于体察外物,比常人敏感。童年的东西,一开始就在他的心灵上被放大了。不管周围的人多么小心地爱护着一个儿童,这个儿童心中到底留下了什么映象,你还是不得而知。

把一种事物搞颠倒了是经常发生的。比如我们就常常把健康视为不健康,把荒谬视为真理。在艺术领域里,对于艺术家和艺术品的理解也同样是这样。庸常的作品往往更容易被认可,而博大精深的、真正有内容的东西却长久地被忽略。一部作品的背后站立着一个人,作品与人总是一致的。好作品无论有怎样激昂的章节,整个地看也还是谦逊的、不动声色的。它好像根本就没有想过被误解的尴尬,好像一个与世隔绝的人在口念手写,旁若无人。这样的作品所洋溢出的精神气质,是我深深赞许的。

有的作品尽管也曾激动过我,但那里面隐含着的粗暴成分同时也伤害了我。有人可能说它的粗暴又不是针对你的。可我要说的是,所有的粗暴都可以认为是针对我和你的。他没有理由这样,因为他是一个艺术家。他应该和善,应该充满同情。因为所有花费时间来读你的书的人,十有八九需要这些。

至于那些流露着伪善和狂妄的作品,这里就更不值一提了……从作品到人,再从人到作品,我们就是这样地分析问题,这样地寻找感觉,汇合着经验,确立着原则。

当然,我们并不轻易指出哪些算是伪作,但我们却可以经常地赞叹,向那些终其一生、为艺术倾尽心力的人表示我们由衷的景仰。我们更多的时候不发一言,可是我们内心里知道该服从什么、钦敬什么。一切都可以在默默之间去完成,让其永远伴随着我们的劳动。创作事业的甘苦得失是难以言说的,这也正好留给了不善言说的人去经营。这个工作对于他们来说,不存在什么失败。因为只要不停止,就是一种愉快,就是一种目的。

我认为要从事艺术,不如首先确立你的原则。要寻找艺术,不如先寻找为艺术的那种人生。我为什么要一再地谈论这个?因为我所看到的往往都是相反的做法,并且早已对理解艺术和传播艺术构成了危害。如果社会上一种积习太久,慢慢俗化,形成了风气,比什么都可怕。

人人都有理解和选择的自由。但是你必须说出最真实的感觉。我这里只是说了我对艺术和艺术家的理解——这都是时常袭上心头的。我觉得在我们这个世界上,那些由于各种原因忍受着创痛,维护着人类健康的人,是最为尊贵的。他们有自己的生活方式和习惯,正像他们有自己的才华和勇气一样。我们应该理解他们,并进而指出他们这种方式的意义。如果一个人总要寻找同类的话,那么我希望我和我的朋友们都能走进他们的行列。在这个队伍中,你会始终听到互相关切的问候的声音,看到彼此伸出的扶助之手。他们行动多于言辞,善于理解,也善于创造。他们更多的时间沉浸于一种创造和幻想的激动之中。由于怕打扰了别人,有时说话十分轻微,有时只是做个手势。但他们从不出卖原则,也从不放弃自尊。归入了这一类,不一定就是个艺术家;但不归于这一类,就永远也不会是个艺术家。

世纪梦想

一

我希望进入的新世纪,是中国人的一个冷静的世纪。我害怕一窝蜂地学美国、追时髦。新成长的一代应该是热爱中华文化、吸取其伟大精华的一代,不然就没有希望。商业扩张主义、封建专制主义,分别是洋野蛮和土野蛮。我们的真正的幸福,有赖于我们亲手去打造一个知书达理的社会。

摆在我们面前的起码有两大难题:自然环境和人文环境。我们要设法阻止它们的继续恶化。城市如果要充当人类日常生活的向导和榜样,那么就要有起码的优雅细腻。现在粗鲁的城市太多,不安全的城市太多。无论是城市和乡村,设法让更多的人有自己的读书生活,有衣食之怡,比培养少数粗鄙的暴发户要有意义得多。

新的世纪,人应该更多一些怜悯之心。看到一些人小小年纪心肠就很硬,我非常害怕。让人的心肠变得越来越硬的年代,是需要提防和警醒的。对于整整一个世纪、对于全世界,这十几亿人的心灵的性质,将是至关重要的。

二

在物质主义盛行的时期,人在精神上会有一种漂泊感。这绝不是一般手段所能安慰的。作为一个中国人,我从不认为言必称西方和西方文化,就会在精神上得到疗救。我们的精神的居所的主建材料,无论愿意与否,也仍然还应是以儒学为核心的中华文化。

儒学当中有糟粕,但即便是她的精华部分,也不见得让人愉快。中华文化的收敛功能,能够让我们的世界持续下去。封建专制和唯利是图的商业扩张主义,既是土野蛮和洋野蛮,就足以从根上毁掉我们,最后让我们无家可归。

鲁迅先生当年从封建礼教当中看出了"吃人"二字;而今天我们从西方消费至上文化与中国封建糟粕的结合中,看到的又会是什么?鲁迅先生当年喊出了"救救孩子",而我们今天的孩子是什么状况?

我们对于家园的要求既不过分也不奢华,我们仅仅要求这个社会起码是适合大多数人居住的、有安全感的和知书达理的。

三

高科技给我们的生活带来了诸多方便,也带来了更多的问题。如果人类把所有的宝都押在技术上,那就太可怕了。技术把情感代替了,这就非常危险。技术的发达与伦理的高度,它们应该是平衡的。现在的世界完全失去了这个平衡。

现在的问题是人的伦理高度不够,技术主义占了上风。而我们人类历史上,比较而言,科学技术总是能够有效地得到积累;社科成果,道德伦理范畴的东西,却从来得不到这种积累。

一个没有头脑的高科技社会是地狱,而不是天堂。

世界上丧失了诗的想象、浪漫情怀,没有了人的那种非常柔和的心肠——它的有力介入,这样的社会哪里会有什么幸福,可能连生存下去都成问题。

人类不仅要有生存的权利,还要有生存下去的权利。

科技把人发现世界的能力局限化、浅表化和简单化了。人的感悟能力一旦被技术压迫,技术就走向了反面。只有人非常冷静地对待科技时,科技才会成为人类破除愚昧的辅助武器。现代科技主义也是一种蒙昧主义。

我对高科技的热情,是因为我看到了它帮助人类战胜疾病,对外部空间的开拓,等等。我对它的怀疑,是因为有人对其产生了过分的寄托和希望,这总有一天会带来灾难性的后果,无法控制。比如网络垃圾无法清扫,核威胁鲠在心头,电视衍生的大面积低俗文化——举不胜举。

越来越多的人成为现代科技的受害者,这如同越来越多的人成为它的受惠者一样。这迫使一部分人产生了过激行为,如许多家庭让孩子从根上拒绝电视和网络之类。

但是高科技的恩惠和恶果还潜藏在蔬菜粮食等一切食物中,人总不能拒绝吃饭吧。如果说高科技让人类在毁灭中前进,那么毁灭得太快了怎么办?这个问题总得回答吧。

美国的科技高度发达一路领先,可它排放的温室气体占世界总排放量的四分之一,在世界上所有重要国家中,唯有它公开宣称不遵守"京都议定书"——这样的"高科技综合症"不见鬼去,人类就得见鬼。

有人眼里只有应用技术。这种观念的结果就是人类社会管理全面走向非科学化,最后弄得治安恶化,资不抵债:所有收入加起来还抵不上环境污染造成的危害。

真正的社会整体化科学思维大概是:社会科学第一,理论科学次之,应用科学再次之。没有社科工作者,特别是大量艺术家、诗人来平衡这个社会强大的技术主义,我们的民族就会跟随西方,盲目走进一场危险的现代游戏中。

品咂时光的声音

枕草子

这是多么有名的散文。清少纳言,宫内小女官,作者。她是天武天皇的十代孙。由于当时没有录音、录像一类技术,我们对遥远的过去只有依赖文字去理解和感受了。然而这种感受是微妙的,需要感受者有相当的能力,有对于文字的敏感,特别是对于另一个时空的悟想能力。阅读需要会意,会意这存留于墨色的一颦一笑、一嗔一悦、一情一景。文字之细腻纤弱,宛如丝线者,往往出于女性之手。

女性之中的女性,大约要数清少纳言一类。当年,像枕头那么高的一沓好纸就能引起她的写作欲,于是她就想把这沓纸一点点写满。我们可以想象她那时的心气高远,并想象她的字迹也是好看的,而且对自己的记叙也是小有得意的。

多么琐屑的文字。她真是耐烦。不耐烦就没有了这样的贵族文学。下等人的文学是粗放的,有时甚至需要一点猥亵和血腥。清少纳言的文字当然是属于上等人的。她是皇宫里的女官,自有自己的雅趣。弱不禁风的人和文,清淡,寂寞,多情,也有很多无聊。

在无聊中吟唱,不停地吟唱,这也是人生的一种功夫。

对她和她们来说,最主要的事情就是宫中一些人的心情和消息。还有似淡还浓的爱情。在宫中,给她们的一剂猛药就是爱情。她们在爱情的边缘徘徊的痕迹,就是这些文字,是隐而不彰的心路。

她们常常从中发现一些针头线脑的小事。这些小事因为极为有心的人才能拾起,所以也成了深刻见地的一部分。应对俳句之类,竟也成了大事。那些歌在今天看来是何等简单。可是这些歌中有那么多清纯迷人的东西,以至于会让人神往和迷惑起来。

当然,离开了一个国度的情与境,特别是她们的情与境,我们无法完全理解和体味这些歌。和歌,俳句,真是一些古怪之物,它比日本清酒更清。

如果说我们对文字的造诣本身着迷,还不如说是对于那时的皇宫生活,那时的一位宫女的情怀和见闻更感兴趣。出土文物的价值是无形的,无法用更通俗明了的语言解说。我们在回避一笔大到不可以估价的无形资产,比如这些很早以前的文字。

方 丈 记

鸭长明失意以后就出家了。这与中国过去的情形十分相似。人在两极中生活,大起大落,繁华之后的冷寂无边,也真是抵达了一种艺术境界。然而实践起来并不容易,所以身在其中的人就有了许多常人没有的感慨。

那一茬日本智识者与今天稍有不同的,就是他们更为依赖中国文化。离开了汉诗和典籍简直不行,那会在精神上无法腾挪。博尔赫斯说到日本文化和中国文化的关系时,用了一句妙比:中国文化就在一边,它是日本文化的守护神。只有读老一代日本文学家,特别是智识阶层的文字,才会深刻体味这种"保护神"到底意味着什么、它的深意。

但是中国文化移植于岛国,经过了千年的海风吹拂,其中有了更多的盐味。

被中国改造过的佛教思想,还有庄儒思想,在古代日本文人心灵中有不可移动的位置。他们的观念中常常有"无常"和"空",如同不停地读《红楼梦》中的那首《好了歌》一般。鸭长明记载了日本历史上一些有名的灾变,其惨烈令人惊怵。可是他也指出:经过了一些时日,也就是这样的大灾变,竟然在许多人的心目中了无痕迹,人们又照旧玩嬉享乐。他则是一个灾难的顽固指认者,所以他可以是智者和思想者。

他描述自己时下的状态和心境为:"知己知世,无所求,无所奔,只希望静,以无愁为乐。"如果这是一种能够达到的境界,当然是神仙一样的生活。可惜这往往是不得已而为之的,是一种特殊境遇下的悟想和慨叹,虽然难得,但其中总会打一些折扣罢。

蓑衣和拐杖、草庐,是这些与独居者为伴。他的无愁楚无欲望,是自我流放的必需,而不太像得意的清唱。这一点中国与岛国的士大夫们是一样的,即被迫告别奢华者居多。寄情于山水,这时候既有机会,又有这种相濡以沫的体会和情感。

一位六十多岁的老人独居山中,与猿为友,这当然是走得够远的了。不仅如此,人们不可忘记的还有他先前的荣耀,于是也就更加增添了一些神秘。独居人的所有文字都简朴至极,没有什么修饰的兴致,极像顺手抓来的几把山土和草木,于是也就有了背向文章的平淡之美。

只是很少的一点文字留在这里,却可以长存。这其实仅是时光的秘密。人们还是不忍将那段时光抹掉。时光是属于所有人的,时光在文字里留下来,供后来人去品咂和玩味。

如果时光保存在一个人的无数文字中,那么只会有其中很少的一部分被珍视。

阴翳礼赞

没人会拥有如此独特的审美视角——可能除非是日本文人。谷崎润一郎对中国文化入迷,一生都不能走出这种迷恋。他是岛国上中国文化和艺术的真正意义上的专家,更是东方文明本质上的传承者和诠释者。在趣味上他是老派人物,是最懂得保存和玩味的那一类顽固者。然而无论是从历史还是从现实上看,往往也只有他这样的人才更懂得品咂生活,并且让我们听到品咂的声音。

他居然在礼赞"阴翳"——一种昏暗不明之美,即一种暧昧之美。这确乎是日本人才独有的趣味。后来的日本作家多次谈到了日本的暧昧,今天看来真的不无道理。他反复玩味日本过去居室中模糊幽暗的情致,并且谈得十分入情入理。当年的日本还是无电时期,夜里照明要依赖灯烛,这在他看来是美得以保全的物质条件。而日本传统美的一部分,也随着电灯时代的到来而白白丧失了一大部分。

其实不仅是日本,就是中国,也有类似的趣味存在。那些轩敞明亮之所有时真的缺少一点情致,而需要将光线遮挡一下才更好。灯笼蜡烛之光的魅力并非全是来自怀旧,而实在是那种光色和润泽安慰人心。强烈的光会使人厌烦,而平和的光一般是反射光,是人类在长达几万年的时间里才适应的光源。

日本作家的细致口味却不是这个物质时代的人所能理解的。而我认为真正留意的生命正是应该如此的。一片秋叶,一只碗,一滴露,都有真切动人的心思在里面,而且绝无造作,这不能不说是一种生命的品质。

作者对于中国文化的留恋,既有强烈的民族性在里面,又早已模糊了民族性。因为中国文化是一种大陆文化,却也化为了那个岛国的母体文化,是同属于一个根柢的部分。所以那个时期的日本智识阶层人人能背汉诗,几乎没有一个博学之士不是精通汉文的。这种精细的寻思捕捉能力,其实与中国的佛道精神是相通的、一致的。

和泉式部日记

她们记录之下的生活竟是我们这个时代真正陌生的东西。也正是如此才让人分外企望和想象。那是怎样的一个时代,怎样的一种岁月,怎样的一群有闲之人和不能安分的灵魂。也唯有她们这群宫中女子才能做这样的事:与亲王、与贵族子弟以纸传情,由一个信差送来送去。那种等待和苦熬之情,一次次泄露出来。女子的羞涩和无奈,她们动荡如大海又隐藏如平湖的情状,真是让人怜惜。

这是一首爱的长歌,绵绵无尽,火烈尽藏于内,看上去当然无非是一个安然温煦的和服女子,其实怀揣了能够烧尽千顷荒原的生命之火。等待复等待,为背弃而忧,为漫漫长夜而苦。没有人能替代也没有人能倾诉的经历,更没有大声张扬的空间。一个王子贵族可以和数个这样的女子周旋,而女子却独自用情。那边是荒唐的空虚,这边是孤寂的清苦。

和泉式部较其他女子直爽许多也大胆许多。她没有那么多含蓄和暧昧。在她眼里,亲王清雅秀丽,十分迷人。"谈话中我不由自主地总是意识到亲王的美貌",就像那时的男男女女一样,他们在极特殊的时刻里也不忘吟唱一二首歌。那些歌词都是随口唱来的、最简易最普通的,然而却有一种清纯之美,淡淡的、长长的、缠缠绵绵,最后把两个人粘到一起。

这种爱情生活在全世界已经绝迹。现在都是用另一种方式表达出那种轰轰烈烈,有时还要伴以毒品和疯狂。可是我们沉醉在这些歌中,有时会享受到深刻的爱情之美和人性之美。我们还会偶尔涌起这样的想念:只有如此的生活才是人的生活啊。

我们在粗鄙中过得太久以致不知其鄙。我们是苟活的一个时代和一群人。真正精致的生活已经不被人认识,就像粗陋的汉堡包竟然把精美的烹饪艺术打败一样。

爱情生活是她们的全部,如果最终绝望了,也就只有一条去路:寺庙。王宫里的女官,往往是情场和官场里的人,她们青春已去,也就削发为尼。从一极走入另一极,从大爱走向无欲,这真是东方一绝。这种实际故事,在中国古代当然是绝不缺乏的,在中国古典小说中也多次出现。

她们即使是在爱情炽热之时,也常常要在通往寺庙的路上奔走。为了祈祷,为了平安,也为了一条隐隐的归路。

和泉式部没有写她的真正结局,所以我们不得而知。其他女子的结局都像和歌一样凄凉。这使我们牵挂作者,牵挂一个多情多爱的女子。

蜻蛉日记

她以这样的口气开头:"有一位女性无所依赖地度过了半生。"于是一段第三人称的哀婉情事便一章接一章地展开。写到后来,"我"字便出现了。男方被称为"那一位",这很像中国乡间的羞涩女子的口吻。与和泉式部不同的是,这一位女子的爱情就显得痛苦多了,聚少离多,因为她找到的是一个放浪男儿,仕途上一帆风顺,据她说此人"英俊过人",那官场上的模样远远看去真是令人羡慕,用她的话说是:"光彩照人"。可是我们知道,往往所有热恋中的人都不能准确地说出对方。

确实无误的只是她的男人不断地送给她哀伤,最后这哀伤简直变得无边无际。一副十分真切委婉的笔触,几笔就写出一个多情女子的寂寞有多么深。她每一次都要给男子送上一首歌,而对方每一次都要让人捎回一首歌作答。如果男方差人送歌来了,那么送信人一定会待在门外等她作答。

歌与歌的送还,是一个循环往复、一时没有穷尽的过程,也是一个情趣盎然的过程。今天看,这样的事情的发生真是无处理解、无可救药。日本的男男女女,这里是指宫廷里的这一拨人,真是有多得用不完的闲情逸致。他们受过良好的教育,穿着华丽的衣裳,能随口吟哦。爱情这种事在他们中间是经常发生的,大致是女子苦恋钟情,男子英俊潇洒然而薄情。我们在读这些美妙但也痛苦的故事时,有时难免生出天真的想法:究竟有什么办法能让这些男子变得稍稍规矩一些呢?

她只好住到寺中。这是实在无奈的选择,往往也成为最后的选择。可是这一次"那一位"却设法把她从山上迎下来,仍然给她日常的欢乐和痛苦。就这样,没有边际的消磨,等待,哀怨,泪水洒个不停。纤弱的女子,美丽的女子,后来最大的幸福和希望就是寄托在亲生的儿子身上。

她在这幸福中微笑着结束了自己的篇章,一丝长长的苦味却一直留下来。

紫式部日记

这就是写《源氏物语》的那个人。作者以不无得意的口吻引用"主上"的话,就是:"这一位是有才学之人。"她自幼熟悉汉文,遍读中国典籍,对白居易十分推崇。在古代日本女子散文中,从笔致的婉转多趣,从极为独特的表达能力上看,的确少有出其右者。许多论者将其与同时代的清少纳言并提,但现在看来,不说她那部高超的物语,仅有这部散文也显示了技高一筹。

极有趣的是,作者在这部随笔中也涉及清少纳言。"脸上露着自满,自以为了不起的人。总是摆出智多才高的样子,到处乱写汉字,可是仔细地一推敲,还是有许多不足之处。"这就是她对清少纳言的私议。她还说过更为刻薄的话:"像她那样时时想着自己要比别人优秀,又想要表现得比别人优秀的人,最终要被人看出破绽,结局也只能是越来越坏。"

她评价当时的女才子们,用语都是极可议论的,写到和泉式部:"曾与我交往过情趣高雅的书信。可是她也有让我难以尊重的一面。""在古歌的知识和作歌的理论方面,她还不够真正的咏歌人的资格。"说另一位擅长和歌的大人:"和歌并不是特别的出色。"

紫式部对于她人的预言是没有错的。但清少纳言晚年的寂寥和凄惨,不是因为其最终"被看出了破绽",更不是因为"到处乱写汉字",而是因为政治争斗:侍奉的主人政治上的失意。紫式部的结局也并不比清少纳言好到哪里。

多么可悲的才女之心。

紫式部的妙笔真是以一当十。她有赏读至美的情怀,有特别的玩味能力,多情而更会用情。她能从年长的道长(皇后的父亲)身上看出一种美,从小皇子的乳娘身上发现"这是一位很柔顺的美人儿"。她写中宫——皇后在小皇子出生前几天的样子:"仪态娴雅,掩饰着临产前的诸多不适,故作安详。"写她产后:"休息中的中宫妃面庞清瘦,带着些许疲劳,还看不出被尊为国母的尊严。比往日更加柔弱的美貌又年轻又惹人爱怜。""中宫妃美丽的肌肤娇嫩欲滴,飘柔的长发在休息时绾了上去,更增添了她的魅人姿色。"

值得一说的是她对于同是宫内服侍者的女官们的欣赏

之情。当年群女汇聚于皇后身边,必是同性的寂寥和赏识,并结有深深的友谊。她这样观察一个叫宰相君的女官的午睡:"头枕在砚台盒上,脸藏在衣袖下面,露出的额头柔美可爱,就像画上的公主一样。"一位叫大纳言君的宫女"是一位娇小的姝丽。白白美美,丰腴可爱……长长的秀发拖曳到地,比她自己的身长还要多出三寸。浓密的黑发滑落在衣裙上,美丽得天下无人可比"。写女官小少将君:"有一股说不清的优雅风情。娇弱之状恰如早春二月里的垂柳嫩枝。"女官大小辅"身材小巧,面容有当世之风"。"眉目生得紧凑,怎么看都是一位美人儿"。

最有意思的当是她与道长大人(皇后父亲)的交往。这位大人身居尊位,有闲且有趣,其多情可爱之态跃然纸上。比如作者写到:她正和一个宫女说话时,道长大人从外面进来,她就赶紧藏了,结果被大人捉住了袖子,老人非让她作一首歌才饶她。她作了,老人也作了一首。另一次写这位老人在女儿(皇后)那里看到了一部《源氏物语》,因当时正巧就在梅树下,于是就写了一首歌给作者:"枝上青梅酸,诱人折枝繁。才女若青梅,酸色有人攀。"她看了马上回了一首:"青梅无人折,怎知味若何。未见来攀者,谁人誉酸色。"这一老一少的对答多么有情趣、有意味。更妙的是下边一节紧接着记叙:她夜里正睡时有人敲门,因害怕,没有开门,一直不出声地待到天明,早上却有人送来这样一首歌:"昨夜秧鸡啼,暗中声声急。泪敲真木门,心焦胜秧鸡。"她立刻写了一首返回:"昨夜秧鸡啼,敲门非秧鸡。若迎门外客,后悔来不及。"

我们于是猜测作者没有明言的敲门者。那必是一位可爱的、多情的、想必是年纪已经不小的男人了。作者曾经在敲门之事发生不久这样写到了皇上的岳父:"道长大人醉步出来……大人醺态可掬,脸色更加红润,灯火下映出的身姿光彩照人。好一位漂亮的公卿。"

更级日记

作者是在偏僻之地长大的,然而极其爱好物语。她甚至默默地跪着祷告:让我早一些去京都生活吧,听说那里有看不完的物语。当时她只有十岁多一点,却如此着迷于物语(小说)这一类东西。在十三岁这一年,她真的要随父亲去京都了。虽然她也是生于官宦人家,也在后来做了宫中女官,但实在是几个女散文作家中最清苦的一个。她的文字,有一种特别的哀伤透出来。而且她还有一种他人所不具备的意蕴,有多多少少的怪癖。

书中最有意思的是那个"竹枝寺"的故事。这个故事以及作者叙述的技巧,都高妙得很。

故事说一个边地小国的男子在皇宫中担任夜里点火取暖的卫士,有一天一边打扫庭院一边自语说:我们老家院里的大酒坛子总是一溜摆开,坛口上的葫芦瓢随风倒,东风倒向西,西风倒向东。今天呢,咱却在这里受这份苦,连酒坛和葫芦瓢也看不见了!这卫士自语时却被室内的公主听见了,她马上掀开玉帘说:你过来!他慌慌走过去,公主就说:你说的酒坛和瓢在哪?快带我去看!卫士只好背上她走了。谁知这一走就是七天七夜。

接下去最棒的一笔出现了:皇帝和皇后不见了公主,心急如火——有人禀报说:"那卫士背着一个很香的东西飞一样跑去了!"

再后面就是怎样寻找公主,公主怎样不归,皇帝于是封了卫士为边地王子,公主一生幸福,去世后豪华的宫殿改做了竹枝寺,等等。通篇皆妙,最妙的当是"一个很香的东西"这一句。无尽的滋味都在其中,它包括了朝与野、公主与平民,还有武士与娇女,这二者之间等等不可逾越之鸿沟在一瞬间消解的情状,以及由此产生的不可言说的幽默感。

卫士之憨、公主之稚,还有野人之勇猛、龙女之单纯,一切皆活灵活现。

如此妙笔不可能是一人之创作,而极有可能是一个民间传说。但由她如此一记,倒真是绚丽逼人。

她的文字总的来说是凄苦的:所记之事渐渐不那么让人欢欣了。由一个从小向往物语的天真烂漫的女子,到一个身边没有亲人的孤女,一个老大而缺少爱情的女子,这个过程是不那么轻松的。她的文笔也由轻快转向了滞重,有时还透出不忍卒读的悲苦。

当年,即她刚入京都进入宫中的日子,唯一的心愿简单明了,那仅是一个最好满足的愿望:多多地读一些物语,特别是要把以前没有机会全部读到的《源氏物语》读完——为此她竟然一次次祷告!文学竟能对一个女子构成这样的吸引,致命的吸引,这是多么可爱和美好的事情。

可是我们不得不在作者这样悲凄的句子中结束全书:"各自离散,旧居唯我一人,悲戚不安,耽于思虑,夜不能寐。"

徒 然 草

这是一些节俭然而又能尽兴的文字。随意记来,常有教训,偶尔让人有不适之感。如果是一位老人,饱经沧桑,这样的姿态就会得到原谅。可是现在的读者连这样的老人也不愿意原谅了。这只能算是读者的堕落。教训人也是一种个性和见解,只要有知,姿态并不重要。这就是我在读《徒然草》一书时泛起的感触。

一些美好的笑话、一些奇闻,更有一些经验、一些彻悟、一些厌世和悲凉之情,都囊括其中。见解广博,体会深刻,自信而风趣,所以极为好读和耐读。有一些记录和议论是难以让人忘却的。书中写到这样一件事:有一家居士生了个极美貌的女儿,于是许多人前来求婚。但是这个女儿只食栗子,其他东西一概不吃。父母这样拒绝求婚的人:"这样异样之人,不该嫁人。"就是这么一则短短的故事,戛然而止,却让人觉得趣味横生,并留下无穷的怀想和思索。

在那个岛国上为什么会有这样的女子呢?而且她是居士的孩子!我们会联想到一些高贵的不可思议的人,他们往往是不可接近的。但这只是想象,更多的是平庸者的矫饰和伪装,一旦切近了解之后反而感到厌恶。但也的确有寥寥的清纯异数,他们是生来的不凡和脱俗,但他们也往往不幸,因为不见容于世俗。这样的人一旦失去了强大的保护力,就会被恶俗吞食。

当然,只食栗子的女子是不会有的,顶多是偏嗜此物而已。但书中传递的是一种理想,一种强烈的反俗情绪。高高的树上结出的一种甘甜之果,以此为食,高人一等,出乎意料。这正像中国古代一些神仙之类只饮清露一样。

书中对于人的容貌与品性的关系,处世的庸常之相,还有一些微小的趣味方面的辨析,都说得极为透彻。在思想见地方面,在世界观、认识论方面,主要还是来自中国的佛儒。所以本书与其说是深刻,倒不如说是具体和有趣。几乎大部分的日本随笔和散文都有这个特征。它的风物、日常琐屑的记录,留给我们一些认识的知识,一些想象的依据,更有独特的岛国情调给人的微醺,这才是其重要价值所在。

奥州小道

松尾芭蕉的大名,其实主要是雅名。这些文字因为更早,所以也就更好。这是文字的一条历史逻辑,不是可以用一般的道理来解释的。古老的色泽,古老的韵致,它所拥有的一切构成的境界,已非今人所能抵达——不是能力,而是因为文运的流逝。世道以及人心对于文字的顾恋之情正在变化,人群普遍变得恍惚,越来越没有了真意存留,而只是自作聪明的敷衍塞责。对于美和真,对于人生的一些个性化探求的理解和尊重,包括一些由衷的向往,已经不复存在。

松尾芭蕉被日本人誉为"俳圣",一生几乎都在旅行,不与世俗混淆,称得上真正的特立独行者。他的行止大有中国魏晋之风,在今天的商业时代,我们会由于不解和惊愕而将其视为疯子和神仙各占一半的奇怪的混合体。他的弟子各色各样,因为老师的行为就是这般特异。

一般人将旅程看作必经的一段道路,从一地到另一地的空间穿越;或是为了赏心悦目,即所谓的旅游者。而在《奥州小道》的作者这儿却是把旅程升华到了无人能及的高度。这是一场漫长的修炼,是精神的再造,是借此远离世俗之见的道场,是潜隐不彰的一次次精气的吸纳。伴随这个过程的,有一种最好的精神操练和思绪记录,这就是俳句的写作,还有旅行笔记。于是留下来,成为供后人摩挲的美文。

俳句这种文学形式在今天的中国文人看来似乎有点"小儿科",因为它的简洁和短小,也因为它从唐诗中脱胎而出后的苍白。可是在真正的文学研究者那里,在有文学深悟力的人士那里,却绝不会看得这样简单。这其实是岛国的清韵,是东方的精神水晶。它是晶莹剔透的,既可把玩,又可唤起惊奇的一悚。简洁不等于简单,明朗也不等于直白。禅味厚蕴,似直还曲,可吟可书,实在是一种风雅文事。

芭蕉做俳句当然再合适也没有。他不可能长篇累牍地大写其"物语",不能做第二个紫式部;也不能没完没了地记录那么多宫廷屑琐,成为清少纳言那样的人物。生活的清风停留在日本文人的舌尖上,他们品咂的功夫优于大陆人士。无论是清苦时刻还是悲凉之日,他们都不忘细细品味,并小声地说出种种滋味。芭蕉的书是一点点凑起来的,后来人读到的是一沓一束,其实它们仅是行动之中的边边角角,散漫碎小。也正因为如此,才有了特别的丰富和深邃。

读日本老一代文人的诗与文,会想起中国的典籍。还会想到中国文化的大陆架怎样延伸,一直抵达东瀛。

北越雪谱

这是一位北国乡间文人关于雪的专门记叙,乡情浓郁,知识奇特,有着别样的魅力。一个一生专注于乡情乡事的"土著"所能写出的文字,才有这般不朽的性质。

作者讲日本北越地区的雪之奇异,一开始却大用特用中国的阴阳理论,既让人哑然失笑,又让人笑过之后深长思之,觉得于滑稽中包含了特别的深刻。一切都是阴阳,这就是中国古典哲学。它既可以用来解决万物玄机,怎么就不可以用来分析雪呢?

老一代的日本文人若要深刻不凡,有一条道路就是大谈中国的阴阳之道。有时谈到了一些日常事物,比如我们人人熟悉的雪,就显得极为有趣。作者谈论的口吻和姿态,以及方式,活活像一位学问满腹的名老中医。

开头一二篇文字即最津津有味谈大雪与阴阳的部分,可谓全书的精华。这些文字想把最通畅的事物讲得晦涩,又想把最晦涩的道理讲得通畅,既别别扭扭又顺顺当当,让人着迷。一位雪地雅士、乡绅,要讲出一段动人心弦的故乡奇闻了,于是拿出了惊人的汉学功底。

作者铃木牧之还十分善画,于是文中常有一些关于雪地事情的插图,一门心思为了讲个周到明白。他的图与文,在中国人看来真是受用,因为文化一脉;这些东西如果到了西洋人那里,必会让他们瞠目结舌。

这一幅幅大雪图会让中国北方人心领神会,因为他们全不陌生。不知中国东北的情形,只论山东东北部的胶东,于四十年前就有这样的盛雪。只是时过境迁,一切都不再出现了。巨大的雪标志了一个不凡季节的隆重声势,也是自然界的一个奇迹。现代人少有关于大雪的记忆,也少有关于大雨的记忆。其实这些有关自然的记忆与人类社会的记忆一样,都是非常珍贵的,可惜人们很容易就全部遗忘了。

书中还有一些猎熊、灾变、特产、掌故等等记录,乍一看脱离了"雪谱"之范围,实际上更是锦上添花。这是雪国丰富图景的重要组成部分。一些奇闻事迹真是非雪国而没有,可让现代都市人大饱眼福。有些故事多么悲伤,但作者仍在娓娓讲述。关于一些可爱动物的处境,比如被称为"义兽"的熊,作者说它是"百兽之王,猛而知义";接下去还写了一头白熊的憨态可爱,写了一则大熊救人的故事。作者写道:杀两三头一般的熊或杀一头老熊,整座大山一定会荒芜。

与此同时,书中也详细记录了一些猎人捕杀雪地大熊的过程,令人发指。

书中所写一些盲人急智、和尚风趣、北越土产,也增添了特殊的意绪,使人感到这是一部难得的民间文学。这样的书比起一般的虚构文字来,不知要胜出多少。

断肠亭记

读永井荷风的散文,让人想起二十世纪初出生的作家特有的一种情致,这里指东方作家——比如某些中国作家,他们风味相同。有些腻,烦琐,啰啰唆唆。可是他们在个人生活、个人情感方面比较直爽,基本上是不担心羞惭的。他们往往不加节制地描写女人的肌肤之类,不断发出"啊啊"的声音。那个时期的中国作家和日本作家不知是谁感染了谁,反正都有一种不可理解的多愁善感的劲儿。如果过分地阅读他们,就会误解文学,以为其大半特征可能就是这种烦琐和呻叫。鲁迅留学东洋,也是那个时期的作家,但他丝毫没有这种俗腻的气息。

就像中国的徐志摩一样,永井荷风也在巴黎待过,在西洋闯荡过,然后回国,在文章中不停地对照西洋事情。

不过他毕竟对生活有一些不凡的怪论,如他说:世上最变幻莫测的有三样——男人的花心、秋日的天空、政客的脸色。还说过:对都市自然风光损害最大的也有三样——浑身铜臭的资本家、没有常识的学生、发情期的野狗。

他喜欢"三"这个数字。谈到名胜古迹,他说引得万人拜谒的热闹或极为冷清各有三处;还说,艺术家的作品与名胜古迹的遭遇是一样的,再也没有比大众喜欢更能伤害作品的品位了。

他晚年的作品要好于中青年时期。这时他变得简洁了一些,可能是因为没有过多的力量絮叨了。他一直未变的是热爱自然风光,懂得品味都市的历史,能够真诚地怀旧和伤感。一般来说,那些不停地描写女性之美的人,许多时候也是十分热爱自然的人。他在一个城市里生活,常要一个人出门寻找好看的树和路,有时就为了记忆中的一个小酒馆而到处徘徊。

千曲川速写

岛崎藤村是日本文学史上极有名的作家,是著名的诗人和小说家。这本书是确立他写生派散文家地位的作品。

"我在青麦浓郁的清香中出发了",这是书中的一句话,写在比较靠前的地方,所以可视为全书由此出发。一种亲切的春天的气息扑面而来,那么安静和辽阔。在仅有一百多字的《天牛虫》一篇中,他开篇即写:"在山上,我经常遇见一位长着没有光泽的茶褐色头发的姑娘。"他极善于用一句朴素的、极为具体的事物引出一大片情致,这是高超的文学家才有的能力。例如:"我在这片土地上,曾遇见过野蛮的女人。"再如:"我们穿过村外的田地,走出刚长出新叶的白杨林。"——作者对生活中的一切感受极为敏感和新鲜,而且极为清新。在这里,清新是非常重要的,因为不清新,即没有了特别的淳朴和亲切。尤其是写乡间生活的作品,一切要像刚刚生出的草苗一样,带着嫩绿和青气才好。

他写牧人的生活,说他放工具的口袋叫"山猫";记载牧人的话:"牛角痒痒";还说:"听一听母牛的叫声,就可以知道(牛)是否来了月经。"我们在阅读中,就像作家本人一样,"穿过开着紫色木通花的山谷",心情有一种非同一般的舒畅感。

作家十分佩服西方大画家米勒,多次引用其言论。"自然界的一切,不管多么微小,都是有性格的。那里的壁炉,窗台上的书,在我看来都有伟大的性格"。"光亮的叶和暗影,使人激动、欢悦"。正因为这种认同,作家才写出了如此动人的文字。他真是从根本出发观察自然界的一切,其认真精神类似一个自然科学家。这一切再加上一份敏感多情的文学家的素质,也就成了一个非同凡响的艺术家。

他在当年曾经这样批评过日本民族,认为这个民族,"其国民性的缺点,是缺乏对自己的正确判断力和批判力";还说,对于此,"是青年需要思考和努力的"。

自然与人生

德富芦花后来定居在农村,自己建了房子,种了树木和庄稼。因为他以前几乎每隔五六年就要换一个住所,有一种漂泊感,所以这一次要定居下来。他定居不久,东京的一位绅士来访,看到这居所的简陋就流露出一种轻蔑。但与此相反的是,一位教徒来看了却非常感动。德富芦花喜欢田园,却不一定舍弃城市。这本来是一个简单的道理,可是在今天,在我们这儿就不是这样,别人一谈到乡间生活的必要和美,有人立刻就要嘲笑,说这是"城乡二元对立"。城乡各自都有自己的美和不足,为什么一定要对立呢?

德富芦花平时坐在窗前写文章、读书,一抬头就可以看到山上的白雪,这不是很美吗?无论是不是二元对立,他反正是看到白雪了。他还说,自己想用双手同时握住都市之味和田园之趣——有这样的一种"立场和欲望"。这使人感动。因为我们从中看到了一位智者的心情。人在这种两极化的视野之中,必有一个开阔的胸襟。

在一篇《都市逃亡手记》中,作者写了一个动人的故事。

一个男人在寻访了耶稣死去的遗迹和当时仍然健在的托尔斯泰的乡居，回到日本后总想找一个乡村居住下来："要有个家，最好是草屋，更希望有一小块地，能自由耕种。"夫妇俩就一路向西而行，好不容易来到了一条小河边，看到了一幢装着玻璃拉门的漂亮的小草屋，旁边一种叫满天星的树上挂满了美丽的红叶。一打听，这是个叫"粕谷"的地方，他们就在此定居下来。

德富芦花的文字淳朴而轻快。在《草叶的低语》中，他讲了一个被侮辱与被损害的故事。故事发生在中国大连，一个极短的故事，却曲折委婉，中间还有利刃逼颈那样的险峻时刻——妻子的不贞、富人的淫欲、男人的屈辱，都在这短小的故事中表达得淋漓尽致。作者是怎样开始这个故事的呢？没有那么多议论，也没有什么铺垫，而是这样写道："一棵柞树果，扑哧一声落到地上，那幽微的声响尚未消失，只见一个人突然出现在廊檐下。"

德富芦花拜访过托尔斯泰，所以他在托翁逝世后给夫人写了一封动人的长信。这封信充满了对于伟大作家的敬爱和哀悼，同时对"敬爱的夫人"也有一些不无严厉的指摘。但他还是写道："夫人，请放心吧，凡是见过您的人，有谁不崇敬您那正直而勇敢的灵魂呢？……正如先生是不朽的那样，您也是不朽的。"信的结尾是这样写的："祝愿您的晚年像俄罗斯夏天的傍晚那样温馨而美好。最后，我的妻子也对您所承受的种种重负，表示诚挚的同情。"

穿行于夜色的松林

一

我听说松林是天上的乌云变成的,乌云是松林的魂魄。一片片松林死亡了,它们的魂魄就要升上高天,游来荡去,最终还要找个适当的时机落下来生长。我还听说红云落到地上生成了柿子树和紫叶李、枫树;常在西南方飘荡的灰云生成了大片的灌木;而白云则生成了白杨和桦树。

林木纷纷消逝的年代,也是云彩远远飘离的岁月。林之魂魄没有留恋之地,于是只得远去他乡,过西洋,越东瀛,最后找一些安生的地方降落下来。世上的事物有生就有灭,生生灭灭,浑成宇宙。有生灭就有喜乐哀愁,有呼号痛歌。我直到如今才算听懂了一点点林木之声,却不敢妄言转述。

二

许多时候云彩化而为雨,那是为地上转世的生命洒下乳汁。地上干枯无色的日子,是不必饲喂的日子,所以云彩徘徊不已,最后还是走开了。云彩降生的时刻是在深夜,在无声无响的一瞬。某个失眠者于乌黑的浑茫里探出头来,看到一片无边无际的雾气把大地笼罩个严严实实,一伸手十指皆湿,就在心里暗暗惊呼:天哪!他不知道这正是上天播种的时刻,大地上一片崭新的林木即将出世。

所以森林在地上诞生是最大的事情。有人隐隐感悟到什么,于是学习神灵所为,一到每年春天就挥锹动镢,谓之"造林"。

三

漫天的乌云在夜色里行走,发出若有若无的声音,深长而又隐晦。这声音让人想起大海深处的流涌。乌云留恋遥远的东方居地,从大洋彼岸赶来,俯视这一片千疮百孔的平原。一万二千多年前这里是茂密的松林:庄严,苍黑,高大英俊。就因为这片松林的关系,整个平原变得威风凛凛,接受四方礼遇。可是现在什么都没有了。关于它们消失的故事实在悲伤,所以这会儿上苍没有言说,只有默默注视。

乌云不能在一处长久地停留,它们于是继续游走。越过又一片大洋,往下看是茂密的白桦。乌云于凌晨三时,悄然落地,降生在桦林之侧。

不久这里将有一片茂密的黑松。

从沙龙到小屋

这次从中法文化年的"巴黎图书沙龙"离开,受马赛大学汉学家杜特莱先生邀请,与朋友一起去了南方。大学的学术活动安排不紧,这正好与巴黎的情形相反。我以前来法国时,只在巴黎、里昂和里尔几个地方转过,并未深入美丽的法国南部——普罗旺斯地区。这里的清新自然与繁闹的巴黎相比,真是另一个天地。有过几天图书沙龙上的经历,南方让人产生大舒一口气的感觉。

法国图书沙龙虽然没有法兰克福书展浩大,但也够吵够闹的。这里是张扬和买卖的地方,一万个嘴巴在嚷,这对于安静一隅著书的作家来说实在不是个好地方。在书展期间,我们作为"主宾国"的被邀作家分批上场,有时每人一天要有两三个活动,演讲、座谈、解答、见面,累而无趣。思想和艺术之类一旦化为商品,最尴尬的又会是谁呢?

我在这二十年的时间里断断续续参加着一些"国际文学活动",邀请方大半是文学出版界和其他文化机构。即便在美好的交流中我也没有感受到多少真正意义上的"文学"。在西方,作家与出版者、出版者与读者之间,早就是卖方和买方的关系。一种成熟的文学商品市场以恒久不变的规律运行着。几个执着的作家,更何况是弱势的东方作家,能够改变这种现状吗?西方与东方一样,南方与北方一样,最好卖的从来都是同一种东西。这些是不会变的。世界上任何一个地方——不,在拥有长久资本主义传统的西方,在商品经济的发达之地,"卖"字只会叫得更加响亮。

杰出的作家迅速被市场接纳的机会少而又少,偶有接纳也不会让其幸福个半死。像我的朋友一样,他们在任何情形下都是平静的,市场只是他们的目击物。在物欲横流的世界上,杰出的作家在世界范围内都会是"异类"和"陌生人",所以当一个民族的作家寄希望于另一个民族时,常常就会发生一些最无聊最幼稚的事情。世界上也许再也没有比让文学"走向世界"的呼号更可悲可笑的了。文学是心灵的激越和沉寂之物,是一部分人的生命冥思,有许多时候其境界和情致是难以言喻的,又怎么会变成体育赛事那么简便和易于操作?

在文学商品之河里,如果是出奇的下流与尖叫,也许一夜之间就会"走向世界"。

如果不是,如果哪怕稍稍含有一点真正的个性与美,那么就极有可能等到"一千零一夜"。

但在所有的夜晚里,写作只是作家本人的粮食和茶。他们不会大胆奢望自己的劳动会成为一个民族的粮食和茶,甚至连小点心都不是。但这仍然不会使写作者绝望,仍然会使他们感到幸福。然而也仅仅是拥有这种幸福的人,才有可能给未来和人类提供一点点食品。

美丽的普罗旺斯郊野上我们看到了什么？有不绝的绿色、起伏的山岭，有每个春天都适时而至的花团锦簇。但这会儿在我眼里最美的，是隐于山野的一幢幢小屋——它们大半很小，小到了不经指点就会被忽略的地步。可是啊，这些小屋一旦被指认就会让人怦然心动，就会发出奇异的光。

山坡上，丛林中，偶有褐色、黄色的石屋，一问，是画家塞尚、毕加索，哲学家海德格尔……的故居。除了毕加索的居所是大的，其余都不太起眼。如今它们沉默地诉说，潜隐地炫耀，质朴地光荣。这些远离尘嚣的居所使他们在当年尽可能地保护了自己的生命力，伸长了对于整个世界的悟想，创造了无与伦比的思想和艺术。

这样的小屋多么适合享用自己的粮食和茶。塞尚当年怀着一个理想，从外省到了热闹的艺术之都巴黎。但他的作品从来也没有挤进过官方沙龙。四十岁上，塞尚干脆回到了南方，住进了这样的小屋之中。从此，那些闹市的浮华、可疑的潮流、追逐与攀附，更有不被人欣赏的寂寞与苦境，统统被驱到了天外。它们一起消逝了。

伟大的塞尚，今天我们从巴黎的图书沙龙跑出来，站在春风里注视你的小屋，竟忘记了你是一个享誉世界的人。

渴望更大的劳动
——谈《你在高原》的写作

我从一九八八年开始了《你在高原》的写作。当时我出版和发表了许多中短篇小说，这些作品一再表达了一条河流：芦青河。这期间，由于一九八六年《古船》的发表，使这条一向清纯的河变成了青苍色，也较过去的河面更加开阔。第二部长篇《九月寓言》也快要完工。在这个阶段，有两个因素使我变得格外不能安宁，以至于要努力掩饰和一再压抑内心的冲动：一是长久的写作过程中，我在阅读和行走两个方面都有了大量的积累，它们在心中鼓胀着，却没有通过已有的作品全部表达出来，没有淋漓尽致；二是以往的工作激励了自己，再加上正当盛年，开始渴望一场规模空前的更大的劳动。

这就产生了长达三十九卷的长河小说的构思，尽管它又在后来一点点完整和充实，但基本的框架就是于一九八八年铸成的。以后的工作也就主要围绕着它。这需要我做许多功课，补充许多功课。我不得不把原来的行走范围进一步扩大，从山东半岛地区延伸开去，并对这个世界的东西方南北方有一个基本的了解，目击不同的人群与生活；还有知识的准备:我将要对以前熟知的山脉和土地、植物与动物,经历一个从感性到理性,从亲昵的呼唤到更加确切的表述这样一个过程。

我发现,这样做的同时,内心里的情感正在汇成一股洪流,它急于冲决和奔泻。我笔下的一个人物说到自己时,曾经这样概括道:"茂长的思想,浩繁的记录,生猛的身心。"这其实差不多正是我当时对自己的一种真实的印象和描述。自然,这里面也多少包含了一种不知天高地厚的意味。可是我需要它而且依赖它,我要和它一起往前走:逢山翻山,遇河过河。

我将原稿写在一种稍稍粗糙的方格纸上,当然使用钢笔。金属划下去的细微而清晰的声音,是我最好的音乐。这就像一种刻记,缓慢自信并且让人快乐。我不太去想未来的阅读,只是记录着源源不断的默读。有时我的默读被自语取代,这时就赶紧收声敛息。我好像多少害怕这声音会刺破什么,将蓄得满满的激情于不经意间廉价地放走。

我在漫长的时间里经历了,看过了,纵横求索;我知道正在进行的一系列记述、判断和鉴别中,不仅要深深地沉浸,还必须一次次做出超越。我要让自己慢下来,再慢下来,以便在无比的芜杂和喧嚣中身心笃定,让声音之镞坚定地朝向一个方位射出,不致摇晃和迷失。

如果不是因为一场突来的意外事故,我的体力和心力会一直保持一个匀速冲刺下去。可是这样一来,我就不得不在一段时间里缠绵病榻,忍受痛楚。但也就在这种煎熬中,我却对从未体验过的生命的另一种颜色,幽深的颜色,有了察觉和认识。时间的飞快流逝和匆促不存的原形,好像一下在我面前袒露出来。我发现笔下的各色人物都在做着同一件事情:寻找自己最为珍惜的东西,并与时时纠缠他们的迷途展开徒劳的斗争。我也是这其中的一个,值得庆幸的是,我还没有屈服。

我明白自己在写一本不愿屈服的书。

我要刻下的文字实在太多了,因为我来到了,我看到了,我要记录和言说。我在这里对自己发出了最严格的叮嘱,即一切都要恪守两个字:诗与真。百折不回地抵达诗境,不屈不挠地走入真实,让二者紧紧相依不再分离。真实的诗,诗的真实,它们在一起诉说的是:如果人生是一场流浪,那么"高原"才是我们的栖息之地。

二十二年好像一晃就过去了。在这不长不短的时间里,全部的隐秘都化为了文字,又分成三十九份——最后再订成厚厚的十大本。这不过是它的外形而已。我知道它的内核是滚烫的,那儿有炽热的岩浆在旋转:当我第一次看到它时,竟像害怕烙伤似的小心地挨近,然后紧紧地抱住。

在这样匆忙的时代,把如此长卷突兀地推到某个读者面前,不仅悖时,好像还有些愚蠢和莽撞。因为我们谁都明白,冗长的文字是最令人讨厌的。它也的确太长了,四百五十万字。不过对照我们度过的漫漫长夜,它或许还有些短呢。